몬스트러몰로지스트 4

최후의 내리막길

THE FINAL DESCENT
by Rick Yancey

Korean translation edition is published by arrangement with Simon Schuster Books For Young Readers, an imprint of Simon & Schuster Children's Publishing Division through KCC.

FINAL DESCENT
몬스트러몰로지스트 4
최후의 내리막길
릭 얀시
박슬라 옮김
황금가지

FINAL DESCENT

늘 한결같고 열성적인 독자 여러분께,
여러분이 없었다면 이 책은 존재하지 못했기에.

감사의 말

『몬스트러몰러지스트』 시리즈는 시간이 지나면서 점차 다른 것으로 발전해 갔다. 아마도 모든 창작물은 그러할 테다. 나는 그 여정이 때로는 몹시 힘들고 모질며, 보이지 않는 위험과 뜻밖의 우회로가 가득하다는 것을 알았어야 했다. 사람을 잡아먹는 괴물이 비교적 단순한 개념이라면 우리 안에 숨은 끝없는 어둠은 절대로 단순한 것이라 할 수 없다. 가끔은 내가 도대체 무엇을 쓰고 있는지 혼란스럽기도 했다. 그러나 이 이야기가 쓸 만한 가치가 있다는 점에 대해서는 한 치의 의심도 해 본 적이 없다. 아무리 힘들고 막막해도—정말이지 몹시 어둡고 막막할 때도 있었다.—나는 멈추지 않았다. 내가 가진 것이 무엇인지 항상 알았던 것은 아니지만 무언가를 갖고 있다는 것만큼은 늘 알고 있었다.

그런 점에서 나는 혼자가 아니었다. 처음부터 내 곁에는 최고의

에이전트인 브라이언 드피오레가 있었고, 너무나도 소중한 내 편집자 데이비드 게일은 창작의 과정을 잘 이해하고 있기에 무한한 인내심을 발휘해 주었다. 또한 사이먼 앤드 슈스터의 팀원들, 특히 저스틴 찬다와 나바 울프에게 감사한다.

이 책, 아니 실제로 나의 모든 저서는 아내 샌디의 무한한 믿음과 성원이 없었다면 탄생하지 못했다. 그녀는 머릿속에 든 것보다도 일생의 반려자가 더욱 중요하다는 사실을 입증하는 살아 있는 증거다.

그리고 마지막으로, 이 시리즈가 존폐의 위험에 처했을 때 과감하게 나서 준 독자 여러분께 감사하지 않을 수 없다. 독자들이 없었다면 윌과 워스롭의 이야기는 타당한 귀결을 맞지 못했을 것이다. 몸 둘 바를 모를 정도로 진심으로, 진심으로 감사한다. 물론 그들이 나를 위해 그런 것은 아님은 알지만 말이다. 그들은 사랑하고 아끼는 캐릭터들을 위해 일어섰고, 나 역시 그들과 같은 애정을 품고 있다. 부디 실망하지 않기만을 바랄 뿐이다.

한평생 나그넷길 반 고비에
올바른 길 잃고 헤매던 나
컴컴한 숲 속에 서 있었노라.
— 단테*

* 『단테의 신곡』, 최민순 역, 가톨릭출판사(2014)에서 발췌. 이 책에 나오는 모든 단테 관련 인용문은 상기 서적에서 가져왔다.

편집자의 말

2007년 자칭 윌리엄 제임스 헨리라는 무연고 노인이 사망한 뒤 발견된 열세 권의 일기장 중에서 본서에 포함된 세 권은, 가장 읽기가 힘들었을 뿐만 아니라 솔직히 말해 납득할 만한 형태로 정리하기조차 어려웠다. 어떤 부분은 해독이 거의 불가능했는데, 외형적 측면뿐만 아니라 내용과 문맥상으로도 그랬다. 곳곳에 읽을 수 없는 단어가 산재했고, 무슨 뜻인지 이해할 수 없는 대목도 많았다. 짧은 시가 적혀 있기도 하고 몇 페이지 내내 욕설만 잔뜩 휘갈겨져 있기도 했으며, 여백에는 주석이 끼적여 있고 심지어 서술 중간 중간에 말도 안 되는 헛소리가 섞여 있기도 했다. 최대한 점잖게 표현하자면 그렇다. 이렇게 두서없고 일관성 없는 내용을 어떻게든 읽을 만하게 만드는 데에만 수개월이 소요되었다. 지나친 비속어를 걸러내고, 완벽한 라즈베리 스콘 조리법에서부터 고대 그리스 철학에 관한 난해한 담론, 조직범죄의 역사에 이르기까지 머리가 지끈거릴 정도로 어렵고 쓸데없는 내용들도 덜어 냈다. 반드시 마침표가 있어야 할 곳에는 문장부호를 더했지만(중간부터 저자는 마침표를 찍는 노력을 완전히 중단했다.), 저자가 규칙을 깨뜨린 이유가 있다고 여겨지는 곳에서는 문학적 표현의 자유를 위해 그런 "실수"를 내버려 두었다. 신중한 독자라면 알아차릴 테지만, 전반적으로 들쑥날쑥한 시제 변화에도 일부러 손을 대지 않았다. 때로는 극적인 효과를 위해 올바른 문법을 포기하기도 했다. 또한 나는 원고를 각 장(章)으로 분류한 장본인이기도 하다. 나는 단테의 걸작을 기리는 의미에서 이에 곡*라고 이름 붙였다.

그러나 이 글을 편집할 때 가장 어려웠던 점은 외적 형식과 씨름하는 것이 아니었다.

고백하건대, 내가 마지막 일기장을 덮었을 때 느낀 감정을 표현하기에 가장 적절한 단어는 "혐오감"일 것이다. 두 번째로 느낀 것은 배신감이었다. 윌 헨리는 나를 배신했다. 그는 그동안 내내 나를 희롱하며 갖고 놀았다. 하지만 정말로 그랬던 걸까? 그렇다는 신호와 단서, 경고가 여기저기 흩어져 있지 않았던가. 그동안 열 권이나 되는 일기장을 꼼꼼히 들여다보고서도 어떻게 윌 헨리의 여행이 어디로 치닫고 있는지, 나를 어디로 데려가고 있는지 못 볼 수가 있었을까? 아마도 나는 그의 기나긴 내리막의 종국에 무엇이 기다리고 있는지 내심 알고 있었을 것이다. 그는 이렇게 썼다. 당신이 지금 당장 몸

* 曲. 장편 시를 나눈 단위.

을 돌려 도망치고 싶대도 이해할 수 있다. 그것을 원한다면, 말리지 않겠다. 그 또한 당신에게 부여된 축복이므로.

어느 정도 진정이 된 후, 나는 일기장 열세 권을 전부 다시 읽어 보았다. 그러다 아홉 번째 권에서 이 대목을 마주쳤다. 그녀는 그를 사랑하면서 증오했고, 갈망하면서 거부했으며, 그 같은 감정을 느끼는 자신을 저주했다.

그렇다. 바로 이것이다. 이 문장이 정확하게 말해 주고 있다.

R. Y.
플로리다 게인즈빌,
2013년 3월

M

11권

주데카*

지금 흉측한 그만큼 옛날엔 아리따웠더니
저를 창조하신 자를 거슬러 눈썹을 치켜떴기에
일체의 통곡이 그로부터 나와야 했느니라.

— 단테, 「지옥편」

* 『단테의 신곡』에 등장하는 아홉 번째 지옥 코키토스의 네 번째 구역. 가장 큰 죄를 저지른 배신자들이 갇혀 있는 얼음지옥이다.

1곡

하나

나는 종말에 이르렀으나, 종말은 나에게 이르지 아니했다.
오래전에 그에게 이르렀을 뿐.

그는 떠났다.
나는 영구히, 영원토록
주데카의 얼음 속에 갇혀 있건만.

내가 그 이름 없는 것에 이름을 붙일 수 있다면

내 아버지가 화염에 불탄다. 그의 눈에서 살아 있는 벌레들이 쏟아진다.

그의 갈라진 살에서 분출한다.
그의 열린 입에서 흘러내린다.

뜨거워! 아버지가 절규한다. 너무 뜨거워!
그의 몸속에 존재하는 전염균, 내가 물려받은 유산.

내가 그 얼굴 없는 것의 얼굴을 마주할 수 있다면.

불길 속 깊은 곳에서
고통에 몸부림치는 섬뜩한 이중주가 들려온다.
나는 그들이 최후의 왈츠를 추는 것을 본다.
내 아버지와 어머니가, 화염 속에서 춤을 춘다.

내가 두 사람을 구할 수 있다면,
매듭을 풀 수만 있다면,
갈 곳 없는 한쪽 끝을 잡아당겨
끝에서 끝까지 길게 펼칠 수 있다면.

하지만 거기에는 시작도 끝도 없이
중간도 없이
시작은 끝이요,
모든 끝은 동일하니.

시간은 직선(直線)이다.

그러나 우리는 원(圓)이다.

둘

두 분이 돌아가신 뒤에, 나는 치안관의 집으로 보내졌다.

아버지가 선물한 낡은 모자, 연기 냄새가 자욱한 작은 모자를 가슴에 꼭 끌어안은 채. 치안관의 아내가 내 얼굴을 차가운 수건으로 닦아 주었고 나는 목소리가 나오지 않아 불 속에서 춤추는 두 사람과 그들의 살이 타는 냄새와 모든 것을 게걸스럽게 집어삼키는 붉은 입, 그리고 도망칠 때 내 머리 위에서 빛나던 별들. 붉은 입, 흰 눈, 인간의 육체, 신의 성전을 비웃는 벌레들, 새하얀 벌레들, 붉은 입, 흰 눈.

그들의 끝 나의 시작.

매듭지어진 시간.

저녁이 되고 아침이 되니 이는 첫째 날이니라.*

나는 그의 얼굴보다 목소리를 먼저 알았다.

아이를 데리러 왔네.

그리고 그의 그림자가 내 위로 드리워졌다. 표정은 읽을 수 없는 암호 같고, 목소리는 옭죄는 족쇄와 같았다.

내가 누군지 아느냐?

가슴에 작은 모자를 힘껏 끌어안으며.

고개를 끄덕인다. 네, 누군지 알아요.

괴물학자시잖아요.

자네는 아이를 데려갈 권리가 없네, 펠리노어.

그럼 누가 데려가지, 로버트? 이 아이의 아버지는 날 위해 일하다가 죽었네. 이건 내가 진 빚이야. 내가 바랐던 건 아니지만 적어도 난 그 빚을 갚든가, 아니면 노력하다 죽을 걸세.

내가 이런 말을 하는 걸 용서하게, 펠리노어. 자네를 모욕할 생각은 없네만, 자네한테 애를 맡기느니 차라리 우리 집 고양이가 키우는 게 나을 걸세. 고아원도 있고…….

제임스 헨리의 유일한 혈육을 그런 끔찍한 곳에 보내다니 그런 건 절대로 용서 못 해. 내가 데려가겠네. 불운한 사건이 아이의 부모를 데려갔으니 이번엔

* 「창세기」 1장 5절.

내가 아이를 데려가겠네.

몸을 숙이고, 내 눈에 빛을 비추고, 빛 뒤에서 그림자로만 보이는 괴물학자.

가망이 없을지도 몰라. 자네 말이 맞네. 하지만 만약 그렇더라도 내 손에 아이의 피가 묻는 걸세.

길고 날렵한 손가락, 배를 누르고, 턱을 잡아 올리고.

그렇지만 애를 어떻게 키울 건가, 펠리노어? 저 애는 아직 어려. 자네 일—자네가 뭐라고 부르든—을 돕기엔 무리라고!

할 수 있게 길들여야지.

“여기가 네 방이다.” 괴물학자가 말했다. “내가 네 나이 때 쓰던 곳이지. 난 늘 좁은 구석이 편안했거든. 네 이름이 뭐라고 했지? 윌리엄? 아니면 윌이라고 부르는 편이 더 좋으냐? 자, 모자를 이리 다오. 지금은 필요 없잖니. 저기 벽에 있는 못에 걸어 두마. 됐지? 왜 날 그런 표정으로 쳐다보느냐? 내가 뭐라고 물었는지 벌써 잊었느냐? 너를 윌리엄이라고 부를까, 윌이라고 부를까? 대답을 해 봐! 네 이름이 뭐냐?”

“제 이름은 윌리엄 제임스 헨리예요, 선생님.”

“흐음. 비상시에 부르기엔 너무 길구나. 약간 줄이는 게 어떠냐?”

나는 고개를 돌렸다. 다락방 침대 위에는 천창이 있었고, 그 너머에 있는 어두운 밤하늘에는 별이 떠오르고 있었다. 뜨겁게 이글거리는 괴물이 부모님을 삼킬 때 전속력으로 도망가던 나를 차갑게 내려다보던 그 하늘 위 눈들과 똑같았다.

"윌리엄…… 제임스…… 헨리." 내가 속닥였다. "윌." 목에 뭐가 걸린 것처럼 목소리가 나오지 않았다. "제임스……." 연기 맛이 났다. "헨…… 헨……."

그가 한숨을 크고 길게 내쉬었다. "뭐 반드시 오늘 이름을 정할 필요는 없다. 윌……."

"헨리요!" 마침내 내가 문장을 끝마쳤고, 그는 그것을 최종안으로 받아들였다. 실은 그걸 의도한 게 아니었지만 결국엔 그렇게 되었다. 왜냐하면 그렇게 결정되었으므로.

"좋다." 그가 엄숙하게, 뭔가를 인정하듯이 — 나는 아니었지만 — 고개를 끄덕였다. "잘 자라, 윌 헨리."

저녁이 되고 아침이 되니 이는 둘째 날이니라.*

그는 키가 크고 호리호리했으며, 짙고 검은 눈은 마치 뒤에 불이라도 켜져 있는 것처럼 형형하게 빛났다. 겉치장에 무관심하여 늘 면도가 절실해 보였다. 가만히 있을 때조차도 넘치는 기운을 억누를 수 없어 온몸이 진동하고 있는 듯 보였다. 그는 걷지 않았다. 그는 활보했다. 그는 말하지 않았다. 그는 설교를 늘어놓았다. 평범하고 일상적인 대화는 — 다른 모든 평범한 것들처럼 — 그의 성미에 맞지 않았다.

---

* 「창세기」 1장 8절.

"네 아버지는 무척 믿음직한 사람이었다, 윌 헨리. 내게 충실하고 또 아주 신중했지. 그러니 내가 무슨 일을 하는지 네게 자세히 말해 줬을 것 같지가 않구나. 이상생물학은 어린아이들에게 그리 적합하다고는 말할 수 없다.

제임스가 네가 특별히 교육을 잘 받은 건 아니지만 머리 회전이 빠르고 영특하다고 말하긴 했지만 말이다. 지금도, 그리고 앞으로도 내가 너한테 바라는 건 한 가지뿐이다. 의문을 품지도 않고 주저하지도 않고 흔들림도 없는, 절대적인 충성이지. 내가 뭔가를 지시하면 그 즉시 어김없이 실천해야 한다. 시간이 지나면 너도 그 이유를 알게 될 거다."

그는 나를 가까이 끌어당겼다. 나는 움찔거리며 가까이 다가오는 주삿바늘을 보고 그의 손에서 빠져나가려 했다.

"진심이냐? 주삿바늘이 무서운 게냐? 내 밑에서 일하려면 주삿바늘은 물론이고, 뭐든 무서움을 빨리 극복하는 게 좋을 거다. 세상의 절묘한 창조물들 중에는 이 작은 바늘보다 더 무서운 게 아주 많으니까 말이다."

그의 팔꿈치 옆에 놓인 파일에는 내가 감염된 병의 이름이 알아보기 힘든 악필로 적혀 있었다. 그는 유리 슬라이드에 내 피를 문질렀다. 현미경으로 슬라이드를 들여다보며 짐짓 만족스러운 신음을 내뱉었다.

"거기 있어요? 저한테도 있는 거예요?"

아버지의 피 흘리는 눈에서 쏟아져 나오던 벌레들, 온몸 가득한 종기 속에서 꿈틀대던 벌레들.

"아니, 그리고 그렇다. 보고 싶으냐?"

아뇨.

그리고 네.

셋

자주 있는 일은 아니었지만 그는 그것에 대해 얘기할 때면 나의 "기이한 축복"이라고 불렀다. 그가 내게 한 충고 중에서 가장 중요한 것은 이것이었다.

절대로 사랑에 빠지지 마라, 윌 헨리. 절대로, 절대로 안 된다. 네가 내 전철을 밟든 그렇지 않든, 사랑에 빠져 결혼을 하고 가족을 꾸리게 되면 네겐 엄청난 재앙이 될 거다. 너를 감염시킨 생물체가 안정을 유지해서 네 아버지와 같은 운명이 찾아오지 않더라도 너는 비정상적으로 긴 수명을 갖게 될 테고, 그렇게 되면 네 자식의 자식들이 먼저 죽는 것을 봐야 할 거다. 네가 사랑하는 모든 사람들이 너보다 먼저 스러지는 것을 봐야 하는 거다. 그들이 간 후에도 너는 계속해서 살아가야겠지. 홀로 계속 살아가야 하는 거다.

나는 그의 충고를 항상 명심했다. 적어도 얼마 동안은 그랬다. 늘 그렇듯이 내 마음이 나를 배신하기 전까지는 그랬다. 마음은 늘 배신한다.

나는 아직도 그녀의 사진을 가지고 다닌다. 내가 괴물학자를 좇아 피의 섬으로 떠났을 때 그녀가 준 사진이다. 행운을 비는 의미로 주는 거야. 그녀는 말했다. 그리고 외롭지 말라고. 수없이 금이 가고 색도 바랬지만, 하도 자주 들여다본지라 이제 내 머릿속에 그녀의 얼굴은 영원히 새겨져 지워지지 않는다. 나는 눈을 감고도 그녀의 얼굴을 떠올릴 수 있다.

릴리가 사진을 주고 내가 그녀를 마지막으로 본 지 3년이 지났다. 3년. 열여섯 소년에게는 영겁이나 다름없는 시간이다. 주데카에 갇힌 죄인들, 지옥의 얼음에 갇힌 자들에게는 눈 깜짝할 시간에 지나지 않건만.

"다시는 총회의 전야제에 참석하지 않을 거다. 올해가 마지막이야." 그날 밤, 워스롭이 음악 소리에 목소리가 묻히지 않게 커다랗게 말했다. 악단의 연주 실력은 별로였지만—늘 그렇듯이—음식은 넘쳐났다. 그리고 저항이 불가능하게도(적어도 박사한테는 그랬다.) 모조리 공짜였다. 그는 사건에 몰두하지 않을 때면 그야말로 괴물 같은 식욕을 자랑했다. 워스롭은 야생 동물처럼 나중을 대비해 먹을 수 있을 때 배를 채워 두는 경향이 있었다. 지금은 굴 접시를 해치우고 있었는데, 갓 면도한(물론 내 솜씨다.) 턱에서 녹은 버터가 뚝뚝 떨어졌다.

그는 내가 이유를 묻길 기다렸지만 내가 자기 뜻대로 움직이지 않자 이내 말을 이었다.

"방 안 가득 춤을 추는 과학자들이라니! 이렇게 끔찍한 장면을 내가 직접 봐야 하는 것만 아니었다면 굉장히 우스웠을 게다."

"전 꽤 즐거운데요." 내가 말했다. "괴물학자들이 1년 중에 유일하게 목욕을 하는 날이잖아요."

"하! 그럼 왜 즐거운 양 굴지 않는 거냐? 절친한 벗을 잃기라도 한 것처럼 방구석에서 얼굴을 찌푸리고 있잖느냐." 크리놀린 치마가 반짝이는 나무널 위를 쓸고 지나가고, 그 밑에 숨은 섬세한 발이 과학자들의 서툰 발에 밟히지 않으려고 날래게 강중거린다.

"10시 40분이 될 때까지는 성미를 죽이고 있으라고 충고한 게 나긴 하다만."

그는 회중시계를 꺼내 쳐다보았다. 워스롭은 이 내기에서 16년 동안 이기지 못했고—내가 지금까지 살아온 시간보다도 더 길었다.—이번에는 행운을 차지할 수 있길 고대하고 있었다. 부정행위까지 불사할 정도라니, 왜 저렇게 간절하게 이기고 싶어 하는 거지. 나는 속으로 생각했다. 내기에 참가한 사람이 직접 싸움을 시작하면 내기에서 제외되지만, 믿음직한 조수가 첫 주먹을 날리는 것을 제한하는 규칙은 없었다.

눈부신 빛을 발하는 샹들리에. 자기와 은식기가 부딪치는 쨍강 소리. 붉은 커튼과 옷깃 위로 솟은 화사한 목, 황금빛으로 은은하게 빛나는 드러난 어깨와 크리스털 꽃병에 담긴 꽃다발, 그리고 일말의 가능성과 지켜지지 않은 약속, 등 뒤로 길게 흘러내린 그녀의 머리카락 내음이 사방을 가득 채우고 있다.

"전 죽일 성미 같은 거 없어요." 내가 반박했다.

워스롭은 인정하지 않았다. "대부분의 사람들은 널 잘 모르지 몰라도 나는 아니다, 미스터 헨리. 넌 무도회장에 들어오자마자 그녀를 찾았잖니. 그 뒤로 한시도 눈을 떼지 않았고."

나는 그의 눈을 똑바로 바라보며 대꾸했다. "그건 사실이 아니에요."

그는 어깨를 으쓱했다. "네가 그렇다면야."

"조금 당황한 것뿐이라고요. 전 그 애가 유럽에 있는 줄 알았단 말이에요."

"내가 착각했구나. 내 잘못이다."

"그 애는 절 짜증나게 만들어요. 난 개를 좋아하지도 않는다고요."

"그래그래, 얻는 것에 비해 잃는 것이 너무 많지. 나도 이해한다." 그는 다시 굴 접시에 몰두했다. 벌써 여섯 번째 접시였다. "외국에 나가서 너한테 구구절절한 편지를 보내고, 항상 답장을 보내달라고 조르지를 않나, 네가 나를 위해 일할 시간을 낭비하게 만들었지. 난 기본적으로는 여성들에게 아무 불만도 없다만 그들은 꽤나……." 그는 적절한 단어를 찾아 고민했다. "시간을 잡아먹는 존재지."

그녀는 보라색 드레스에 머리에도 같은 색 리본을 달고 있었는데, 못 본 사이에 머리가 많이 길었다. 코르크 따개처럼 곱슬곱슬 말린 머리칼이 등 한복판에서 찰랑거렸다. 키도 훌쩍 컸고, 더욱 늘씬해졌고, 더 이상 어리고 통통한 소녀가 아니었다. 태양이 떠올랐구나. 나는 두서없이 생각했다.

"그건 아주 오래된 태고의 부름이지." 그가 옆에서 중얼거렸다. "모든 것에 우선하는 명령이랄까. 오직 우리들만이 그것을 감지할 능력을 지니고 있고, 그것을 감지함으로써 우리는 그것을 제어할 수 있다."

"무슨 말인지 전혀 모르겠는데요." 내가 말했다.

"생물학자의 입장에서 말하는 거다."

"언제 다른 입장에서 말을 하는 경우가 있기는 하고요?" 내가 대뜸 쏘아붙였다. 나는 옆을 지나는 웨이터의 쟁반에서 샴페인 잔을 집어 들었다. 네 번째 잔이었다. 워스롭이 고개를 절레절레 흔들었다. 그는 술을 즐기지 않았고, 그런 사람들을 정신 나간 사람처럼 취급했다. 아니면 도덕적으로 나약하다거나.

"더 이상은 아니지." 그가 희미하게 미소 지었다. "하지만 너도 알다시피 나는 한때 시인이지 않았더냐. 과학과 예술의 차이점을 아느냐, 윌?"

"어느 쪽이든 제가 박사님보다 경험이 부족하다는 건 알죠." 내가 대답했다. "하지만 사랑을 생물학적 필요로 간주할 순 없어요. 그건 한쪽을 격하시키고 다른 한쪽을 비하하는 사고방식이라고요."

"방금 사랑이라고 했느냐?" 그가 놀란 듯이 물었다.

"그냥 추상적인 개념을 예로 든 것뿐이에요. 전 릴리 베이츠를 사랑하지 않아요."

"흠, 만일 그랬더라면 매우 놀라운 일이었겠지."

돌고, 돌고, 돌고, 화려한 샹들리에 아래서. 그녀의 댄스 파트너는 솜씨가 아주 나쁜 편은 아니었다. 그는 발을 내려다보고 있지 않았다. 그의 시선은 그녀의 얼굴에 못 박혀 있었다. 그리고 그녀의 얼굴은, 그가 그녀를 플로어 위로 사뿐하게 돌릴 때마다 움직이는 맨살이 드러난 어깨와 함께 돌았다.

친애하는 윌, 이 편지가 너에게 무사히 도착하길 빌어.

“왜요?” 나는 괴물학자에게 물었다. “그게 박사님하고 무슨 상관인데요?”

검은 눈이 반짝였다. “네가 내 밑에 있는 이상 당연히 내가 상관할 일이지. 날 믿어라, 윌 헨리. 그 터널 끝에는 빛이 없단다.”

나는 한참 동안 그를 노려보다가, 코웃음을 쳤다. 아랫입술에 닿아 있는 샴페인 잔이 차가웠다.

“실패를 통해 교훈을 얻지 말라고 충고하는 사람은 세상에 박사님밖에 없을 거예요.”

순간 그의 몸이 굳었다.

“나는 사랑에 실패하지 않았다. 사랑이 나한테 실패한 거지.”

그게 뭔 헛소리예요? 나는 생각했다. 뭔가 심오한 척 떠벌리는 워스롭식 허풍이잖아. 그의 얼굴에 주먹을 날리고픈 충동에 저항하는 것이 거의 불가능하게 느껴지던 때도 있었다. 나는 술잔을 내려놓고 크라바트를 매만진 다음, 완벽하게 빗어 넘겨 포마드로 고정시킨 머리를 손바닥으로 쓸었다. 방 건너편에서는 나보다 훨씬 춤을 잘 추는 남자가 그녀를 플로어 위에서 빙글빙글 돌리고 있었다. 검은 재킷과 보라색 드레스. 형편없지만 커다란 음악 소리와 따분한 사내들의 억지웃음, 그리고 무참하게 학살된 짐승들이 흘린 새하얀 린넨 위의 얼룩들.

“어딜 가느냐?” 그가 물었다.

“아무 데도 안 가요.” 나는 사람들의 파도에 부딪치며 소용돌이 속에서 표류하는 잡동사니처럼 이리저리 휩쓸려 돌아다니다가, 그의 넓은 어깨를 톡톡 두드렸다. 방 건너편에서 워스롭이 다시 시계를 보고 있었다. 그녀의 댄스 파트너가 나를 돌아보았다. 삐뚤어진 노란 치아 위로 얇은 입술이 말려 올라갔다.

"다음 곡까지 기다려, 친구." 그가 매끄럽고 고상한 영국식 영어로 말했다. 릴리는 아무 말도 하지 않았다. 그러나 그녀의 선명한 푸른 눈은 한층 흥겹게 춤추고 있었다.

사랑하는 윌, 편지를 더 자주 쓰지 못해 미안해.

"그 정도면 충분히 독차지한 것 같은데." 내가 말했다. 그러고는 그녀에게 직접 말을 걸었다. "안녕, 릴리. 옛 정을 생각해서 한 곡 같이 추겠어?"

"그녀가 적어도 춤을 출 줄 아는 파트너와 추고 싶어 한다는 걸 모르겠어? 가서 굴이나 까먹어. 춤은 진짜 신사한테 맡겨 두고."

"그렇군." 나는 씨익 웃었다. 그러고는 오른쪽 팔꿈치로 그의 목을 찍었다. 그는 목을 부여잡으며 곧장 아래로 무너졌다. 나는 관자놀이에 짧은 잽을 먹여 마무리했다. 그 자리를 너무 세게 치면 사람을 죽일 수도 있다. 그는 공처럼 둥글게 몸을 말고 발밑에 쓰러졌다. 어쩌면 죽었는지도 모른다. 내가 알 바도 아니고 상관할 바도 아니다. 나는 릴리의 손목을 붙들었다. 주위에서는 벌써 주먹다짐이 시작되고 있었다.

"이쪽이야!" 나는 그녀의 귀에 속삭였다. 싸움꾼들을 지나, 그녀를 잡아끌며, 뷔페 테이블 쪽으로 향했다. 얼굴이 벌겋게 달아오른 워스롭이 발을 동동거리며 씩씩거리고 있었다. 아직 10시 15분도 되지 않은 시각이었다. 그는 올해도 내기에서 졌다. 의자가 방 안을 가로질러 날아다녔다. 누군가가 시끄러운 소음들 위로 길게 울부짖었다. "맙소사, 부러진 것 같아!" 악단의 연주 중간중간 음악과 어울리지 않는 불협화음이—가령 꽃병 깨지는 소리—삽입되었고, 다음 순간 우리는 무도회장을 빠져나와 좁은 골목으로, 쓰레기를 태우는 쓰레기통 옆에 있었다. 황금색 불빛, 검은 연기, 그리고 그녀가 내 뺨을 때렸을 때 스쳐 지나간 라벤더 향기.

"멍청이."

"난 널 구출한 거라고." 나는 최대한 유들거리는 미소를 띠며 말했다.

"무엇으로부터?"

"극도의 평범함."

"새뮤얼은 춤을 아주 잘 춘다고."

"새뮤얼? 이름도 흔해 빠졌잖아."

"윌리엄은 이국적이고 특이한가 보지?"

그녀의 볼은 흥분해서 발갰고, 숨은 가슴까지 차올랐다. 그녀는 나를 무시하고 가 버리려 했다. 하지만 내가 그렇게 내버려 두지 않았다.

"어디 가는데?" 내가 말했다. "저 안에 다시 들어가는 건 무모한 짓이야. 쟁반에 머리를 맞지 않는다고 해도 조금 있으면 경찰들이 쳐들어올걸? 체포되고 싶진 않지? 드라이브나 하러 가자."

나는 손가락으로 그녀의 팔꿈치를 감쌌다. 그녀는 쉽사리 내게서 빠져나갔다. 내 실수였다. 오른손을 썼어야 했다.

"왜 새뮤얼을 때린 거야?" 그녀가 물었다.

"네 명예를 수호하려고."

"누구의 명예?"

"알았어. 내 명예를 위해서 그랬어. 하지만 항복하지 않은 그 친구가 잘못이야. 자세가 형편없던걸."

그녀는 저도 모르게 웃음을 터뜨렸다. 은쟁반 위에 구슬이 굴러가는 듯한 맑고 청량한 소리. 적어도 변하지 않은 게 한 가지는 있었다.

나는 그녀를 채근하며 골목 입구로 향했다. 이른 오후에 비가 내린 탓에 인도는 미끄러웠고 밤공기는 차가웠다. 그녀의 맨팔이 드러나 있어 내가 재킷을 벗어 어깨에 걸쳐 주었다.

"처음엔 야만인처럼 굴더니 이젠 신사처럼 구네." 그녀가 말했다.

"난 인간 진화의 축소판이거든."

나는 손을 흔들어 삯마차를 잡고 마부에게 주소를 일러 준 다음 그녀의 옆에 앉았다. 검은 재킷이 그녀의 보라색 드레스와 잘 어울렸다. 지나가는 가로등 불빛에 그녀의 얼굴이 그림자 속을 들락거렸다.

"나 방금 납치당한 거야?" 그녀가 말했다.

"구출된 거라니까." 내가 재차 말했다. "극도의 평범함으로부터."

"또 그 단어를 사용하는구나." 드레스 주름을 매만지는 불안한 손길.

"형편없는 걸 세련되게 묘사할 수 있는 단어지. 평범함을 타도하라! 새뮤얼은 누구야?"

"그가 누군지 모른다는 말이야?"

"소개해 주지도 않았잖아."

"워커 박사님의 제자야."

"히람 경? 오, 맙소사, 상상도 안 되는군. 유유상종이라더니."

"그런 데 쓰는 말은 아닌 것 같은데."

나는 손을 휘휘 저었다. 괴물학자에게서 배운 동작이었지만, 거기 담긴 감정은 오롯이 내 것이었다.

"진부한 표현은 너무 평범하잖아. 난 세상에 하나뿐인 독특한 사람이 되기 위해 노력 중이야, 미스 베이츠."

"혹여 그런 일이 생기거든 내가 알려 줄게."

나는 웃음을 터뜨렸다. "무도회장에서 샴페인을 마셨는데, 한 잔 더 마실걸 그랬어."

강이 가까워지고 있었다. 물가에서 흔히 맡을 수 있는 소금물과 썩은 생선 비린내가 났다. 찬 강바람이 그녀의 머리카락 끝을 가지고 놀았다.

"술을 마셨어? 너희 박사님한테 들키면 어쩌려고?"

"릴리언, 나랑 처음 만났을 때부터 박사님을 계속 그렇게 부르는데, 진심으로 그만둬 줬으면 좋겠어."

"왜?"

"왜냐하면 그는 내 박사님이 아니니까."

"네가 술을 마셔도 뭐라고 안 해?"

"박사님이 참견할 바가 아니야. 나중에 호텔 방에 돌아가면 이러겠지. '어디 갔었니, 윌 헨리?'" 나는 낮은 목소리로 그럴싸하게 그의 말투를 흉내 냈다. "그럼 나는 이렇게 대답할 거야. '땅을 두루 돌아 여기저기 다녀왔나이다.' 아니면 '당신이 상관할 바가 아니야, 이 노친네야.'라고 할 수도 있고. 요즘 괜히 귀찮게 군단 말이야. 어쨌든 박사님 얘기를 하고 싶은 게 아니야. 머리 많이 길었네. 마음에 든다."

뭔가가 내 안에서 느슨하게 풀려나고 있었다. 어쩌면 술 탓인지도 모르고 어쩌면 아닐지도 모른다. 뭔가 규정하기가 훨씬 어려운 것일지도 모른다. 그녀의 얼굴 위에서는 빛과 그림자가 다투고 있었지만 내 안에는 그런 갈등 따위가 없었다.

"너도 많이 자랐네." 그녀가 머리카락을 만지작거리며 말했다. "조금이지만. 처음엔 누군지 못 알아봤어."

"난 첫눈에 알아봤는데." 내가 말했다. "들어오자마자 알겠더라. 네가 미국으로 돌아온 줄은 몰랐지만 말이야. 온 지 얼마나 됐어? 왜 돌아온 거야? 1년은 더 있다 올 줄 알았는데."

그녀가 웃었다. "세상에. 그동안에 엄청 수다스러워졌구나! 너무 월 헨리답지 않다. 이게 어떻게 된 거래?"

물론 그녀는 나를 놀리고 있었다. 하지만 나는 그 목소리에 깃들어 있는 두려움의 기색을 놓치지 않았다. 잘게 떨리는 불안감, 미지의 것을 대면할 때의 달콤한 흥분감. 우리는 그런 면에서 동류였다. 혐오스러운 것에 매혹되고, 위험한 것에 매료되는 것.

"태고의 부름 때문이지." 내가 웃으면서 대답했다. "모든 것에 우선하는 명령에 따르는 거랄까."

마차가 급작스레 멈춰 섰다. 나는 마부에게 삯을 건네고, 평생 동안 박사의 인색함에 질린 반대급부로 팁을 후하게 얹어 주었다. 그러고는 그녀가 마차에서 내릴 수 있게 도와주었다. 찬 공기 속에서는 소리가 더 잘 전달되고, 그래서 그녀가 발을 디딜 때마다 치마가 바스락거리고 레이스가 그녀의 맨살 위에서 속살이는 소리가 들렸다.

"여기에는 왜 온 거니, 윌?" 릴리가 백 마리의 가고일이 처마 위에서 험악한 표정으로 내려다보고 있는 장엄한 건물을 올려다보며 말했다.

"너한테 보여 주고 싶은 게 있어서."

그녀는 나를 빤히 쳐다보았다. 나는 웃음을 터뜨렸다.

"걱정하지 마. 우리가 옛날에 몬스트러마리움을 방문했을 때랑은 다를 테니까."

"그건 내 잘못이 아니었어. 그걸 손으로 집어 든 건 너였잖아."

"그리고 내가 기억하기로는, 나한테 성별을 확인해 보라고 종용한 건 너였고. 그게 자웅동체라는 걸 뻔히 알면서도 말이지."

"그리고 내가 기억하기로는, 넌 너 자신의 무지를 인정하기보다 차라리 몽골리언 데스웜을 손으로 잡기로 결심했지."

"어쨌든 내 요지는 오늘은 우리 둘 다 완벽하게 안전할 거라는 거야. 아돌퍼스한테 들키지만 않는다면 말이야."

우리는 건물 안으로 들어갔다. 그녀가 내 팔 위에 손을 얹으며 말했다. "아돌퍼스라고? 설마, 이 시간엔 그도 집에 가지 않았을까?"

"가끔 사무실에서 잠을 자거든."

나는 '회원 외 절대 출입엄금'이라고 적힌 팻말 뒤에 있는 문을 밀어 열었다. 계단은 좁고 음침했다. 케케묵은 냄새가 났다. 약간의 곰팡내와 미묘한 썩은 내.

"사람들은 아돌퍼스가 여기 있다는 걸 자주 잊어버려."

내가 앞장서며 작게 말했다. 둘이 나란히 걷기에는 계단이 너무 좁았다.

"청소부들도 1층 아래로는 안 내려가고. 여기 있는 물건들이 무서워서 그러는 게 아냐. 아돌퍼스가 무서운 거지."

"그건 나도 그래." 그녀가 고백했다. "지난번에 봤을 땐 지팡이로 내 머리를 부숴 버리겠다고 협박했는걸."

"아, 아돌퍼스는 괜찮은 사람이야. 괴물들과 같이 너무 오래 지내서 그렇지. 미안. 그렇게 부르면 안 되는데. 비과학적이니까. 그러니까 '이상생물 표본들' 말이야."

우리는 첫 번째 층계참에 도착했다. 보관액의 냄새가 더욱 짙어졌고, 그 아래에는 몬스트러마리움에 항상 산적해 있는 역겨울 정도로 달콤한 죽음의 냄새가 깔려 있었다. 여기서 한 층을 더 내려가면 웨일스인 노인네의 사무실을 맞닥뜨리게 된다.

"질 나쁜 장난 같은 게 아니어야 할 거야, 윌리엄 제임스 헨리." 릴리가 내 귀에 대고 속닥였다.

"복수하려는 게 아니라니까." 내가 중얼거렸다. "그런 건 내 성격에 안 맞는다고."

"존 컨스 박사도 똑같이 말할지 궁금하네."

나는 몸을 홱 돌렸다. 내 성난 표정을 보고 그녀가 흠칫 움츠러들었다. "그건 너한테만 비밀로 말해 준 거였어."

"그리고 난 비밀을 지켰어." 그녀가 턱을 도전적으로 치켜 올리며 대꾸했다. 어릴 적 그녀의 몸짓과 똑같았다.

"내가 말한 비밀이라는 건 그런 게 아니야. 그리고 너도 알잖아. 난 복수심 때문에 컨스를 죽인 게 아니야."

"그래." 희끄무레한 불빛 속에서 그녀의 눈동자가 무척 커다래 보였다.

"그래. 그럼 이제 계속 가도 될까?"

"멈춘 건 너잖아."

나는 그녀의 손을 잡고 남은 계단을 따라 아래로 이끌었다. 모퉁이 벽 뒤에서 박물관장의 사무실을 슬그머니 엿보았다. 문은 열려 있고 불도 켜져 있다. 아돌퍼스는 책상 뒤에 있는 의자에 몸을 깊숙이 파묻고 있었다. 고개는 뒤로 젖혀졌고 입은 벌어져 있다. 뒤에서 릴리가 속닥였다.

"뭔지 말해 주기 전까진 한 발짝도 더 안 갈 거야……."

나는 몸을 돌렸다. "좋아! 깜짝 놀래 줄려고 했지만 난 너의 충실한 종복이니까, 미스 베이츠. 내가 그의 충실한 종복인 것처럼 말이야. 모두가 날 부려먹기만 하는 것 같아. 이제까지 계속 그랬지. 컨스가 죽었을 때에도. 특히 컨스가 죽었을 때에도……. 그건 아주 특이하고, 진기하고, 유일하고, 진주보다도 더 귀중한 거야. 적어도 괴물학자들에겐 그래. 그리고 지금껏 워스롭이 손에 넣은 중에서 최고의 전리품이 될 거야. 그래서 이번 총회의 특별 모임에서 그걸 공개하기로 했어. 그다음에 그걸 어떻게 할지는 신만이 아실 테고."

"그게 뭔데?"

작게 할딱이는 숨소리. 붉게 상기된 뺨. 발끝을 세워 보채면서. 이

보다 더 사랑스러울 수도 있을까.

그녀는 알고 있었다. 나처럼, 그리고 당신처럼. 격렬한 갈망이 무엇인지, 절망적인 혐오감이 무엇인지, 얼굴 없는 존재, 이름 없는 존재, 내가 '다스 웅게오이어'라고 부르는 것의 끌림을.

우리가 갈구하면서도 부인하는 것. 나, 그리고 동시에 내가 아닌 것. 우리가 존재하기 훨씬 전부터 존재했고 우리가 사라진 후에도 영원토록 존재하는 것.

나는 손을 내밀었다. "와서 직접 봐."

2곡

하나

와서 직접 봐.

두 치수는 작은 낡은 모자를 쓴 사내아이와 얼룩진 작업복을 입은 키 큰 사내와 차가운 지하실 바닥과 호박색 액체가 찰랑거리는 유리병이 천장까지 줄지어 쌓여 있는 찬장. 길쭉한 철제 탁자와 갈고리에 걸린 갖가지 실험 도구들, 반짝거리는 트레이에 나란히 정돈되어 있는 날붙이들.

"여기서 대부분의 실험을 한다, 윌 헨리. 내가 같이 있거나 내가 특별히 허락하지 않는 이상, 너는 절대로 여기 내려와서는 안 돼. 네가 명심해야 할 가장 중요한 규칙은 움직이는 게 있으면 절대로 손을 대서는 안 된다는 거다. 무조건 나한테 먼저 물어봐야 한다. 항상 먼저 물어봐…….

자, 너한테 줄 게 있다. 네 아버지가 사용하던 작업용 앞치마다.

전투 흔적이 몇 군데 남아 있지……. 흠, 조심해라. 까딱하다간 넘어지겠다. 뭐, 곧 익숙해질 게다."

작업대 위 커다란 유리병 안에서 뭔가 버둥거린다. 불룩 튀어나온 동그란 눈. 쩍 벌어진 입. 날카로운 발톱. 두꺼운 유리병을 갉작갉작 긁는 발톱.

"여기서 무슨 일을 하시는데요?"

"여기서 무슨……." 그는 크게 놀란 것 같았다. "네 아버지가 말씀 안 해 주시더냐?"

아주 여러 곳에 갔었단다, 윌. 시인들의 상상 속에나 존재하는 온갖 기이하고 경이로운 것들을 목격했다.

유리병 속에서 이름 없는 것이 나를 노려보고 있다. 갉작갉작, 유리를 긁으면서.

더러운 흰색 덧옷을 입은 키 큰 사내가 감정이 배제된 말투로 장황하게 설명을 늘어놓는다. 마치 그와 비슷한 흰색 덧옷을 입고 모여 있는 청중들에게 강의를 하듯이.

"나는 과학자다. 자연과학계에서도 몹시 특이하고 잘 알려져 있지 않은 이상생물학을 연구하지 보통은 '괴물학'이라고 부른다. 네 아버지가 그런 것도 말해 주지 않았다니 놀랐구나."

워스롭 박사는 훌륭한 일을 하는 훌륭한 분이오. 그리고 나는 그분을 절대로 배신하지 않을 거고. 설령 내 몸뚱이가 지옥불에 탄다고 해도 말이오!

"괴물 사냥꾼이시군요." 내가 말했다.

"내 말을 뭘로 들은 거냐? 과학자라니까."

"괴물들을 사냥도 하고요."

"매우 희귀하고, 그래, 위험한 생물들을 연구한다. 대개 인간에게 적대적인 생물들이지."

"괴물들요."

갉작갉작. 병 속에 든 괴물.

"그건 상대적인 단어고 자주 오용되는 경향이 있다. 나는 모험가이자 탐구자다. 빛이 없는 곳에 등불을 들고 들어가는 사람이지. 다른 사람들이 빛 속에서 살 때 나는 어둠 속을 활보한다."

병 속에 갇혀 있는 것이 절망적으로 두꺼운 유리를 긁어 댄다.

갉작갉작.

둘

워스롭이 나를 흡사 먼 친척에게서 물려받은 쓸모없는 골동품 상자처럼 팽개쳐 놓은 작은 방에는 등이 없었다. 나는 아버지에게 위대한 펠리노어 워스롭을 수행하는 위대한 모험에 나를 데려가 달라고 졸랐었다. 그래서 나도 그 "훌륭한 일"을 같이 할 수 있도록, 내 눈으로 직접 "시인들의 상상 속에서나 존재하는 온갖 기이하고 경이로운 것"들을 볼 수 있도록. 처음 몇 달 동안 내가 본 것들은 위대하지도 않고 경이롭지도 않았다. 대신에 나는 그가 말한 지옥불을 직접 맛봤다.

그것은 항상 내가 가까스로 얕은 잠에 빠졌을 때에 찾아왔다. 칠흑 같은 어둠 속에서 몇 시간을 흐느끼다 마침내 절대로 고갈되지 않는 무한한 비탄에 지쳐 잠들었을 때, 부모님이 화염 속에서 부둥켜안고 춤추는 모습을 바라보고 있을 때면 어김없이 그가 내가 뭘 하고 있는지 알기라도 하는 양—가끔 나는 그가 아는 게 틀림없다고 확신했다—크고 높고 날카롭고 혼란스러운 목소리로 내 이름을 불렀다. "윌 헨리! 윌 헨리이이이이이이이이이!"

그러면 나는 사다리를 내려가 어두운 복도를 지나 게슴츠레한 눈을 비비며 그의 방으로 휘청휘청 달려갔다.

"거기 있었구나!" 성냥불을 댕긴다. 그가 침대 옆에 놓여 있는 등잔에 불을 밝혔다. "뭐냐? 왜 그런 눈으로 날 쳐다보는 거냐? 너희 부모님이 사람을 그렇게 쳐다보는 건 무례한 행동이라고 가르쳐 주지도 않더냐?"

"뭐 필요한 거라도 있으세요, 박사님?"

"아니? 필요한 건 없다. 왜 그런 걸 물어보는 거지?" 그는 손가락을 탁탁 튀기며 침대 옆에 놓인 의자를 가리켰다. 나는 거기 앉았다. 어깨 위에 멍하게 얹혀 있는 머리가 욱신거렸다. "넌 뭐가 문제냐? 몰골이 형편없구나. 어디 아프니? 제임스는 너한테 병이 있다는 얘기는 하지 않았는데. 무슨 병이라도 앓고 있느냐?"

"제가 아는 한에는 없어요, 박사님."

"네가 아는 한에는 없어? 그건 당연한 거 아니냐. 백치라도 그런 소리는 하겠다. 그건 그렇고 네가 몇 살이지?"

"곧 열한 살이 되어요."

그는 구시렁거리면서 나를 위아래로 훑어보았다. "네 나이치곤 작구나."

"하지만 발이 빨라요. 우리 팀에서 제일 빠른 주자였는걸요."

"팀? 무슨 팀?"

"야구팀요, 박사님."

"야구! 스포츠를 좋아하느냐?"

"네, 박사님."

"또 뭘 좋아하느냐? 사냥도 좋아하니?"

"아니요, 박사님."

"왜?"

"아버지가 절 데려가겠다고 약속하시긴 했지만……."

나는 그 약속이 절대로 이뤄질 리가 없다는 데 생각에 미치자 입을 다물었다. 워스롭의 시선이 나와 마주쳤다. 기묘하고 사람을 불안하게 만드는 형형한 눈빛. 그는 내게 병이 있는지 알고 싶어 했지만, 실제로 병을 앓고 있는 건 그 사람 같았다. 눈 밑은 거무스레하고 뺨은 수척하고 면도도 하지 않았다.

"왜 우는 거냐, 윌 헨리? 울면 부모님이 돌아올 것 같으냐?"

그들이 내 뺨 위로 둥둥 떠내려갔다. 삼도천을 건너는 텅 빈 배처럼, 헛되고 헛되게. 나는 그의 품에 몸을 던지며 안아 달라고 애원하지 않으려고 안간힘을 써야 했다. 그에게 애원하려 하다니! 가장 단순한 인간적인 행동.

그때 나는 그를 이해하지 못했다.

아직도 나는 그를 이해하지 못한다.

"참을 줄 알아야 한다." 워스롭은 나를 꾸짖듯이 말했다. "괴물학은 나비 수집과는 달라. 나와 같이 살려면 이런 것에 익숙해져야 한다. 이보다 더한 것에도."

"제가 박사님이랑 같이 살게 되나요?"

그의 눈빛은 나를 뼛속까지 환히 꿰뚫어볼 수 있을 정도로 예리했다. 고개를 돌리고 싶었다. 그렇지만 돌릴 수가 없었다.

"네가 바라는 건 뭐냐?"

입술이 파들거렸다. "전 갈 데가 없어요."

"자기연민에 빠지지 마라, 윌 헨리." 그가 말했다. 그러더니 그 자신을 향한 자기연민을 발휘했다. "과학 연구에는 연민이나 비탄 같은 그런 어설픈 감정은 있을 자리가 없으니까."

그러자 소년이 대답했다. "전 과학자가 아닌데요."

그러자 사내가 대답했다. "그리고 나는 보모가 아니지. 네가 바라는 건 뭐냐?"

어머니가 차려 준 식탁에 앉는 거요. 파이가 식기를 기다리며 맛있는 냄새를 맡는 거요. 어머니가 귀 뒤로 머리카락을 넘기는 모습을 보는 거요. 어머니가 아직 안 돼 윌 헨리, 식을 때까지 기다려야지라고 말하는 거요. 그리고 이 세상이 온통, 마지막 구석구석까지, 사과 냄새로 가득 차는 거요.

"널 다른 곳으로 보낼 수도 있다."

그가 말을 이었다. 제안. 협박.

"북미 대륙 전체를 통틀어도 나보다 더 어린애를 키우는 데 부적합하다고 간주되는 사람도 없을 거다. 난 대부분의 인간들을 참거나 견디지 못하고, 어린애들은 심지어 그 정도도 미치지 못한다. 어쩌면 너는 각박함과 무자비함 중에서도 최악의 취급을 경험하게 될지 모른다. 바로 의도하지 않은 무자비함이지. 나는 나쁜 사람은 아니다, 윌 헨리. 오히려 정반대지. 그리고 나쁜 사람의 반대가 반드시 좋은 사람인 것도 아니다."

그는 내 어리벙벙한 표정을 보고는 잔인하게 웃었다. 그렇다. 그는 알았다! 알고 있었다! 앞에 앉아 있는 가엾고 불쌍한 어린 고아 소년이 그가 무슨 말을 하는지 전혀 이해할 능력이 되지 않음을 이미 알고 있었다. 그는, 참을성 많은 정원사는, 발아하는 데 수년이 걸릴 씨앗을 심는 중이었다. 그러나 뿌리는 땅속 깊이 뻗을 것이요, 그 결실은 가뭄에도 전염병에도 홍수에도 끄떡없을 것이며 마땅한 때가 되면 풍성한 수확을 거둘 수 있으리라.

왜냐하면 고통과 괴로움은 기쁨을 시기하지 않으므로. 고통은 바로 그것이 태어난 자리에서 기쁨을 발견하므로. 그는 어머니를 잃었을 때 나보다 어렸고, 냉정하고 무정한 아버지로부터 외면당했다. 괴물학자는 내가 무엇을 잃었는지 이해했다. 그도 같은 것을 잃었기에.

내 안에, 그가 있다.

그리고 그의 안에, 내가 있다.

시간은 직선이다.

그러나 우리는 원이다.

셋

1911년 9월 19일.

친애하는 윌,

네 옛 고용주의 안위와 관련된 문제가 아니라면 네게 이렇게 편지를 쓰지 않았을 거다. 알다시피 나는 네가 떠난 후로 그가 어떻게 지내는지 들여다보곤 했는데, 그다지 좋지 않은 쪽으로 변하고 있는 것 같아 걱정스럽구나.

헐벗은 가지, 잿빛 하늘, 죽은 이파리. 그리고 어스름에 잠겨 있는 낡은 집.

나는 문을 세게 두드렸다. "워스롭! 워스롭! 납니다, 윌리엄!" 속으로 불평을 삼키며. "윌 헨리요!"

그의 안위와 관련된 문제가 아니라면 네게 이렇게 편지를 쓰지 않았을 거다.

찬바람과 거미집, 두꺼운 더께가 내려앉은 창문과 비틀리고 휘어진 회색 창틀. 지하실에 처박혀 있나? 나는 열쇠를 찾아 주머니를 뒤졌다. 그러고는 욕지거리를 퍼부었다. 뉴욕에다 두고 온 게 틀림없었다.

"워스롭!" 문을 두드린다. "냉큼 대답하지 못해요, 이 빌어먹을 양반아!"

녹슨 경첩이 상처 입은 동물처럼 새된 비명을 내지르며 문이 열렸다. 그리고 거기 그가 있었다. 그의 남은 부분이 있었다. 비바람에 바랜 판자 같은 창백한 얼굴. 어스름한 하늘처럼 공허한 눈. 지난번에 봤을 때보다 살이 더 빠졌다. 뼈와 거죽만 남은 몸과 파리하고 얇은 입술, 수척한 얼굴 위에서 지나치게 커 보이는 변색한 치아. 뼈만 남은 손이 낡고 지저분한 손수건을 꼭 쥐고, 다른 한 손에서는 오래된 리볼버가 내 이마 중앙을 겨냥하고 있다.

우리는 한참 동안 서로를 바라보았다. 아무 말 없이 묵묵하게, 문지방을 사이에 두고, 서로 우주의 반대쪽에서.

전화를 걸어도 받질 않는다. 문을 두드려도 나와 보지 않고. 관계 당국에 신고하기 전에 너에게 먼저 연락을 해야 한다고 생각했단다. 너는, 어쨌든 가장 넓은 의미에서 그의 유일한 가족이 아니냐.

"워스롭." 내가 말했다. "대관절 뭘 하고 있는 겁니까?"

그의 입이 열렸다. "그를 보고 있지."

그러고는 까무러쳤다.

나는 그를 안고 위층으로 올라갔다. 발을 디딜 때마다 휘휘 소용돌이치는 먼지의 바다를 건너. 괴물학자는 열한 살 어린애처럼 가벼웠다. 나는 그의 방 침대에 그를 눕혔다. 신발을 벗기고 담요를 덮어 주었다. 의자에 주저앉았다. 24년 전 내가 앉았던 바로 그 의자였다. 이 의자에 앉아 얼마나 자주 그가 칭얼거리고 투덜거리고 훈계하고 질문하고 나를 해부대에 올라온 시체처럼 뼛속까지 가르고 해체하는 것을 참아 주었던가. 그의 호흡은 얕고 고르지 못했다. 시커먼 눈꺼풀 아래서 눈동자가 어지러이 움직이는 것이 보였다. 마치 내가 떠난 뒤로 한숨도 자지 못한 것처럼, 잠을 자기 위해서라도 내가 돌아오기만을 기다렸던 것처럼.

"자요?" 내가 큰 소리로 물었다. 내 목소리가 쥐 죽은 듯 고요한 허공 속을 안개처럼 떠돌았다. 그는 대답하지 않았다. "지옥에나 가 버리시지." 내가 말했다. "모건을 시켜서 나한테 편지를 쓴 거죠? 나한테 바라는 게 뭐예요, 워스롭? 여긴 아무것도 없어요. 나한테 남은 것도 없고 당신한테 남은 것도 없다고요. 난 더 이상 당신을 돌볼 필요가 없어요. 사실은 평생 그랬던 적이 없죠. 난 어린애였어요. 나한테 무슨 선택권이 있었겠냐고요. 당신이 나를 날마다 두들겨 패고 밤에는 벽장에 가뒀더라도 난 여기서 살았을 거란 말입니다."

나는 오버코트를 벗어 무릎에 아무렇게나 올려놓았다. 몸이 부르르 떨렸다. 다시 코트를 입었다. 입김이 하얗게 올라왔다.

"내가 당신한테 갚아야 할 은혜가 뭔데요? 아무것도 없어요. 설령 있더라도 벌써 백배도 넘게 갚았다고요. 내가 바랐던 것도 아니잖아요. 난 당신의…… 의도하지 않은 무자비함을 바라지도 않았다고요."

왠지 비현실적인 어둠 속에서, 그는 나이 들어 보이지 않았다. 그는 어린아이 같았다. 굶주린 어린아이, 봐서는 안 될 것들을 너무 많이 보아 버린 어린아이. 그의 손에 두 치수는 작은 낡은 모자가 꼭 쥐여 있더라도 나는 그리 놀라지 않았을 것이다.

"하지만 난 지금 여기 와 있죠. 이 빌어먹을 의자에 앉아 있고. '냉큼 서둘러라, 윌 헨리!' 늘 그렇듯이 또다시 없어서는 안 될 존재가 되어서 말이죠. '네, 워스롭 박사님. 지금 갑니다, 워스롭 박사님!' 염병할, 지옥에나 떨어져요."

나는 그를 떠난다. 너무 춥다. 바깥보다 안이 더 춥다. 난방비를 못 낸 게 틀림없다. 아니면 난로가 또 고장 났는지도. 정말로 전기가 나갔는지 확인하려 복도의 전기 스위치를 올려 본다. 그러고는 아래층으로 내려간다. 바닥에 떨어져 있는 리볼버를 주워서, 이번에는 부엌으로 향한다. 상한 음식과 더러운 식기와 냄비, 반쯤 차 있는 찻잔에는 곰팡이가 피어 있다. 싱크대 아래에서 뭔가 바스락거리는 소리가 난다. 쥐새끼겠지. 지하실 문으로 몸을 돌렸다. 보일러를 점검하려면 반드시 이 관문을 통과해야 한다. 하지만 지하실은 내가 가장 보고 싶지 않은 곳이다. 지하실은 내 유년시절을 잃은 곳이자 그것의 일부가 아직 남아 있는 곳이다. 그는 그것을 이태까지 보관했다. 그가 고기 써는 칼로 잘라 낸 내 손가락, 포름알데히드 병 안에서 둥둥 떠다니는 내 손가락.

저걸 보관해 두신 거예요?

쓰레기통에 던져 버리고 싶진 않았거든.

그는 내 목숨을 구하기 위해 그런 짓을 했다. 또 하나의 의도치 않은 무자비함.

문에 맹꽁이자물쇠가 채워져 있다. 최근에 단 것이다. 자물쇠는 새것이다. 지난번에는 이런 걸 본 기억이 없다.

다시 위층으로 올라갔다. 그는 꿈쩍도 하지 않았다. 담요를 내리고 조심스럽게 그의 주머니를 뒤진다. 텅 비었다. 워스롭, 이 과대망상 환자 같으니. 열쇠를 어디다 숨긴 거예요? 그리고 지하실은 왜 잠가 놓은 거고?

나는 다시 담요를 덮어 준다. 의자에 앉는다. 낡은 리볼버 권총을 손에 든다. 약실을 확인한다. 텅 비었다. 나는 작게 웃었다. 현관 계단 앞에 쌓여 있는 죽은 낙엽처럼, 발목까지 깊숙이 쌓인 아이러니.

"다시는 여기 안 올 겁니다. 이번이 마지막이에요. 침대가 있으니 잠이나 자요. 그리고 나를 비판하기 전에 세상의 역사를 한번 생각해 보라고요. 어떤 창조주도 자신의 창조물을 경멸하지는 않았어요."

"사탄은 어쩌고?" 침대에서 흘러나온 가느다란 목소리. 그러니까 깨어 있었단 말이로군. 그럴 줄 알았다.

"사탄은 파괴자였잖아요. 그는 아무것도 창조하지 않았어요."

"그의 창조자를 말하는 거다. 모든 것을 사랑하는 만물의 창조주가 사탄만큼은 지옥의 가장 깊숙한 얼음 구덩이에 가둬 놓지 않았더냐. 그러나 사탄도 그의 창조물이었지. '지금 흉측한 그만큼 옛날엔 아리따웠더니…….'"

"오, 이번엔 또 뭡니까, 워스롭?" 나는 앓는 소리를 낸다. "오늘은 또 뭣 때문에 죽어 가는 거예요?"

얇은 입술이 심술궂은 미소를 그린다. 그 모습에 배가 뒤틀린다.

"오, 항상 똑같지, 윌 헨리. 항상 똑같은 거야."

넷

월 헨리이이이이이이이이이이!

그리고 나는 어둠 속으로 뛰어 내려간다. 그는 침대 위에서 몸을 만 채, 방금 흉흉한 악몽에서 깨어난 어린애처럼 시트를 구깃구깃 쥐고 있다. 의자에 앉아 메마른 입으로 연신 하품을 해 대는 소년은 대부분 무시당한다. 그는 소년이 곁에 있는 것을 원하는 게 아니다. 그는 청중을 원한다. 어떤 청중이든 상관없다.

다섯

“여기 왜 이렇게 추운 겁니까?” 나는 그에게 물었다.

“그러냐? 난 잘 모르겠다만.”

“마지막으로 식사를 한 건 언제예요? 목욕은요? 옷을 갈아입은 건 언제고요? 당신이 이래 봤자 내가 상관이나 할 것 같아요, 워스롭? 당신이 이런…… 이 집이라고 부르는 무덤에서 뭘 하는지 눈곱만큼이라도 궁금해하느라 내가 1초라도 낭비할 것 같으냐고요. 전쟁터에서 죽은 시체처럼 그렇게 실실거리며 누워 있지 말고 대답이나 해요, 워스롭!”

“내가 찾았단다, 윌 헨리.”

“뭘 찾아요?”

“존재 그 자체 말이다.”

“뭐요? 뭘 찾은 건데요? 제대로 말해요. 말장난 같은 데 낭비할 시간 없으니까."

그의 눈이 형형하게 빛난다. 내가 아는 표정이다. 가슴속 깊은 곳이 욱신거린다. 흡사 사막을 걷다가 멀리 있는 오아시스를 발견한 것처럼, 또는 북적거리는 시내 한복판에서 오랫동안 만나지 못한 친구와 마주친 것처럼.

"인간성을 초월한다는 것은 말로는 표현할 수 없지……."

"그건 동감이군요. 당신은 확실히 인간성의 한계를 넘어선 것 같으니까."

"내 평생의 업적이다, 윌 헨리."

"업적이라고요? 이제 세상에 괴물 같은 건 없어요, 워스롭. 그런 걸 사냥하는 사람도 없고요."

그는 고개를 저었다. 다시 끄덕였다.

"괴물은 언제 어디서나 존재한다. 하지만 네 말도 맞아. 내가 마지막 남은 한 사람이지."

"다 내 탓이죠."

"오, 넌 정말 형편없는 괴물학자가 되었을 거다. 볼품없이 끝나느니 차라리 내 대에 끝나는 게 낫지."

나는 그의 모욕적인 말에 웃음을 터뜨렸다. 달리 어떻게 해야 했을까? 권총에는 총알이 없었다.

"설사 내가 평범한 인간이더라도 그건 내 잘못이 아니에요." 나는 다시 창조주와 창조물에 관한 이야기로 화제를 돌렸다. "신도 사탄을 모든 면에서 완벽하게 만들 수 있었잖아요? 어쨌든 전지전능한 신이니까요."

"바로 거기 차이가 있지." 나이 든 괴물학자가 쌕쌕거리며 말했다. "신은 신이지만 나는 아니거든."

"뭐가요? 신이 아니라는 건가요, 당신은 당신이 아니라는 건가요?"

그는 코웃음을 치며 뼈다귀만 남은 앙상한 손가락을 탁 튀겼다. "양쪽 다."

"흠, 그래도 전에는 이 정도는 아니었잖아요. 대체 무슨 일이 있었던 거예요?" 불현듯 화가 치밀었다. "그보다 여기 무슨 일이 있었던 거예요? 내가 청소와 요리를 할 사람을 구해 주고 갔잖아요. 이름은 기억 안 나지만……."

"비어트리스." 그가 대답했다. 나는 그를 노려보았다. 지금 농담하자는 건가? 그러나 그는 웃고 있지 않았다. "내가 해고했다."

나는 속으로 화를 삭이며 고개를 끄덕였다. 뭔가가 다시 슬금슬금 풀려나고 있었다. 검고 어두운 것, 감겨 있다 풀어지는 것.

"당연히 그랬겠죠! 난 항상 뭐가 당신을 먼저 죽일지 궁금했어요. 당신의 거대한 자만심인지, 아니면 그 어마어마한 자기연민인지."

"그 둘은 하나고 똑같은 거란다, 윌 헨리. 항상 그랬지."

그의 눈에서 눈물이 뚝 떨어졌다. 내가 얼마나 자주 이 의자에 앉아 그의 앞에서 눈물지었던가?

"왜 우는 거죠, 워스롭?" 내가 거칠게 물었다. "당신이 울면 내가 다시 돌아오기라도 할 것 같아요?"

내 안의 뭔가가 슬금슬금 풀리고 있었다. 그가 내게 준 선물, 그가 내게 건 저주.

"원하는 게 뭐예요? 윌 헨리는 사라졌어요. 이제 그런 사람은 존재하지 않는다고요. 이제 그런 것쯤은 참을 줄 알아야죠."

그의 입술이 뒤로 젖혀졌다. 미소가 아니었다. 미소를 어정쩡하게 흉내 낸 것에 불과했다.

"그러고 있다. 너는 왜 그러질 못하느냐?"

우리는 사이에 존재하는 광활한 공간 너머로 서로를 한참 동안 노려보았다.

내 안에 그가 있다.

그리고 그의 안에 내가 있다.

어둠 속에서 그는 그가 모아 둔 섬뜩한 표본들의 희생자로 보였다. 죽음이 깃든 미소, 크고 깜박이지 않는 눈, 핼쑥하고 쭈글쭈글한 육체. 어떤 점에서 그는 정말로 그러했다.

제발, 제발 나를 떠나지 마라, 윌 헨리……. 언젠가 그는 내게 이렇게 간청했었다. 네가 나를 인간으로 지탱해 주는 유일한 존재다…….

여섯

나는 욕실로 갔다. 거울 속에서 어른의 가면을 뒤집어쓴 소년을 발견했다. 고급 양복을 입고, 머리는 깔끔하게 빗어 넘기고, 턱수염도 보기 좋게 정돈되어 있다. 오직 눈만이 그의 본질을 드러내고 있을 뿐이다. 그것은 여전히 그의 눈이었다. 어린 소년 윌 헨리의 눈, 소스라치게 놀라 세상을 바라보는, 언제라도 어둠 속에서 뭔가 튀어나오기를 기다리고 있는 눈. 너무나도 많은 것을 너무나도 일찍, 너무나도 오랫동안 외면하지 못하고 보아 온 눈. 보지 마. 가면 뒤의 어른이 소년에게 속삭였다. 보지 마.

나는 욕조에 물을 채우고 최대한 깨끗한 수건을 찾아 빨았다(옷장에는 그런 수건이 없었다.). 그의 방으로 돌아갔다.

"뭐 하는 거냐?" 내가 침대로 다가가자 그가 겁에 질려 떨리는 목소리로 물었다.

"몸에서 냄새나요. 목욕을 시킬 겁니다."

"그런 건 나 혼자서도 할 수 있다, 미스터 헨리."

"그래요? 그럼 왜 지금까지 안 한 거죠?"

"지금은 피곤하니까. 조금 쉬었다 하자꾸나."

나는 그의 손목을 움켜쥐고 침대에서 끌어냈다. 그의 몸이 내 어깨에 가볍게 부딪쳤다. 나는 내 목에 그의 팔을 두르고 부축해서 욕실로 데려갔다.

"비누는 저기 있고, 목욕수건은 저기 있어요. 마른 수건은 저기 있고. 끝나면 부르시죠."

"끝났다!" 그가 내 얼굴에 대고 소리쳤다. 그러더니 미친놈처럼 낄낄거렸다.

"몸을 다 씻고 나면 면도를 해 줄게요. 먹을 것도 찾아보고."

"넌 나의 창조물이 아니야." 그가 말했다.

"아니고말고요, 워스롭." 내가 대답했다. "난 아무것도 아니에요. 난 아무것도 아니라고요."

그것은 그의 서재에 없었다. 서랍이나 먼지 자욱한 선반, 또는 그것이 있을 만한 어떤 장소에도 없었다. 서재는 집의 다른 부분과 마찬가지로 온통 먼지에 더께투성이였고, 바싹 마른 벌레 시체와 흑갈색 기억의 먹구름이 두텁게 깔려 있었다. 이곳에서 그는 중요한 논문과 서신, 학회에서 발표할 글을 집필했다. 그 시대의 선각자들이 모두 이곳에 모였더랬다. 과학자, 모험가, 작가, 발명가, 사회적 명사들, 심지어 한두 명의 미국 대통령도 여기 앉아 있었더랬다. 워스롭은 나름의 방식으로 명성을 쌓았고, 일부 잘 알려지지 않은 집단에서는 저명인사로 통했다. 그러나 그 모든 것이 그가 내뿜는 광휘가 희미해진 순간 궤도에서 이탈했고, 한때 그가 높이 들어 올려 어둠을 밝히던 등불은 연료가 다한 순간 어둠에 먹혀 버렸다. 답신 없는 편지들, 울리지 않는 전화, 대답 없는 호출, 그리고 펠리노어 워스롭은 기억의 뒤편으로, 수평선 너머로 사라져 더 이상 보이지 않는 높다란 탑처럼 그렇게 희미해졌다. 워스롭? 그래, 기억나. 그런데 그 사람 이름이 워스롭이었나, 윈스롭이었나? 아니면 워스립이었나? 어쨌든 그 사람이 어쨌는데? 드디어 운이 다했대?

책상 뒤쪽 벽에 낡은 지도가 걸려 있었다. 누군가—아마 그 자신이었을 것이다. 어쨌든 나는 아니었으니까.—그가 연구 조사차 방문했던 장소들을 일일이 핀으로 꽂아 표시해 두었다. 대부분은 나도 아는 곳이었다. 그와 함께 갔던 곳이었다. 캐나다, 멕시코, 영국, 이탈리아, 스페인, 아프리카, 인도네시아, 중국. 어두운 것들이 그를 손짓해 부르던 장소들. 나는 지도를 물끄러미 쳐다보며 한참 동안 서 있었다. 워스롭은 저 작은 핀들이 꽂힌 장소들에서, 그가 아니라면 누구도 견딜 수 없는 추악한 공포와 두려움을 딛고 얼마나 많은 이들의 목숨을 구했던가? 알 수 없다. 수백 명, 어쩌면 수천 명일지도 모른다. 어쩌면 그보다 더 많을 수도 있다. 인류 전체를 멸망시킬 수도 있었던 T. 마그니피쿰도 그가 패퇴시켰다. 그가, 펠리노어 워스롭이, 지금은 하찮은 이들도 기억하지 못할 그 이름이.

뭐, 어쨌든 그렇지.

"윌 헨리이이이이이이이!" 그의 목소리가, 비현실적이리만큼 멀리서, 희미하게, 계단 아래로 흘러내렸다.

나는 눈을 질끈 감았다. “잠깐만요! 조금만 더 앉아 있어요!”

방법이 잘못됐다. 가장 가까운 곳에서 시작해 바깥쪽으로 조금씩 확장해 나가야 했다. 워스롭이라면 그렇게 했을 것이다.

자연은 단순함에서 시작해 점점 더 복잡한 것으로 발전해 나가지. 그러므로 자연을 연구하는 우리들도 그 방법을 따라야 한다. 문제가 발생했을 때에는 먼저 제일 간단한 해결책을 찾는 거야. 그게 바로 대자연의 방식이지.

만일 그가 몸에 지니고 있지 않다면 그것을 숨기는 가장 간단한 장소는 자물쇠와 가까운 곳이다. 언제든 손에 넣을 수 있는 곳.

만일 그렇다면, 그가 지하실 문을 잠근 이유는 누군가 들어가지 못하게 하기 위해서가 아니라 누군가 나오지 못하게 하기 위해서일 것이다.

내가 찾았단다, 윌 헨리. 존재 그 자체 말이다. 내 일생일대의 업적이야.

나는 이마를 찰싹 때렸다. 당연하지! 이제야 이해가 갔다. 그의 유령 같은 형상, 너무나도 익숙한 형형한 눈빛, 어딘지 들떠 있는 침묵. 괴물학자는 평생의 업적이 무용지물이 되었기 때문에, 삶의 의미가 모두 사라졌기 때문에 무너지고 있는 것이 아니었다.

그는 늘 그렇듯이 일에 몰두하고 있었다.

지하실에 뭘 가둬 둔 거죠, 워스롭? 왜 “존재 그 자체”라고 말한 겁니까? 나한테도 계속 비밀로 할 거예요?

아니면, 자물쇠를 따고 문을 활짝 열어 “와서 직접 봐.”라고 말할 겁니까?

3곡

하나

나는 릴리를 박물관장의 사무실에서는 보이지 않는 구석진 곳으로 데려갔다.

"여기 있어." 내가 말했다. "열쇠를 가져올게."

그녀가 놀라서, 그리고 신이 나서 숨을 들이켰다. "잠긴 방에 있는 거야?"

"워스롭이 손에 넣은 가장 귀중한 전리품이라고 했잖아. 당연히 약간의 위험은 감수해야지. 그게 위험하다는 얘기는 아니야. 걱정하지 마. 아돌퍼스에게 들킬 위험을 감수해야 한다는 뜻이니까. 열쇠가 그의 늙고 성마른 머리 위에 걸려 있거든."

나는 다시 복도로 나가 그의 사무실로 향했다. 열쇠를 확보하기 위해 그의 신성한 사무실에 살그머니 숨어드는 것은 무척 위험한 행위였다. 길은 좁고 구불구불했고, 네 짝씩 높이 쌓여 있는 나무궤짝과 가슴 높이까지 쌓여 있는 종이와 서류 들 사이를 아슬아슬하게 통과해야 했다. 약간만 건드려도 이 위태로운 탑은 엄청난 굉음을 내며 무너질 것이다. 나는 그의 의자 옆을 지나쳤다. 아돌퍼스는 평소에 책상 뒤에 있는 벽, 협회의 신조("아무것도 두려워 말라.")가 적힌 문장 아래 열쇠를 걸어 놓았다. 나는 천장을 향해 있는 그의 얼굴을 내려다보았다. 위쪽 틀니—앤티텀 전투에서 목숨을 잃은 그의 아들의 치아로 만든—가 느슨해져 잇몸에서 살짝 빠져 있었다. 아돌퍼스는 입을 벌리고 이를 맞댄 채 잠들어 있었는데, 몹시 기괴하고 기분 나쁜 광경이었다. 그럼에도 나는 조금도 지체하지 않았다. 아돌퍼스는 어마어마하게 나이가 많은데도 잠귀가 귀신같이 밝았고 항상 손닿는 자리에 무거운 지팡이를 놓아두고 있었다. 거기에 제대로 한 방 맞았다간 이른 나이에 무덤에 눕게 될 것이다. 그리고 나는 아직 죽을 준비가 되어 있지 않았다. 어쨌든 그날 밤에는, 아름다운 실크 드레스와 레이스로 치장한 릴리 베이츠가 나를 기다리고 있는 그날 밤에는 말이다. 아돌퍼스의 뒤죽박죽 사무실에 쌓여 있는 정체 모를 궤짝들처럼, 그 아래 알 수 없는 약속을 숨기고 있는 그녀가 있으니 말이다.

"뭐가 잘못됐어?" 내가 돌아가자 릴리가 물었다. 그녀는 단번에 내 경악스러운 표정을 알아차렸다.

"열쇠가 없어. 누가 먼저 가져갔어."

"아돌퍼스가 주머니에 넣어 뒀을지도 모르잖아."

"그럴 수도 있지. 그렇지만 주머니를 뒤졌다간 잠에서 깰 텐데." 나는 손가락이 네 개밖에 남지 않은 손으로 입가를 문질렀다.

"그럼 그만 가자." 그녀가 말했다. 내가 불안해하는 것을 알아차린 것 같았다. "나중에 언제든지 보여 줘도 되잖아."

나는 고개를 끄덕이고는 그녀의 손을 잡고 복도로 이끌었다. 계단에서 더욱 멀리, 괴물원의 배 속 깊은 곳으로.

"윌!" 릴리가 조그맣게 비명을 질렀다. "지금 어디 가는 거야?"

"방을 보러 가자. 확인도 할 겸."

"뭘 확인할 건데?"

"방이 잠겨 있는지 점검해 봐야지. 박사님의 보물이 안전하게 잘 있나 확인하는 거야."

"박사님의 보물이란 말이지." 그녀가 멍하니 내 말을 따라 했다.

바닥은 스리슬쩍 내리막으로 변했다. 밑으로 내려갈수록 공기는 텁텁해졌고 호흡도 점차 밭고 간절해졌다. 검은 벽, 미끈거리는 바닥, 낮은 천장. 아무리 작은 빛도 통과할 수 없을 듯한 컴컴한 출입구를 지나 계속해서 내려가다 보면 몬스트러마리움에서 유일하게 잠겨 있는 문이 나타난다. 코데쉬 하코다쉼, 지성소, 자연의 가장 사악하고 삐뚤어진 농담의 산물들이 살고 있는 곳, 이 우주가 하느님의 사랑과 흠결 없는 지성에 의해 다스려지고 있다는 우리의 간절한 믿음에 대한 반증이 존재하는 곳.

"윌리엄 제임스 헨리."

릴리가 이를 악물고 으르렁거렸다. 그녀는 발을 멈추더니 더 이상 움직이기를 거부했다. 다음 모퉁이만 돌면 잠긴 문이었다. 릴리는 내 손에 잡혀 있는 손을 빼내 가슴 앞에 팔짱을 끼었다.

"그 방에 뭐가 있는지 말해 주지 않으면 한 발짝도 안 갈 거야."

"뭐? 무적의 릴리 베이츠가 지금 겁을 내는 거야?" 나는 그녀를 놀렸다. "나한테 최초의 여성 괴물학자가 되겠다고 자랑하던 그 소녀가? 이것 참 충격인걸."

"괴물학의 첫 번째 규칙은 항상 조심해야 한다는 거야." 그녀가 장난스럽게 받아쳤다. "세상에서 가장 뛰어난 이상생물학자의 제자라면 그런 것쯤은 알아야 하지 않아?"

"제자라고?" 나는 웃었다. "난 그의 제자가 아니야. 그랬던 적도 없고."

"오? 그의 제자가 아니면 그럼 넌 뭔데?"

나는 그녀의 눈을 깊숙이 마주쳤다. 희미한 빛 속에서도 너무나도 깊고 너무나도 짙은 푸른 눈동자.

"나는 모든 것을 뱉어 내는 무한한 무(無)지."

그녀는 웃으면서 맨살이 드러난 팔을 신경질적으로 문질렀다.

"너 취했구나."

"너무 난해해? 좋아, 그럼 이건 어때? 나는 인간들의 무언의 기도에 대한 응답이야. 세상에서 제일 정신이 온전한 사람이지. 왜냐하면 그 어떤 인간적인 것도 내 관점을 흐트러뜨릴 수 없거든. 그러므로 완벽하게 객관적인 화자가 될 수 있지."

그녀는 이제 매우 심각해졌다. 그녀가 냉정한 목소리로 물었다. "잠긴 방에 뭐가 있는 거야, 윌?"

"길고 긴 길의 끝이지, 릴리. 여정의 종착역이야. 그걸 볼 수 있는 눈을 가진 사람들에게 말이야."

둘

사건의 발단은 몇 달 전, 뜻밖의 방문객으로부터 시작했다.

"펠리노어 워스롭이라는 사람을 찾고 있다." 현관에서 그가 말했다. "여기 오면 그를 만날 수 있다던데."

신경 쓰지 않으면 눈치채기 힘들만큼 희미한 유럽 억양. 긴 여행 탓에 먼지투성이가 된 여행용 망토와 그 안에 엿보이는 맞춤 양복. 훌륭한 몸가짐. 세심하게 조각된 눈썹 아래 새처럼 영리하게 빛나는 눈동자. 그에게서는 착각하기 어려운 고상한 귀족적 분위기가 느껴졌다. 하늘하늘 얇게 걸려 있는 오만함.

그리고 그의 뒤, 해링턴 레인 위에는 그림자가 모여들고 있었다.

"워스롭 박사님 댁이긴 합니다만." 내가 대답했다. "무슨 일로 찾아오셨나요?"

"그건 나와 워스롭 박사 사이의 일이야."

"그렇게 말씀하시는 분은 누구시죠?"

"내 이름은 밝히고 싶지 않군."

"박사님은 비밀스러운 용건으로 찾아온 익명의 방문객을 호쾌히 반기시는 분이 아니라서요." 나는 태연하게 거짓말을 늘어놓았다. "하지만 찾아와 주셔서 감사합니다."

나는 그의 얼굴 앞에서 문을 닫았다. 그러고는 기다렸다. 문을 두드리는 소리가 나자, 나는 다시 문을 열었다.

"무슨 일이시죠?"

"지금 당장 워스롭 박사와 만나고 싶다." 콧구멍이 벌름거렸다. 이 건방진 애송이 자식!

"그렇게 말씀하시는 분은 누구시죠?"

"여기 나 말고 다른 사람이 있나?"

"박사님께 기꺼이 전갈을 전해 드리겠습니다만, 저는 어떤 상황에서도 방해하지 말라는 매우 엄중한 지시를 받아서요. 국가적인 비상사태만 빼고요. 혹시 국가적인 비상사태인가요?"

"그럴 가능성이 있다는 것만 말해 두마." 그는 점점 어둑해지는 주위를 힐끔거리며 대답했다.

"흠, 그런 경우라면 손님이 찾아오셨다고 말씀드리도록 하죠. 그래서 성함이 어떻게 되신다고요?"

"하느님 맙소사!" 그가 못 참겠다는 듯이 소리를 질렀다. "마테를링크가 왔다고 전해라. 그래, 마테를링크, 그거면 될 거다." 마치 다른 이름을 댈 수도 있다는 듯이. "마테를링크가 세레혼에서 아주 급한 소식을 갖고 찾아왔다고 전해! 그렇게 얘기하라고!"

"그러지요." 그런 다음, 나는 두 번째로 문을 닫았다.

"윌 헨리."

나는 몸을 돌렸다. 괴물학자가 서재 문 앞에 서 있었다.

"누구냐?" 그가 물었다.

"자기 이름이 마테를링크라는데요. 그거면 될 거라고. 세레혼에서 아주 급한 소식을 갖고 찾아왔답니다. 뭔지는 몰라도 국가적인 비상사태가 될 가능성이 있다는데요?"

그의 얼굴이 새파랗게 질렸다. "세레혼? 확실하냐? 그게 진짜라면 지금 뭘 하고 있는 게냐? 냉큼 들여보내! 그리고 차를 끓여서 서재로 갖고 와라."

그가 홱 돌아섰다. "세레혼!" 자그마한 탄성이 들렸다. "세레혼이라고!"

내가 차 쟁반을 갖고 들어갔을 때 두 사람은 벽난로 옆에 앉아 아주 진지한 대화에 몰두하고 있었다. 자신을 마테를링크라고 소개한 남자가 두꺼운 눈썹 아래로 나를 쏘아보았다. 워스롭이 그 눈빛을 놓칠 리가 없었다.

"괜찮소, 마테를링크. 윌은 믿어도 되오."

"용서하십시오, 워스롭 박사. 하지만 이 일은 아는 사람이 적을수록 좋으니까요."

"난 내 목숨을 걸고 저 아이를 신뢰하오. 그러니 이 일에 있어서도 믿을 수 있어요."

"흐음." 마테를링크가 얼굴을 찌푸렸다. "좋습니다. 하지만 난 마음에 안 듭니다. 태도가 영 마뜩잖더군요."

"열여섯 살짜리 어린애에게 뭘 바라는 거요? 자, 차나 드시오. 설탕은 한 개? 아니면 두 개를 넣겠소?"

나는 두 사람 맞은편에 있는 긴 의자에 앉아 내가 제일 잘 하는 일을 했다. 박사와 함께 살면서 자기보호 본능의 일환으로 활용하게 된 전략이었다. 존재감을 지우고 그 방의 가구가 되는 것. 얼마가 지나자 두 사람 모두 내가 거기 있다는 사실조차 잊어버린 듯했다.

"물론." 괴물학자가 말했다. "당신의 이야기가 설득력이 무척 부족하다는 점을 이해해야 하오. 그건 거의 100년 동안이나 목격되지 않았으니까."

"그럴 만한 이유가 있었지요." 마테를링크가 응수했다. "내가 전문가인 척하지는 않겠습니다, 워스롭 박사. 나는 박물학자가 아니니까. 나는 사업가요. 당신을 추천한 건 내 고객이고요. 그가 말하기를 '워스롭을 만나 보시오. 그 사람이라면 그게 진짜라는 걸 입증해 줄 거요. 그보다 더 나은 사람은 없을 거요.'라고 하더군요."

"그건 사실이지." 박사가 엄숙하게 고개를 끄덕이며 말했다. "나보다 더 나은 사람은 없소. 내가 그것이 진짜라는 것을 입증할 수 있다면 그보다 더 기쁜 일도 없을 테고. 유일한 문제가 있다면 당신이 나에게 그걸 보여 주지 않는다는 거요!"

마테를링크는 귀족적인 동작으로 손사래를 치며 그의 반박을 흘려 넘겼다.

"싸구려 영업사원처럼 상품을 가지고 다니는 건 현명하지 못한 일이지요. 그것은 꽤 가까운 곳에서, 매우 안전하게, 그리고 훌륭하게 관리되고 있습니다. 내 고객의 지시에 따라 그 연약한, 뭐라고 해야 하지, 가능성을 안전하게 보존하기 위해서 말이지요. 거래가 성사된다면 반 시간 내에 당신한테 전해 드리지요."

워스롭이 눈을 가늘게 좁혔다. "사업자라면 판매하고자 하는 제품을 가져와서 구매자에게 직접 보여 주는 편이 더 이치에 맞는다는 생각을 안 해 봤소? 내가 당신이 제시하는 가격에 동의한다고 해도, 그것을 직접 보기 전까지는 한 푼도 넘겨주지 않을 거요!"

"그렇다면 묻지요, 워스롭 박사. 그래서 우리는 거래에 합의한 겁니까?"

워스롭이 이맛살을 찌푸렸다. "합의를 했느냐고?"

"적당한 가격만 치러 주면 언제든 물건을 가져가실 수 있습니다."

"나는 당신이 나한테서 돈을 갈취하려는 사기꾼이 아니라고 확신한 후에만 그걸 받아 갈 거요."

마테를링크가 고개를 뒤로 젖히며 껄껄 웃었다. "안 그래도 내 고객이 당신이 돈에 아주 인색할 거라고 경고했지요." 그는 한참 뒤에 숨을 고르고는 말했다. 그러더니 다시 심각해졌다. "이해하셔야 합니다. 그것의 몸무게만큼 황금을 주겠다는 사람이 널려 있어요. 솔직히 그걸 손에 넣을 수만 있다면 자기 딸도 갖다 팔 사람도 수두룩하고요. 박물학과는 전혀 상관없는 사람들이죠. 난 언제든 그런 사람들을 찾아갈 수도 있습니다……."

"그래, 그럴 거요." 괴물학자가 의자 위에서 몸을 경직시키며 말했다. 그는 지독히 분개해하고 있었지만 손님은 전혀 눈치채지 못한 상태였다. 워스롭은 감정적이 될수록 겉으로는 냉정해진다. "그것의 살아 있는 개체는 세상에서 가장 뚱뚱한 사람의 몸무게에 준

하는 황금보다도 더 값어치가 나갈 거요. 또 이집트인들에게 교훈을 가르친 역병보다도 더 파괴적인 결과를 가져올 거고."

"그리고 누구도 그런 건 원치 않을 겁니다!"

워스롭이 눈동자를 뒤룩뒤룩 굴렸다. 마음을 가라앉히려 숨을 깊이 들이마시고 말했다. "이제까지 논한 바로 미루어 보아, 당신이 그것을 실제로 보유하고 있고 이 모든 게 아주 정교한 사기가 아니라고 가정하겠소. 그래서 당신이 제시하는 가격이 얼마요?"

"제가 제시하는 게 아닙니다, 박사. 내 고객이 제시하는 거죠. 난 중개인에 불과하고 적당한 수수료를 받게 될 겁니다. 거래가의 5퍼센트지요."

"그래서 액수가……?"

"5만 달러요."

워스롭이 기가 막힌다는 듯이 웃음을 터뜨렸다. "그게 그 사람이 바라는 금액이오?"

"아니요, 박사. 제 수수료가 그렇다는 겁니다."

워스롭은 셈하는 능력이 나보다 뛰어났다. 그가 재빨리 말했다. "100만 달러라고?"

마테를링크가 고개를 끄덕였다. 혀를 내밀어 입술을 축였다. 그러고는 워스롭의 아연실색한 표정이 우습다는 듯이 히죽 웃었다.

"방금 내가 얘기한 사람들한테 가면 세 배는 더 받을 수 있습니다." 마테를링크가 사실을 상기시켰다. "200만 달러도 싼 가격이지요, 박사. 100만 달러면 거저나 다름없어요."

워스롭은 고개를 끄덕이고 있었다.

"완전히 도둑놈 심보라는 건 나도 동의하는 바요."

그가 자리에서 벌떡 일어났다. 그는 마테를링크를 하찮다는 듯 굽어보았다. 마테를링크는 제왕과도 같은 그의 위엄 앞에서, 활활 불타오르는 모닥불에 던져진 불쏘시개처럼 순식간에 초라하게 쪼그라들었다.

"나가!" 워스롭이 자제심을 내려놓고 포효했다. "나가, 나가, 당장 내 눈 앞에서 사라져! 이 뻔뻔하고 야비한 놈아, 속이 시커먼 허풍쟁이 사기꾼 같으니, 내가 탐욕으로 가득 찬 그 펑퍼짐한 엉덩이를 발로 걷어차기 전에 당장 사라져! 과학은 당신이 사고파는 싸구려 창녀가 아니고, 우리 과학자들은 어리숙한 바보가 아니야! 어쨌든 전부 다 그런 건 아니지. 적어도 나는 그렇소. 누가 당신을 보냈는지는 모르지만—아니면 정말로 누가 당신을 보내기나 했는지 모르겠지만—그 고객이라는 작자한테 가서 워스롭은 미끼를 물지 않았다고 전하시오. 가격을 너무 높게 불러서가 아니라—터무니없는 가격이긴 하지만—이상생물학자가 인간의 이상 행동에 대해 무지할 것이라고 믿는 멍청하고 자기 주제도 모르고 설치는 사기꾼과는 거래를 하지 않기 때문이라고 전하시오!"

워스롭은 내 쪽으로 몸을 돌렸다. 두 눈이 노여움에 이글거리고 있었다.

"윌 헨리, 이…… 이…… 판매원에게 나가는 길을 안내해 줘라. 좋은 하루 되시오, 선생. 그리고 잘 가시오!"

그는 발을 쿵쿵거리며 방에서 나갔다. 어색하고 불편한 정적이 내려앉았다.

“사실은 흥정을 할 생각이었는데.” 마테를링크가 조용한 목소리로 실토했다. 나는 그의 손이 떨리고 있다는 걸 눈치챘다.

“문제는 가격이 아니에요.” 내가 말했다. 박사는 그만한 돈을 낼 여력이 있었다. “문제는 그만한 가격을 정당화할 만한 상품을 보여주지도 않고 거액을 요구했다는 거죠.”

“난 우리가 신사답게 협상을 할 수 있을 거라고 생각했는데.”

“오, 괴물학자들 중에서 그런 걸 할 수 있는 사람은 드물어요.” 나는 빙그레 웃으면서 말했다. “적어도 살아 있는 사람들은 말이죠.”

나는 그를 현관까지 안내하고 망토를 걸치는 것을 거들어 주었다.

“그걸 가지고 와야 할까?” 그가 나의 지혜를 구하듯이 소리 내어 중얼거렸다. “직접 본다면 아마…….”

“보는 것도 거부하실걸요. 신뢰라는 다리는 벌써 무너졌다고요.”

마테를링크의 어깨가 축 처졌다. 그의 눈에 체념의 기색이 떠올랐다. “그걸 팔아 버릴 수도 있어. 그것도 꽤 괜찮은 가격에. 그들이 날 죽이지만 않는다면 말이야.”

“누가요? 누가 선생님을 죽이는데요?”

그는 내 질문에 놀란 것 같았다. “돈만 아는 모리배들.”

“아, 그렇죠. 모리배들은 뻔뻔하고 야비하죠.”

내가 문을 열자 그는 문밖으로 나섰다. 완연한 밤이 되어 있었다. 나는 현관 앞 계단까지 그를 따라 나갔고, 등 뒤로 문을 닫았다.

“전술적인 실수를 저질렀어.” 그가 말했다. “다른 과학자를 찾아봐야겠군…….”

“그 말을 들으니 조금 안심이 되네요.” 내가 털어놓았다. “세 배로

쳐 주겠다는 모리배들을 마다하고 과학자들에게 팔겠다고 하니 당신을 믿을 수 있을 것 같아요. 그건 당신이 좋은 사람이란 뜻이니까요, 마테를링크."

나는 주변을 조심스럽게 둘러본 다음 목소리를 낮췄다. 마치 박사가 덤불 속에 숨어서 우리를 몰래 지켜보고 있을지도 모른다는 듯이. "너무 서두르지 마세요. 전 박사님의 생활을 전부 책임지고 관리하고 있는데, 거기엔 재정 관리도 포함되어 있거든요. 시내에 묵고 있죠?"

그는 나를 신중한 눈빛으로 살펴보았다. 그러고는 고개를 끄덕였다. 어쨌든 사람의 첫 인상은 틀릴 수도 있다. 어쩌면 그는 나를 잘못 판단했는지도 모른다.

"퍼블릭 하우스에 묵고 있다."

"잘 됐네요. 한 시간만 주세요. 박사님하고 얘기해 볼 테니까. 그분이 나를 믿는다고 한 건 진심이에요. 어쩌면 적어도 그걸 보기만이라도 하게 설득할 수 있을지도요."

"지금 가서 얘기해 보면 안 될까? 여기서 기다릴 테니……."

"오, 지금은 안 돼요. 일단은 머리를 가라앉히게 내버려 둬야 되거든요. 화가 잔뜩 나 있다고요. 저런 상태에서는 내가 하늘이 파란색이라고 해도 안 믿을걸요."

"나는……." 그는 손을 떨며 입술을 문질렀다. "내 생각엔 그걸 가져와서 그에게 보여 줄 수도 있을 것 같다. 그렇지만 그가 사겠다는 보장이……."

"오, 아니, 아니에요. 가져오지 않은 게 잘 한 거예요. 그쪽 말대로 그게 그렇게 진귀한 거라면요. 이 집은 별별 무서운 사람들한테 감시당하고 있거든요. 워스롭 저택은 온갖 불쾌한 것들을 끌어들이는 걸로 유명해서요. 그쪽이 하는 일이 불쾌하다는 건 아니고요, 제 말은……."

그의 눈이 휘둥그레졌다. "솔직히 말하자면 난 2주일 전만 해도 괴물학이라는 게 뭔지도 몰랐다."

"마테를링크." 나는 빙긋 웃으며 말했다. "나는 5년이 넘도록 괴물학을 바로 코앞에서 봐 왔지만 아직도 그게 뭔지 잘 몰라요. 어쨌든 한 시간 뒤에 퍼블릭 하우스에서 보죠. 접견실에서……."

"아니야. 될 수 있으면 다른 사람들 눈을 피하는 게 좋겠다." 이제 나의 공모자가 된 마테를링크가 속닥였다.

"13호실로 오너라."

"아, 행운의 13이군요. 한 시간 뒤에 우리가 나타나지 않으면 그냥 못 가는 걸로 여기세요. 당신의 양심과 사업적 이해가 가리키는 대로 하면 되겠죠."

"그 둘은 상호배타적인 게 아니야." 그가 자부심을 발산하며 말했다. "나는 사기꾼이 아니다, 미스터 헨리!"

그리고 난 바보가 아니고요. 나는 속으로 중얼거렸다.

셋

워스롭이 서고에서 울화통을 터뜨리며 상처 입은 자존심을 핥고 자신을 무용지물로 만들고자 하는 적—자기회의—와 싸우는 사이, 나는 모험에 필요한 장비를 모아 재킷 주머니에 숨겼다. 주머니에 딱 들어맞는 크기라 보기 흉하게 불룩 튀어나오지도 않았다. 그런 다음 다시 홍차를 끓여 서고로 가서 널따란 탁자에 쟁반을 내려놓았다. 그는 탁자 위로 몸을 수그리고 앉아 『괴수 백과사전』의 최신 판을 뒤적이고 있었는데, 그것은 세상에서 가장 무섭고 기괴한 생물들을 모아 정리해 놓은 권위 있는 개론서였다. 그는 혼잣말을 중얼거리고 있었다. 손가락으로 쉴 새 없이 빗어 넘기는 풍성한 머리칼이 비잔틴 미술에 나오는 후광처럼 그의 갸름한 얼굴을 감쌌다. 내가 쟁반을 내려놓자 그가 움찔 놀라며 물었다. "이게 뭐냐?"

"한 잔 더 드시고 싶으실 것 같아서요."

"한 잔 더?"

"홍차요."

"홍차라. 윌 헨리, 마지막 T. 세레호넨시스(T. cerrejonensis)는 1801년에 석탄을 캐던 광부에게 죽었다. 그건 멸종했어."

"허풍쟁이가 탐욕을 너무 적나라하게 드러냈어요. 쫓아내길 잘하셨어요, 박사님."

나는 그의 찻잔에 각설탕 두 개를 떨어뜨리고 숟가락으로 휘휘 저었다.

"내가 임문두스 마테르테라(Immundus matertera)를 사려고 6000달러를 지불한 적이 있다는 걸 아느냐?" 그가 물었다. 드물게도 변명의 기색이 섞여 있는 말투였다. "난 인류의 지식 발전을 위해서라면 돈을 아까워할 사람이 아니야."

"전 그게 어떤 생물인지도 몰라요. 어쨌든 그 사람이 실제로 살아 있는 표본을 손에 넣었다고 가정해 보죠. 그렇다면 그가 부르는 액수만큼 값어치가 있나요?"

"그런 것에 어떻게 값을 매길 수가 있겠니. 그것의 가치는 돈으로 측정할 수가 없다."

"인류의 지식 발전에 기여한다는 의미에서요? 아니면……."

"어떤 의미에서든." 그가 한숨을 내쉬었다. "그것이 사냥당해 멸종한 데에는 이유가 있다, 윌 헨리."

"아."

"'아'라니, 그게 무슨 뜻이냐? 왜 그런 식으로 '아'라고 말하는 거냐?"

"그게 멸종한 데에는 단순히 우리의 목숨과 신체에 위협이 되는 것을 근절하기 위한 것 외에도 다른 이유가 있었다는 거군요. 이런 뜻이에요."

그는 고개를 절레절레 저었다. "내가 어디서부터 잘못 가르쳤는지. 마테를링크—과연 그게 진짜 이름일지도 의심스럽다만—가 말한 것 중에서 한 가지는 사실이다. 살아 있는 T. 세레호넨시스를 손에 넣으면 세상의 모든 강도 귀족*들을 전부 합한 것보다 더 부자가 될 가능성이 있지."

"정말로요? 그럼 100만 달러는 그렇게까지 터무니없는 가격은 아니네요."

그는 몸을 경직시켰다. "그럴 가능성이 크다. 만약에 그게 세상에 남은 마지막 한 마리라면 말이야."

"알겠어요."

"아니, 넌 모른다. 넌 이 일에 대해서 쥐뿔만큼도 몰라. 그러니 머릿속에서 깨끗이 지워 버리고 다시는 이 이야기를 꺼내지 말아 주면 대단히 고맙겠다."

"그렇지만 조금이라도 가능성이 있다면……."

"도대체 내가 한 말을 뭘로 들은 거냐? 넌 왜 입을 다물어야 할 때는 쓸데없이 조잘거리고 질문을 해야 할 때는 입을 다무는 거지?"

그는 두꺼운 책을 탁 소리 내어 닫았다. 고요한 방 안에 소리가 우레처럼 울려 퍼졌다.

"선친이 살아 계셨다면 좋았으련만. 당신이 지금 살아 계셨다면

* 카네기나 록펠러 등, 19세기의 악덕 자본가들을 가리킨다.

어린애가 제 구실을 할 때까지 외국에 보내는 게 얼마나 지혜로운 판단이었는지 진즉에 이해하지 못해 죄송하다고 사죄할 거다. 넌 가서 달리 할 일도 없느냐?"

"있어요." 나는 차분하게 대답했다. "시장이 닫기 전에 다녀오려고요. 먹을 게 다 떨어졌거든요."

"난 배고프지 않다." 그가 손사래를 치며 대꾸했다.

"그렇겠죠. 하지만 전 배가 고파 죽을 지경이라고요."

넷

퍼블릭 하우스는 시내에서 가장 고급스러운 여관이었다. 고급 가구와 훌륭한 시설이 갖춰진 방과 친절하고 세심한 직원들이 일하는 이 여관은 만남의 장소로서도 인기가 좋았고 보스턴 포스트 로드를 따라 동부로 향하는 부유한 여행자들이 자주 들르는 곳이었다. 존 애덤스도 여기 묵은 적이 있었는데, 적어도 여관 주인은 그렇게 주장했다.

13호실은 1층에서 가장 끝자락에 위치해 있었다. 복도 끝 왼쪽 마지막 방이었다. 열심히 연습한 듯 보이지만 진심이 담겨 있는 마테를링크의 반가운 미소는 내가 혼자라는 사실을 알자 금세 가셨다.

"워스롭 박사는 어디 있냐?"

"내키지 않으신대요."

나는 무뚝뚝하게 대답하고는 그를 지나 방 안으로 들어갔다. 벽난로에 작은 불이 기분 좋게 지펴져 있었다. 침대 맞은편에 있는 작은 탁자에는 브랜디와 아직 뜨거운 김이 나는 차 주전자가 준비되어 있었다. 창문은 널따란 정원을 바라보고 있었는데 풍경은 검은 커튼에 가려져 있었다. 나는 오버코트를 벗어 탁자와 벽난로 사이에 있는 의자에 걸쳐 놓은 다음 몸도 데우고 긴장도 가라앉힐 겸 브랜디를 한 잔 따랐다.

"이 일과 관련해 박사님이 내게 전적인 재량권을 부여하셨어요. 내가 짐작한 대로, 그분은 가격이 아니라 그것의 진위 여부를 걱정하고 계세요. 이른바 중개인이랍시고 자연에서 발견한 희귀한 생물을 팔겠다며 우리 집 현관문을 두드린 게 당신이 처음이 아니거든요."

나는 부드럽게—적어도 그렇게 보이길 바랐다.—미소 지었다.

"전 어렸을 때 박사님이 자연이 낳은 실수와 오류를 연구한다고 생각했지요. 하지만 이제는 사뭇 그 반대라는 것을 알게 되었어요. 그분은 완벽함을 연구해요. 자연이 실수로 만들어 낸 것들이 아니라 반대로 자연의 걸작을 연구하는 겁니다. 플라톤의 비유를 들자면 벽에 비친 그림자가 아니라 순수하고 완벽한 형상이랄까요. 그건 그렇고 이거 좋은 브랜디네요."

마테를링크가 이맛살을 찌푸렸다. 그는 내 말을 전혀 따라오지 못하고 있었다.

"그래서 워스롭 박사는 내 제안을 재고할 의향이 있다는 거냐?"

"일단 당신을 믿어 볼 의향은 있으시답니다."

"그럼 지금 당장 박사한테 가자!" 그가 외쳤다. "이번 일은 영

탐탁잖은 데가 있단 말이다. 애초에 이 일을 맡지 말았어야 했어. 이…… 네 말을 빌리면 이 걸작을 빨리 내 손에서 떠나보낼수록 마음이 편할 것 같다."

나는 고개를 끄덕이고는 남은 브랜디를 단숨에 들이켠 다음 말했다. "박사님을 만나러 갈 필요는 없어요. 제가 이 거래와 관련해 전적인 재량권을 받았다니까요. 방금 설명했잖아요, 마테를링크 씨. 이제 남은 건 그게 진짜인지 확인하는 것뿐이에요. 물건은 어디 있죠?"

그는 급히 시선을 돌렸다. "멀지 않은 곳에."

나는 웃었다. 잔에 브랜디를 따른 다음, 이번에는 그를 위해 한 잔 더 따랐다. 그는 묵묵히 술잔을 받아 들었다.

"그럼 당신이 가지러 간 동안 난 여기서 기다리죠."

그가 눈을 가늘게 좁혔다. 초조하게 브랜디를 홀짝였다. "그럴 필요는 없다." 마침내 그가 말했다.

"그럴 줄 알았어요." 나는 의자에 앉은 다리를 죽 늘려 펴며 응수했다. "그럼 어서 풀어 보여 주시죠. 빨리 끝내자고요. 박사님이 기다리시니까."

그는 고개를 끄덕였지만 막상 움직이지는 않았다. 나는 셔츠 주머니에서 백지수표를 꺼내 탁자 위, 술병 옆에 내려놓았다. 그가 술잔을 비웠다. 빈 술잔을 수표 옆에 내려놓았다. 그는 침대로 다가가, 무릎을 꿇고, 침대 밑에서 판자로 짜인 궤짝을 꺼내 매트리스 위에 조심스럽게 올려놓았다. 그의 뺨에 붉은 기가 돌았다. 나는 일어나 그에게 술잔을 건네주었다. 그가 등을 돌린 사이에 다시 채운 술잔이었다. 나는 나무궤짝으로 관심을 돌렸다. 뚜껑에 경첩이 달려 있었다. 나는 입구에 걸린 무거운 걸쇠를 젖히고 뚜껑을 열었다.

바닥에 깔려 있는 지푸라기, 그 한가운데 알이 하나 놓여 있었다. 희끄무레한 색깔에 껍질은 가죽처럼 질겨 보였고 대략 타조 알만 한 크기와 모양새였다. 껍질은—햇볕에 너무 타서 갈색으로 그을리고 벗겨진 살갗과 비슷해 보였지만—살짝 반투명했다. 껍질 안에서 뭔가 어두운 것이 움직이고 있었다. 그 검은 것이 맥동하는 것을 보고 있으려니 내 심장박동도 거기에 맞춰 빨라졌다.

뒤에서 마테를링크가 말했다.

"이게 얼마나 골치 아픈 물건인지 너는 짐작도 못 할 거다. 뉴잉글랜드는 열대 지방이 아니야. 그래서 온도를 따뜻하게 유지하는 것만도 엄청나게 귀찮고 신경 쓰이지. 이걸 돌보느라 밤새도록 잠도 못 잤어. 너무 차가워지면 안 되니까 불 옆에 둬야 하고, 그렇다고 너무 뜨거워도 안 되니까 적당한 간격을 유지해야 하지. 이젠 몸도 마음도 기진맥진이다."

나는 건성으로 고개를 주억거렸다. 상자 안에 든 물건에서 눈을 뗄 수가 없었다. 그런 것에 어떻게 값을 매길 수가 있겠니.

마테를링크의 목소리가 허공을 찌르며 치켜 올라갔다. "그래서? 이제 만족했느냐? 돈만 내면 지금 즉시 넘겨주마. 보통은 현금만 받지만 이번만큼은 흔쾌히……."

"처음부터 가져와서 보여 줬어야죠, 마테를링크."

내가 중얼거렸다. 나는 저도 모르게 알을 만져 보고 싶은 충동을 억누르기 위해 젖 먹던 힘까지 짜내야 했다. 손바닥 아래 살아 있는 생명의 따스함을 직접 느껴 보고 싶었다.

"박사님이 이걸 봤더라면 얼이 빠져서 자기가 구두쇠라는 것도 까먹었을걸요."

나는 조심스럽게 뚜껑을 닫았다.

"어떤 이들은 황금을 탐내죠, 어떤 이들은 권력을 갈구하고. 하지만 그는 평범한 이들이라면 기꺼이 파괴할 것들을 갈구하는 매우 보기 드문 부류의 사람이에요. 그래도 너무 늦지는 않았어요. 내 생각에 우린 합의를 볼 수 있을 것 같군요. 당신과 나요."

나는 몸을 돌려 탁자와 벽난로 사이에 있는 의자로 돌아왔다. 그는 잠시 오도카니 서 있다가 안도의 한숨을 내쉬며 내 맞은편 의자에 풀썩 주저앉았다. 그러고는 눈가를 세게 문질렀다. 나는 그의 잔을 세 번째로 채워 주었다.

"100만 달러."

어조로 보건대 최종 가격이 아님을 금세 눈치챌 수 있었다. 그는 흥정을 할 용의가 있었고 한시라도 빨리 이 마뜩잖은 거래를 끝내고 싶었다.

나는 수표를 집어 들었다.

"너무 많아요. 그건 본인도 잘 아실 텐데요."

그의 인내심이 바닥나고 있었다. "그럼 네가 원하는 가격을 불러 봐라, 꼬마야." 그가 비웃듯이 단어를 내뱉었다. 그는 모욕감을 느끼고 있었다. 제 나이의 절반에도 못 미치는 어린애와 억지로 흥정을 해야 한다는 것 자체가 그의 품위를 모독하는 행위였다.

나는 손가락 사이로 수표를 빙글빙글 돌렸다. 심장이 미친 듯이 뛰고 있었다. 언젠가 이것과 똑같은 일을 겪은 적이 있는 것 같은 이상한 느낌이 들었다. 그와 내가 마치 옛날부터 수백 번도 더 이 장면을 연습했던 것 같은 기분. 그리고 동시에 나는 이 멜로드라마를 지켜보고 있는 구경꾼일 뿐이며, 다소 지루하게 의자에서 꿈지럭거리면서 쉬는 시간까지 얼마나 남았는지 머릿속으로 계산하고 있는 것 같기도 했다.

마침내 내가, 배우가, 구경꾼이 말했다.

"공짜죠."

그는 할 말을 잃고 나를 우두커니 쳐다보았다. 나는 수표를 두 조각으로 찢어 주머니에 집어넣었다.

"당장 나가!" 마침내 목소리를 되찾은 그가 외쳤다.

"하지만 내가 돈 대신에 제안하는 게 뭔지 아직 안 들었잖아요. 난 돈보다 훨씬 더 중요한 걸 드릴 생각이에요, 마테를링크. 당신이 가져온 건 값을 매길 수가 없을 정도로 소중하고 희귀한 거예요. 그래서 난 당신에게도 같은 걸 제시할 겁니다. 그게 뭔지 굳이 말씀드릴 필요는 없겠죠? 안 그래요? 이 세상에 그 값을 매길 수가 없을 만큼 귀중한 게 뭔지 모르는 사람은 없을 테니까요."

그가 의자에서 벌떡 일어났다. 의자가 뒤로 발라당 넘어가 커다란 소리를 내며 바닥에 부딪쳤다. 주머니를 황급히 뒤지더니 뒤이어 데린저 권총을 쥔 손이 빠져나왔다.

"그러기엔 너무 늦었는데요." 내가 침착하게 말했다.

"아니지, 이 시건방진 꼬마 자식아, 너한테 너무 늦은 거지. 당장 나가!"

순간 그의 다리가 휘청거렸다. 그는 반대쪽 손으로 탁자를 집으려

했지만 방은 핑글핑글 돌고 있었고 중심을 잡을 수가 없었다. 총이 그의 손에서 미끄러져 바닥에 떨어졌다. 그의 두 눈이 휘둥그레졌다. 홍채는 징그러울 정도로 확장됐고, 눈꺼풀은 나비 날개처럼 퍼덕거렸다.

"나한테 무슨 짓을 한 거야?" 그가 갈라진 목소리로 속삭였다. "오오, 신이시여, 도대체 무슨 짓을 한 거야?"

"신은 아무 짓도 안 했는데요." 내가 대답했다. 그러고는 그가 쓰러지는 모습을 지켜보았다.

다섯

나는 바닥에 상자를 내려놓고 마테를링크를 침대에 눕혔다. 주머니에서 주사기를 꺼내 침대 옆 탁자에 올려놓았다. 그런 다음 그의 소매를 걷었다. 데린저를 꺼내 주사기 옆에 놓았다.

약물의 효과는 20분이면 사라진다. 나는 시계를 보며 기다렸다.

내가 어디서부터 잘못 가르쳤는지.

당신은 잘못 가르치지 않았어요. 모든 면에서 출중했지. 현명한 스승은 제자가 청출어람으로 성장하길 바라고, 나는 당신을 넘어섰을 뿐. 내가 든 등불이 당신이 든 것보다 훨씬 밝게 빛날 뿐. 티끌만큼의 어둠도 허락하지 않지. 나는 우물의 바닥까지 선명하게 볼 수 있다. 내가 보는 것은 모두 거기 있다. 오직 그것뿐. 과학 연구에는 어설픈 감정은 있을 자리가 없으니까.

나는 다른 방법을 고려해 보았다.

마취제 과다 복용. 또는 자는 사이에 얼굴에 베개를 짓누르는 건 어떨까. 그러나 시체를 처리하는 게 관건이었다. 어떻게 들키지 않고 방에서 시신을 갖고 나갈 수 있을까. 설사 성공한다고 해도 나중에 경찰의 심문을 받게 될 것이다. 나는 이자에 관해 아무것도 몰랐다. 어디서 왔는지, 누가 고용했는지. 정말로 그를 고용한 사람이 있기나 한지. 그리고 그가 이곳에 찾아온 이유에 관해 알고 있는 사람이 있는지도. 모르는 변수가 너무 많았고 아무리 밝은 빛도 닿지 않는 구석이 너무 많았다.

나는 다시 술을 들이켰다. 방이 너무 더웠다. 조끼 단추를 풀고 소매 자락을 걷었다. 나는 타인의 눈으로 내가 침대로 향하는 것을 지켜보았다. 옛날에 이것과 똑같은 일을 한 적이 있다. 나는 이런 일을 한 번도 한 적이 없다.

이게 뭔지 아시오, 켄달?

마테를링크의 눈이 눈꺼풀 밑에서 정처 없이 춤춘다. 나는 호박색 액체가 담겨 있는 주사기를 집어 손바닥 위에서 굴렸다. 한 손에는 손가락이 다섯 개, 다른 한 손에는 손가락이 네 개. 잃어버린 손가락은 유리병에 담겨 박사의 집 지하실 선반 위에 놓여 있다. 그는 내 목숨을 살리려고 내 손가락을 잘랐다. 나는 그에게 없어서는 안 될 존재였다. 나를 인간으로 지탱해 주는 유일한 존재다.

사내의 눈이 반짝 열렸다. 그의 눈에 초점이 돌아오기 전, 몸의 감각이 완전히 회복되기 전에 나는 왼손으로 그의 손목을 움켜쥐고 오른손에 쥔 주삿바늘을 찔러 넣었다. 그의 몸이 빳빳하게 경직되더니 고개를 돌려 내 얼굴을 바라보았다. 나는 입을 맞추려는 연인처럼 위에서 얼굴을 바짝 대고 그를 내려다보고 있었다. 나는 주사기를 내던지고 달싹거리는 입을 손으로 틀어막았다.

"움직이지 말고 내 말 잘 들어요." 내가 속삭였다. "이젠 되돌릴 수 없어요, 마테를링크. 살고 싶으면 내 말에 정확하게 따르는 게 좋을 겁니다. 조금만 잘못해도 아주 치명적인 결과를 맞이하게 될 테니까요. 내 말 알아듣겠어요?"

그는 손바닥 아래서 고개를 끄덕였다. 약물 때문에 아직 몽롱한 상태였지만 내 말의 의미를 이해할 정도의 사고력은 남아 있었다.

"방금 10퍼센트로 희석한 티포라 용액을 당신한테 주사했어요."

나는 그의 입을 막고 손목을 붙든 채 차분하게 일렀다.

"독극물인데, 효과가 아주 서서히 나타나죠. 갈라파고스 군도 근처에 있는 악마의 섬이라고 불리는 곳에서만 자라는 황철나무 수액으로 만든 독이에요. '티포라'는 그리스어고요. 그리스어 할 줄 아시죠, 마테를링크? 몰라요? 뭐, 상관없어요."

나는 그에게 티포라의 기원과 역사에 대해 간단히 설명했다. 고대 페키니아인들이 어떻게 그 독극물을 발견해 이집트로 전파했는지, 일부 국가의 비밀경찰과 암살자들이 왜 이것을 애용하는지(적정량을 투여하면 효력이 매우 더디게 발휘되어 도주할 시간을 벌어 주기 때문에), 그리고 앞으로 어떤 증세를 경험하게 될 것인지—두통, 심계항진, 호흡곤란, 어지럼증, 메스꺼움, 불면증—등을 마치 흰 실험용 덧옷을 입은 사람이 강의실을 가득 메우고 있는 또 다른 흰 실험복 무리에게 설명하듯이 침착하고 무미건조하게 전달했다. 마테를링크는 부들부들 떨면서 눈을 동그랗게 뜨고 열심히 고개를 끄덕였다. 어쨌든 그에게는 인생에서 가장 중요한 강의였으니 말이다.

"당신에게 주어진 시간은 일주일이에요. 일주일 후면 심장이 파열되고 허파가 터져 버릴 겁니다. 그리고 당신이 목숨을 구할 유일한 희망은 그런 일이 발생하기 전에 해독제를 맞는 것뿐이죠. 자, 이거 보이죠?" 나는 그의 셔츠 주머니에 종이 한 장을 찔러 넣었다. "그 사람 이름과 주소예요."

존 컨스 박사, 런던 왕립병원, 화이트채플.

"지금 당장 떠나면 시간 안에 도착할 수 있을 겁니다." 나는 말을 이었다. "이 사람은 박사님의 절친한 벗이에요. 실제로 의사이기도 하고요. 워스롭과 성향이 정반대긴 하지만 영혼의 쌍둥이라고도 할 수 있죠. 우물의 밑바닥까지 본 적이 있는 사람이에요. 내 말이 무슨 뜻인지 이해하려나 모르겠네요. 어쨌든 그 사람한테 당신이 맞은 독약의 이름을 알려 주면 해독제를 줄 거예요. 티포라. 까먹으면 안 돼요."

나는 뒤로 물러났다. 탁자에서 데린저를 주워 들었다.

그의 입이 벌어지더니, 그가 말했다. "넌 미쳤어."

"아뇨, 그 반대죠." 내가 대답했다. "난 이 세상에서 가장 제정신인 사람이거든요."

나는 손에 총을 든 채 문으로 향했다. "서두르는 게 좋을 거예요, 마테를링크. 당신한텐 1분 1초가 소중하니까요."

그는 나를 뚫어져라 쳐다보았다. 번들거리는 입술이 공포와 분노로 일그러졌다. 그는 몸을 일으켜 침대 옆으로 다리를 내리고 발바닥에 힘을 주어 섰지만, 이내 바닥에 털썩 주저앉아 울음을 터뜨렸다. 물론 그의 몸을 허물어뜨린 것은 체내에 아직 희미하게 남아 있는 약물 기운이었다. 내가 그의 혈관에 주사한, 색소를 첨가한 식염수일 리가 없었다. 그는 넋을 잃은 얼굴로 나를 향해 손을 뻗었다. 자연스러운 본능, 인간이 가진 모든 고뇌의 원인. 나는 위에서 그를 내려다보았다. 마테를링크는 내 발밑에서 몸부림치는 미물에 불과했다. 너무나도 멀리 있어 보이지 조차 않는, 너무나도 가까이 있어 뼛속까지 들여다볼 수 있는.

나는 그를 죽일 수도 있었다. 내게는 그럴 힘이 있었다. 그러나 나는 그렇게 하지 않았다. 그러니 나는 자비롭지 않은가?

여섯

괴물학자는 내가 나갔을 때와 마찬가지로 서고에 있었다. 의자에 웅그리고 앉아 무릎에는 블레이크의 시집을 펴 놓았다. 그러나 읽고 있지는 않았다. 애수 어린 표정으로 멀거니 허공을 응시하고 있었다. 내가 방에 들어갔을 때에도 딱히 반응을 하거나, 일어나서 나를 반기거나, 내가 어디 갔다 왔는지 왜 그렇게 오랫동안 자리를 비웠는지도 묻지 않았다.

워스롭은 눈을 감고 책 위에 손깍지를 끼고는 머리를 뒤로 기대고 말했다.

"마테를링크라는 작자에게 주장에 대한 증거를 요구하지도 않고 내쫓은 게 다소 성급한 행동이 아니었나 생각하고 있었다. 그가 말한 대로라면 정말 놀라운 발견이고, 세계 제일의 괴물학자라는 내 명성도 더 이상 반론의 여지가 없을 만큼 확고해질 텐데 말이다."

"하지만 박사님의 명성은 뭘 해도 확고한걸요. 몇 차례나 거듭 그걸 증명하셨고요." 나는 그를 안심시켰다.

"아." 고개를 앞뒤로 주억거리며. "명성이란 덧없는 거란다, 윌. 내가 추구하는 건 명성이 아니야. 불멸성이지."

"그럼 사제를 찾아가는 게 낫겠네요."

그가 킬킬거렸다. 오른쪽 눈이 나를 신중하게 살펴보더니 다시 감겼다.

"너무 쉬워." 그가 중얼거렸다.

"뭐가요?"

그는 헛기침을 하며 목청을 가다듬었다. "늘 그런 생각을 했지. 천국이라는 곳이 그렇게 좋은 곳이라면 천국에 가는 게 왜 그렇게 쉬운지 이상하다고 말이다. 죄를 고백하고, 용서를 빌고, 그러면 끝이야? 무슨 죄를 저지르든 간에?"

"전 부모님이 돌아가신 뒤로는 교회에 간 적이 없어서 잘 모르겠지만. 제 기억대로라면 절대로 용서받지 못할 죄도 한두 가지 있었던 것 같은데요."

"만약에 그런 거라면 무슨 놈의 절대신이라는 게 그 모양이냐? 신의 사랑은 무한하거나 그렇지 않거나 둘 중 하나다. 만일 무한하다면 어떤 죄든 용서받을 수 있어야 하지. 후자라면 보다 솔직한 다른 신을 선택하는 게 나을 거고!"

그는 옆에 놓인 탁자에 책을 내려놓고 의자에서 일어났다. 긴 팔을 머리 위로 뻗어 기지개를 켰다.

"어쨌든 나는 이 풀리지 않는 모순에는 별로 신경 쓰고 싶지 않구

나. 자, 이제 털어놔라. 그건 어디다 뒀느냐?"

못 알아들은 척해 봤자 아무 소용도 없을 것이다.

"지하실에요."

그는 고개를 끄덕였다. "내가 좀 봐야겠다."

"살아 있어요." 내가 말했다.

"당연히 그렇겠지. 살아 있지 않다면 애초에 나를 찾아올 필요도 없었을 테니까."

그는 앞에서 발을 멈추더니 내 양 어깨에 손을 얹고 어둡고 형형한 눈빛으로 몸에 구멍이 뚫릴 정도로 나를 강렬하게 응시했다.

"돈을 너무 많이 쓰진 않았겠지?"

"마테를링크는 제가 주는 대로 받았어요." 내가 대답했다.

"지금 자랑하고 싶은 걸 참고 있구나."

"아닌데요." 정말이었다.

"아니면 내가 성미를 부렸다고 꾸짖고 싶은 거냐."

"박사님요? 박사님은 제가 아는 한 세상에서 제일 침착하고 냉정한 분인걸요. 항상 제게 그러셨잖아요. 감정을 지배하지 못하면 감정에 지배당하게 될 거라고요."

또는 그 대안으로, 아예 감정이라는 것을 삭제해 버림으로써 그런 갈등에서 완전히 해방되기로 선택할 수도 있을 것이다.

괴물학자는 너털웃음을 터뜨리더니 내 어깨를 토닥였다.

"그럼 냉큼 가 보자꾸나! 네 말대로 그것이 살아 있을지는 몰라도 종류를 착각했을 수는 있으니까."

그는 내가 한 거래에 대해 꼬치꼬치 캐묻지 않았다. 그날 밤에도,

혹은 그 후에도. 액수를 묻지도 않았고, 출처는 어디고 내가 왜 그에게 아무 말도 없이 마테를링크를 찾아갔는지 이유를 묻지도 않았다. 워스롭은 많은 단점을 가졌지만 이미 받은 선물에 대해 불평을 늘어놓는 사람은 아니었다. 불멸로 가는 길은 그쪽 방향으로 뻗어 있지 않기 때문이다. 그는 그 나름의 방식으로 나를 뿌듯해했다. 전투를 시작한 사람이 나라는 사실에 대해, 내가 과학이라는 대의를 섬기는 훌륭한 병사가 된 데 대해.

그리고 마테를링크로 말하자면, 나는 그 후로 그에 대해 아무 소식도 듣지 못했다. 그저 그가 런던으로 날아가 1만 킬로미터나 떨어진 섬에서 이미 시체가 되어 버린 사람을 찾아다녔을 거라고 짐작만 할 따름이다. 컨스든 해독제든 아무리 간절히 찾아다녀도 둘 다 세상에는 존재하지 않기에, 그는 아마도 꼼짝없이 죽었다고 생각했을 것이다. 적어도 그가 고대하던 끔찍한 순간이 결코 실현되지 않을 때까지 말이다. 때때로 나는 그의 삶이 분노로 가득할지 아니면 환희와 감사로 가득할지 궁금하다. 너무나도 매정하고 잔인하게 속은 데 대해 진노하고 있을까, 아니면 죽음의 방문이 확실했음에도 아직껏 살아 있다는 기쁨이 더 클 것인가. 어느 쪽도 아닐 수 있고 양쪽 다일 수도 있다. 어쨌든 무슨 상관이겠는가? 나와는 전혀 관계없는 일이다. 그는 값어치를 따질 수 없는 선물을 받았고, 나는 값을 매길 수 없는 보물을 손에 넣었다.

4곡

하나

"T. 세레호넨시스라고?" 내 이야기 — 물론 전부가 아닌 일부 — 를 들은 릴리가 외쳤다. "그럴 리가 없어, 윌!"

"그럴 리 있어." 내가 대꾸했다.

"그건 멸종된 지 100년이나 됐는걸……."

라벤더 색 드레스를 입고, 내 손목을 쥔 채, 바닥없는 깊은 푸른색 눈동자로 내 얼굴을 뚫어지게 들여다본다.

"모두 그렇게 생각했지." 내가 말했다.

남성용 예복을 입고, 최신 유행대로 기른 머리를 뒤로 붙여 넘긴 채, 미소 띤 얼굴로 그 눈을 내려다본다.

"이제 만족했어?" 내가 속삭였다. "그럼 이제 가도 될까? 아니면 돌아가고 싶어? 지금 돌아가도 무도회는 끝났을 거야. 하지만 내가 이스트사이드에 있는 작은 클럽을 하나 아는데……."

그녀는 조바심을 내며 입술을 비죽이더니 예쁘게 말아 구불거리는 머리채를 흔들며 이런 음산한 곳에 있기엔 너무 밝은 눈을 반짝였고, 어쩌면 나는 그때 키스를 했었어야 할지도 모른다. 마지막 모퉁이, 마지막 갈림길을 돌기 전에, 라벤더 색 드레스, 그녀의 맨살 위에서 바스락거리는 레이스. 하지만 감정을 지배하지 못하면 감정에 지배당하게 되리니…… 만일 감정이라는 게 있다면 말이다. 그게 문제였다. 제일 큰 장애물. 거대한 만일.

"당연히 가야지." 그녀가 나를 꾸짖었다. "바보처럼 굴지 마."

"난 바보가 아냐." 나는 힘주어 말하며 그녀의 손을 꼭 부여잡고 마지막 모퉁이로 이끌어, 최후의 방향, 미궁의 목적지, 잠긴 방이 기다리는 곳으로.

나는 바로 멈춰 서서 한 손으로는 그녀를 황급히 내 뒤로 감추고 다른 한 손으로는 주머니에 든 박사의 리볼버를 다급히 찾았다.

문이 활짝 열려 있었다.

더 이상은 잠긴 방이 아니었다.

그리고 문 앞에는 한 남자가 얼굴을 피 웅덩이에 처박은 채 누워 있었다. 호박색 조명 아래 검게 반질거리는 피.

등 뒤에서 릴리가 놀라 숨을 삼키는 소리가 들렸다. 나는 시체를 피해 조심스럽게 발을 내디뎠다. 고개를 들이밀고 방 안을 살펴보았다.

"윌!" 릴리가 작게 부르며 가까이 붙었다.

"물러나 있어!"

나는 재빨리 잠긴 방을 둘러보고 다시 복도로 나왔다.

"설마……?"

나는 고개를 끄덕였다. "없어."

나는 복도에 누운 시체 옆에 무릎을 꿇었다. 아직 따뜻하고, 피는 차갑지만 찐득거렸다. 죽은 지 얼마 안 됐다. 사인을 알아내기는 별로 어렵지 않았다. 뒤통수에 근거리에서 발사한 대구경의 총알구멍이 남아 있었다.

나는 릴리를 올려다보았다. 그녀는 나를, 그리고 내 옆에 죽어 있는 사내를 내려다보았다.

"열쇠가 아직 꽂혀 있어." 내가 말했다.

그리고 그녀가 대답했다. "아돌퍼스."

나는 튕기듯이 일어나 그녀의 손을 잡았고, 우리는 다시 늙은 박물관장의 사무실을 향해 뛰었다. 별로 오래되지 않은 언젠가, 그는 내게 자신이 괴물학자가 되지 않은 이유에 대해 이렇게 말했었다. 괴물학자는 다 죽거든. 추수감사절 칠면조처럼 우수수 죽어 나가지!

그의 죽은 몸은 복도에 누워 있는 사내만큼 따뜻하지는 않았다. 나는 아돌퍼스를 바닥에 눕히고 그의 가슴을 주먹으로 때리고 벌어진 입—위턱 틀니를 벗겨 집어 던진 다음—에 숨을 불어 넣고 초점 없는 그의 눈에 대고 이름을 불렀다. 나는 그의 재킷을 풀어 활짝 젖혔다. 셔츠 앞판이 피에 흠뻑 젖어 있었다. 나는 릴리를 올려다보고 고개를 저었다. 그녀가 손으로 입을 막더니 몸을 돌려, 비틀비틀 먼지투성이 잡동사니들을 헤치며 문으로 향했다. 나는 두 달음만에 그녀를 따라잡았다.

"릴리!" 나는 그녀의 팔을 잡고 돌려 세웠다. "내 말 좀 들어 봐!

워스롭, 워스롭 박사님을 찾아와야 해! 플라자 호텔 우리 방에 계실 거야……."

"경찰은?"

나는 고개를 저었다. "이건 경찰이 끼어들 일이 아니야."

그러고는 그녀를 계단 쪽으로 밀었다.

"너는 안 가?"

"난 여기서 박사님을 기다릴게. 우린 많이 늦지 않았어, 릴리. 어쩌면 그 사람은 아직 여기 있을지 몰라. 그것도 그렇고."

우리는 계단참에 도달했다.

"누가 아직 여기 있다는 얘기야?"

"잠긴 방에서 저 사람을 쏜 범인." 그러나 내 진정한 관심사는 살인범이 아니었다. 워스롭의 전리품이었다. 만약 그게 여기서 빠져나가기라도 한다면…….

"그럼 너도 여기 있으면 안 되잖아!" 내 팔을 잡아당긴다.

"내 한 몸 정도는 지킬 수 있어." 나는 충동적으로 그녀의 드러난 어깨를 붙들고 입술에 진하게 키스했다. "얼마나 오래 버틸 수 있을지는 모르겠지만…… 서둘러! 어서!"

그녀는 구두 소리를 내며 계단을 올랐고, 이내 어둠이 그녀의 모습을 삼켰다. 문이 덜커덩 닫히는 소리가 메아리쳤다. 그리고 정적.

이제 나는 홀로 남았다.

혹은 정말로 그런 걸까?

워스롭의 보물이 여기 어딘가에, 어둠 속 어딘가에 같이 있었다. 누군가 그것을 밖으로 갖고 나가지 않았다면, 혹은 더욱 끔찍하게도 그것을 죽여 버리지 않았다면.

녀석의 후각은 매우 뛰어나다. 그는 내게 말했다. 그래서 어둠 속에서도 아주 탁월한 사냥꾼이 되지. 수 킬로미터 밖에서도 먹이의 냄새를 맡을 수 있어.

나는 문을 등지고 계단 꼭대기에 쪼그리고 앉아 박사가 도착할 때까지 기다릴 수도 있다. 그러면 놈은 나를 한 방향에서밖에 공격할 수 없고 따라서 놈이 나를 죽이기 전에 나도 놈을 죽일 공평한 기회를 잡을 수 있다. 그러므로 그렇게 하는 편이 현명할 것이다.

하지만 녀석은 세상에 남은 마지막 한 마리다. 도저히 어쩔 수 없는 상황이라면 나 자신을 방어해야겠지만 워스롭은 평생토록 나를 용서하지 않을 것이다.

나는 숨을 깊이 들이켠 다음, 미궁 속으로 발을 디뎠다.

주위는 어둡고 통로는 구불구불했다. 길을 잃기 쉬웠다. 가는 길을 모르면 같은 자리를 빙글빙글 돌다 처음 시작한 자리로 돌아오게 될 것이다.

둘

손을 내밀어라. 움직이지 말고. 떨어뜨리면 안 돼! 갖고 가서 작업대에 올려놔라. 조심조심. 미끄러우니까.

그리고 소년은, 얼음장처럼 추운 지하실에서 머리가 시려 낡은 모자를 쓰고, 가슴에 끈적거리는 덩어리를 끌어안고 핏물이 번들거리는 바닥을 용케 가로질렀다. 품에 안은 물건은 미끈거려서 자꾸만 흘러내렸고, 셔츠 앞판은 뭔가의 찌꺼기가 잔뜩 묻어 지저분했으며, 고약한 냄새가 코를 찔렀다. 소독약이 담긴 병이 쨍그랑거리는 소리, 해부 도구가 부딪치는 날카로운 소리, 구릿빛 얼룩이 묻은 덧옷을 입은 남자가 해부대 위에 허리를 굽히고, 소년의 무감각한 손가락은 더러운 오물에 젖어 있고 볼 위로는 생리적인 눈물이 흘러내리고 배는 허기지고 머리는 멍하니 어지럽고 여기는 어디 선반 위에 따뜻한 파이도 없고 기분 좋은 불 앞에서 노래를 불러 주는 여인도 없고 오직 섬뜩한 피와 살점과 오물이 낀 손톱을 가진 남자와 깊은 잠에 빠져 오묘한 아름다움을 발산하는 시체의 뼈와 연골을 가위가 부수는 우두둑 소리, 해부대 위에 활짝 벌려진 배 속의 장기들, 마치 끝없는 어둠 속에 살고 있는 신기한 동물들처럼, 그가 손을 놀리며 쉴 새 없이 흥얼거리는 비현실적인 콧노래 소리, 손가락이 그 틈을 깊숙이 헤집고, 검은 눈동자가 이채를 발하며 이글거리고, 팔뚝의 근육이 불뚝불뚝, 긴장으로 팽팽해진 목 근육, 그리고 그 눈, 눈, 이글거리는 그 눈동자.

사람의 부위로 보이는 건 없군. 일단 창자부터 봐야겠다. 거기서 뭘 하는 거냐? 그건 탁자 위에 올려놔라. 여기 네 도움이 필요하니까, 윌 헨리.

여기, 그의 옆. 여기, 공기 분자 하나도 꼼짝하지 않는 이 추운 곳에서. 여기. 연기 냄새가 풍기는 낡은 모자를 쓴 소년, 피가 묻어 찐득거리는 두 손, 소년의 눈앞에 태양을 향해 활짝 피어난 꽃처럼 배를 벌리고 있는 생물체.

괴물학자의 손은 빠르고 확실했다. 그의 모든 면모가 그렇듯이. 그는 인생의 전성기에 이르러 있었다. 사고(思考)의 명민함에 있어서는 견줄 자가 없었고, 영혼의 순수함으로도 따라올 자가 없었다. 만일 그가 괴물학이 아닌 다른 길을 택했더라면—인간이 제 열정의 대상을 과일 바구니에서 제일 잘 익은 사과를 고르듯 선택할 수 있다면—얼마나 위대한 업적을 성취했을 것인가. 또 다른 링컨이, 어쩌면 또 다른 롱펠로가 탄생했을지도 모른다. 군인의 길을 택했더라면 그랜트 장군이나 셔먼 장군, 혹은 훨씬 더 먼 옛날까지 거슬러 가 알렉산더 대왕이나 카이사르가 되었을지도 모른다. 그때 그

시절에는 세상 무엇도 그를 방해하거나 가로막을 수 없었다. 어떠한 빛도 그가 든 등불만큼 밝게 빛나지 못했다. 그것은 낡은 모자를 쓴 소년을 압도했다. 그는 여태껏 한 번도 진짜 천재를 본 적이 없었고, 그래서 그의 앞에서 어떻게 행동하고 생각하고 말하고 다른 인간적인 행위들을 해야 할지 알지 못했다. 그래서 소년은 얼룩진 흰 실험복을 입은 사내를 우러러보며 어떻게 행동하고 생각하고 말할지 가르쳐 주길 바랐다. 그는 태양의 중력에 끌려가는, 밝은 등불 아래 적나라하게 노출된 피투성이 시체였다.

왜 그렇게 쳐다보고 섰느냐? 토할 것 같니? 비위가 상하느냐? 나는 아름답다고 생각한다. 봄날의 꽃밭보다도 더 화려하지. 거기 끌을 다오……. 내가 생전 처음 실험실에서 부친을 도왔을 때는 너보다도 더 어렸었다. 키가 너무 작아서 발판을 놓고 그 위에 올라서야 했지. 나는 숟가락을 잡기도 전에 메스를 쥐었어. 그렇지! 자, 이제 겸자를 다오. 이 친구의 앞니를 보자. 아니, 큰 겸자를 줘야지. 됐다. 신경 쓰지 마라. 그냥 거기 있는 집게나 줘라. 잘했다!

잠시 후, 작업대에서, 나는 까치발을 디딘 채 그가 짐승의 창자를 가르는 것을 지켜보았고, 마침내 배 속에 들어 있던 희생자의 증거를 발견했을 때 그의 얼굴에 나타난 환희의 표정, 그리고 축축한 소리를 내며 그가 그것을 꺼냈을 때 내 얼굴에 드러난 공포와 경악의 표정.

드디어 찾았다, 윌 헨리! 뭐, 일부라고 해야겠지만. 빨리빨리, 저기 있는 병을 가져와라. 냉큼! 어서! 떨어지잖니……. 흠, 이걸로는 나이를 가늠하기가 힘들군. 하지만 그 애가 맞을 거야. 그럴 거다. 네 나이 또래의 남자아이였다고 하더라. 어떻게 생각하느냐?

손바닥 위에서 사람의 어금니를 마치 주사위처럼 이리저리 굴리며.

네 나이 또래의 남자아이였다고 하더라. 어떻게 생각하느냐?

제 또래의 남자아이요? 이게 그 아이라고요? 그럼 나머지는 어디 있어요?

어디 있을 것 같으냐? 사용되지 않은 건 버려지지. 간단히 말해 배설되었을 거다. 모든 생물들이 그렇듯이 에너지로 변환되지 못한 것은 배출되니까. 찌꺼기가 되는 거다, 윌 헨리. 찌꺼기.

인간. 그는 인간에 대해 말하고 있었다. 내 또래의 남자아이는 그저 종이 위의 이름에 불과했고 그가 남긴 것은 치아가 전부였다. 나머지는 그 괴물의 일부가 되었거나 똥이 되었다.

찌꺼기, 찌꺼기.

그리고 소년, 낡은 모자를 쓴 소년, 낡은 모자를 쓴, 낡은 모자를 쓴.

셋

그는 그날 밤 틀림없이 그 소리를 들었을 것이다. 소년의 영혼이 두 쪽으로 갈라지는 비명과 흐느낌, 신의 저주를 애원하는 울부짖음, 그를 집어삼키기를 거부한 붉은 괴물을 향한 울분. 검게 그을린 부모의 껍데기만을 남긴 괴물, 그것 또한 연료로 사용하지 않은 것은 배설했다. 재와 먼지의 형태로. 그는 틀림없이 전부 들었을 것이다. 집 안의 모든 판자와 창문과 지붕널과 못이 소년의 슬픔과 분노로 덜컹거렸을 것이다.

그는 틀림없이 들었을 것이다. 그럼에도 아무것도 하지 않았다. 사실 처음 같이 살게 되었을 때, 그는 내가 울면 울수록—항상 그 작은 다락방에서 홀로—더욱 무정하고 냉랭하고 무자비하게 굴었다. 어쩌면 그는 그게 다 나를 위해서라고 생각했을지도 모른다. 거기다 당시에는 아이들의 응석을 받아 주던 시절이 아니었으니까.

어쩌면 그의 무정함은 나를 더욱 무정하게, 냉랭함은 나를 더욱 냉랭하게, 무자비함은 나를 더욱 무자비하게 다듬기 위한 방법이었는지도 모른다. 어쨌든 그것은 그가 이해하는 한 그 냉혹한 질문에 대한 최선의, 그리고 유일한 대답이었기 때문에.

무슨 놈의 절대신이라는 게 그 모양이냐?

그러나 이제 나는 그가 무정했다거나 냉랭했다거나 무자비했다고 생각하지 않는다. 무정하고 냉랭하고 무자비한 사람은 그가 아니었다.

나는 그가 내 흐느낌을 듣고 다른 소년을 떠올렸다고 생각한다. 아주 오래전에 존재하던 소년, 집의 중심에서 무한히 먼 좁은 다락방으로 홀로 쫓겨난 소년, 아버지로부터 모친이 자기 때문에 죽었다는 비난을 들어야 했던 외로운 소년, 거대한 배가 수평선 너머로 사라지는 동안 점차 작고 희미해지는 아버지를 봐야 했던 겁에 질린 소년, 병약한 몸으로 홀로 외로움과 싸워야 했던 소년. 그런 종류의 외로움은 평생 벗어날 수가 없다. 아무리 나머지 생이 사람들로 복작대고 흥겹다고 해도 말이다. 그는 소년을 구할 수가 없었다. 그는 나를 구할 수가 없었다. 너무나도 멀었으니까. 2미터 높이의 사다리를 오르기에는 평생도 터무니없이 부족한 시간이었다. 그래서 그는 소년에게 이렇게 말해 줄 수 없었다. 괜찮다, 얘야. 쉬이, 다 괜찮단다. 나도 네가 얼마나 힘든지 다 안다.

이것이 내가 지금까지 지켜 온 비밀들이다.

절대로 저버리지 않은 신의다.

5곡

하나

몬스트러마리움, 잠긴 방의 열린 문 앞에서 나는 죽어 있는 사내 옆에 무릎을 꿇었다.

뒤통수에 구멍이 뚫려 있다. 근거리에서 쏜 총알 한 발. 나는 끙끙거리며—그는 몸집이 작지 않았다.—시체를 돌려 눕혔다. 총알은 머리를 관통했다. 얼굴이 날아가고 없었다. 나는 그의 주머니를 뒤졌다. 진주자개 손잡이가 달린 스위치블레이드가 하나 잡혔다. 담배쌈지와 오래 사용해 낡은 파이프, 손가락에 끼우는 브래스너클 하나. 코트는 얇고 팔꿈치 부분이 해졌다. 바지는 닳은 새끼줄로 조여져 있었다. 손은 굵은 못이 박혔고 관절에는 찰과상이 있었다. 머리가 누워 있는 핏물 속에는 충격에 떨어져 나온 치아 하나가 떨어져 있었다.

찌꺼기다, 윌 헨리. 찌꺼기.

나는 브래스너클과 나이프를 내 주머니에 넣고 바닥에 쪼그리고 앉았다. 가스등을 가린 내 그림자가 시신 위에 드리워졌다.

문제가 발생했을 때에는 먼저 제일 간단한 해결책을 찾는 거야. 그게 바로 대자연의 방식이지.

그는 공격을 보지 못했다. 등을 돌린 채였으니까. 그의 살해범은 몰래 접근했거나 아니면 불시의 순간에 그를 배신했을 것이다. 경쟁자였을 수도 있고 사이가 나쁜 동료나 친구였을 수도 있다. 어쩌면 한 명이 아닌지도 모른다. 워스롭의 보물은 마테를링크가 말한 대로 부유한 이들이 그들의 부는 물론 영혼까지 내던질 정도로 간절히 탐내는 것이었기에.

둘

폰 헬룽은 이해했다.

"축하할 일이 생겼다고 들었네, 마인 구트 프로인드."

그가 아바나 시가의 끝을 자르며 걸걸한 목소리로 말했다. 내가 그의 종손녀와 손을 잡고 무도회장에서 도주하기 전날 밤의 일이었다.

"만약에 다른 회원이 살아 있는 T. 세레호넨시스를 찾았고 그걸 공개하겠다고 한다면, 설령 그가 아주 탁월하고 저명한 과학자더라도 사기꾼이나 허풍쟁이라는 비난을 받고 협회에서 제명당할 걸세."

"제가 그 둘 중 하나가 아니라 얼마나 다행인지 모르겠군요."

워스롭이 냉담하게 응수했다. 우리는 제노 클럽의 라운지에 앉아 있었다. 제노 클럽은 세상에 대해 유사한 철학적 관점을 지닌 신사들이 모여 포트와인을 마시며 담소를 나누거나 소멸을 앞둔 옛 시대—진지한 이들에 의한 이성적 담론의 시대—의 나른한 분위기를 즐기는 곳이었다. 우리는 앞으로 전 세계적으로 3700만 명의 목숨을 앗아 갈 대재앙*으로부터 겨우 20년이 떨어져 있을 뿐이었다. 난롯불은 따스했고 의자는 푹신했으며 카펫은 고급스럽고 웨이터들은 부담스러울 정도로 지시를 기다리며 대기하고 있었다. 워스롭은 차와 스콘을 들었고 폰 헬룽은 셰리주를 마시며 시가를 피웠고 내 앞에는 코카콜라와 쿠키가 놓여 있었다. 마치 옛날로 돌아간 것만 같았다.

내가 더 이상 어린 소년이 아니고 폰 헬룽도 더 이상 그저 나이 많은 노인이 아니라 거의 고목나무가 되어 가고 있다는 점만 제외하면 말이다. 폰 헬룽의 머리숱은 줄고 안색은 창백해졌으며, 통통한 손가락에는 더 이상 힘이 들어가지 않았다. 그러나 그의 눈빛만큼은 아직도 예리했고 날카로운 통찰력도 잃지 않았다. 그리고 따뜻한 인간미도. 나와는 달랐다.

그는 곧 죽을 거야. 나는 묵묵히 그들의 대화를 들으며 생각했다. 올해도 못 넘길걸. 폰 헬룽이 입을 열거나 숨을 들이쉴 때마다 널찍한 가슴에서 죽음이 그르렁거리는 소리가 들렸다. 그가 내 허리에 짧은 팔을 두르거나 하얀 수염을 내 얼굴에 비볐을 때, 나는 그의 생명력이 사그라지고 있음을 느꼈다. 그의 조끼 밑에서 느껴지던, 마치 지구핵(地球核)에서 뿜어져 나오는 것 같던 열기도 사막의 일몰처럼 희미해졌다.

"이런, 우리 윌이 정말 많이 컸구나! 겨우 1년밖에 안 됐는데!"

---

* 제1차 세계대전을 가리킨다.

폰 헬룽은 나를 보자마자 순수하게 감탄했다. 그러고는 내 얼굴을 유심히 뜯어보았다.

"펠리노어가 마침내 너를 잘 먹이기로 결심한 모양이지!" 그는 자기 농에 자기가 웃더니 갑자기 진지한 얼굴로 변했다. "그런데 무슨 일이냐, 윌? 고민거리가 있나 보구나……."

"고민거리 같은 건 없는데요, 마이스터 아브람."

"없어?" 그는 이맛살을 찌푸렸다. 뭔가 내 표정이, 아니 어쩌면 표정 없는 얼굴이 그를 당혹시킨 모양이었다.

"당연하죠. 그런 게 있을 리가요." 괴물학자가 쏘아붙였다. "윌 헨리한테 무슨 고민이 있겠습니까?"

"하지만 난 걱정일세." 나이 든 오스트리아인이 시가 끄트머리를 혓바닥으로 적시며 말했다. "보안 문제가……."

"잠긴 방에 가져다 뒀습니다." 워스롭이 대답했다. 그는 차를 한 모금 마셨다. "문 앞에 무장 경비라도 세워 놓는 게 어떨까요."

폰 헬룽이 시가에 불을 붙이고 푸른 연기를 손으로 흩었다. "난 자네의 발표를 말하는 거네. 지금으로선 그것에 대해 아는 사람이 적으면 적을수록 좋아. 가장 신뢰할 수 있는 소수의 동료만 말일세."

워스롭이 찻잔 너머로 그를 물끄러미 쏘아보았다.

"총회는 원래 대중에게 공개되지 않잖습니까, 마이스터 아브람."

"펠리노어, 나한테 자네가 세상에서 가장 소중한 사람이란 건 자네도 알겠지. 물론 여기 윌은 빼고 말일세. 아주 훌륭하게 잘 컸어. 자네의, 음, 이렇게 말해도 될지 모르겠지만, 친자식에 버금가는 애정과 가르침 덕분에……."

나는 하마터면 마시던 콜라를 뿜을 뻔했다. 친자식에 버금가는 애정과 가르침!

"……그래서 과학의 전당이라는 천계(天界)에 이름을 새기고 싶다는 자네 심정을 나만큼 더 잘 이해하는 사람도 없을 걸세……."

"저는 제 명성을 인류 지식의 발전보다 우선시하지 않고, 우선시하지도 않았습니다, 폰 헬룽." 박사는 눈썹 하나 까딱하지 않고 태연하게 말했다. "그렇지만 무엇을 우려하시는지는 알겠군요. 살아 있는 T. 세레호넨시스를 발견했다는 소식이 특정 사람들의 귀에 들어가게 되면 문제가 발생할 수 있지요."

폰 헬룽이 고개를 끄덕였다. 그는 내 스승이 이 사건의 가장 큰 딜레마를 이해한 데 대해 안도한 듯 보였다. 이것은 시대를 통틀어 가장 놀라운 발견이자, 이상생물학뿐만 아니라 박물학 전 분야의 이론을, 심지어 진화론의 핵심까지도 수정할 수 있는 엄청난 성취였다. 그럼에도 반드시 비밀에 부쳐야만 한다!

"악, 자네를 찾아왔다는 그 중개인이 고객의 이름을 밝혔다면 좋았으련만!" 폰 헬룽이 한탄했다. "그 정체 모를 인물은 자네를 알고 있고—마테를링크도 그렇지만—이 보물이 해링턴 레인 425번지에 살고 있는 펠리노어 워스롭의 손에 있다는 것도 알고 있잖나. 내가 과장하는 게 아니네, 마인 프로인드. 지금 자네는 지금껏 살아온 중에 가장 위험한 상황에 처해 있어. 자네 인생에서 가장 위대한 발견이자 업적이 도리어 자네에게 파멸을 가져올 수도 있단 말일세."

워스롭이 움찔했다.

"방금 '파멸'이라고 말씀하신 그건 어차피 언젠가는 저를 찾아오게 되어 있습니다, 폰 헬룽. 그러니 차라리 제가 인생의 정점에 있을 때 맞이하는 편이 비참하게 바닥을 길 때 맞이하는 것보다 낫겠죠."

폰 헬룽은 시가를 빼끔거리며 옛 제자가 남은 홍차를 홀짝거리는 것을 지켜보았다.

"그래도 아직은 아닐세. 아직은 아니야."

셋

비참하게 바닥을 길 때.

그렇게 말한 지 19년 후, 그는 몸에 수건을 두른 채 침대 끝에 앉아 있었다. 나는 그 깡마른 몸에 갈빗대가 몇 갠지 세어 볼 수도 있었다. 물에 젖은 머리칼과 말라빠지고 초췌한 몰골은 왠지 맥베스에 나오는 마녀들을 연상시켰다. 아름다운 건 더럽고 더러운 건 아름답지!*

"차는 끓였느냐?" 그가 물었다.

"아니요."

나는 깨끗한 속옷을 찾아 서랍장을 뒤졌다.

"정말? 난 네가 아래층에서 하도 부산스럽게 굴길래 차를 끓이는 줄만 알았지 뭐냐. 우리 착한 윌이 맛있는 홍차를 끓여 주려나 보다

* 「맥베스」 1막 1장의 대사.

했지."

"차는 안 끓였어요. 남은 음식 부스러기라도 있나 찬장을 뒤졌죠. 하나도 없더군요. 그동안 대체 뭘 먹고 산 겁니까, 워스롭? 표본병에 든 것들로 연명하기라도 한 거예요?"

나는 깨끗한 속옷을 그에게 던졌다. 서랍은 세탁이 다 된 속옷으로 가득했다. 적어도 한 달은 속옷을 갈아입지도 않은 것 같았다. 머리 위에 속옷이 얹히자 그가 어린애처럼 키득거렸다.

"내가 일에 몰두할 때는 식욕이 없다는 걸 알잖느냐." 그가 말했다. "그렇지만 맛있고 진한 다즐링 차는 완전히 다른 문제지! 난 아무리 노력해도 너처럼 차를 끓일 수가 없더구나, 윌. 네가 떠나고는 홍차 맛이 완전히 달라졌어."

나는 벽장으로 향했다. 바지, 셔츠, 그리고 최대한 깨끗한 조끼를 찾아 침대 위로 던졌다.

"다녀와서 끓여 드리죠."

"다녀와? 하지만 방금 왔잖느냐!"

"내 말은 시장에 다녀와서요, 워스롭. 조금 있으면 닫을 시간이라고요."

그는 고개를 주억거렸다. 그러고는 멍청하게 손 안에서 속옷을 돌렸다. "시간이 되거들랑 스콘도 몇 개……."

"스콘도 사 올게요."

나는 의자에 앉았다. 이상하게 숨을 쉬기가 힘들었다.

"요즘엔 스콘도 그 맛이 안 나. 거참 이상한 일이란 말이다."

"그만해요." 나는 날카롭게 받아쳤다. "어린애처럼 굴지 말고요."

나는 시선을 돌렸다. 수건으로 몸을 감싼 그의 몸과 물방울이 뚝뚝 떨어지는 숱 적은 머리칼, 구부정한 어깨와 홀쭉한 가슴, 앙상한 팔과 뼈만 남은 손을 보고 있노라니 속이 메슥거리는 것 같았다. 그에게 주먹을 날리고 싶었다.

"그래서 언제 말해 줄 건가요?" 내가 물었다.

"말해 주다니, 뭘?"

"지금 열중해 있는 일. 당신을 찬찬히 죽이고 있는 거, 내가 가만 내버려 두면 곧 당신을 죽일 그거요."

그의 검은 눈이 익숙한 광채를 냈다. "내가 죽는 건 오직 나만 할 수 있는 일이다만."

"그런데도 그런 것 같지가 않네요. 그보단 죽는 것만이 당신이 할 수 있는 일 같은데요."

눈 속의 불이 꺼졌다. 그가 고개를 떨어뜨렸다.

"어쨌든 언젠간 죽어야지."

이제 한계였다. 나는 벌떡 일어나 거칠게 포효하며 그에게 돌진했다. 그는 주먹이라도 날아올 것처럼 몸을 움츠렸다.

"염병 지랄 맞을, 펠리노어 워스롭! 당신이 날 손아귀에 넣고 조종하던 시절은 벌써 오래전에 끝났다고요! 그러니까 불쌍한 척 칭얼거리는 건 다른 사람들한테나 써먹으시죠."

그의 어깨가 들썩였다. "하지만 다른 사람은 없는걸."

"그건 당신이 선택한 거니까 내가 상관할 바가 아니죠."

"날 떠난 건 너잖아!"

워스롭이 갑자기 내 얼굴에 대고 고함을 질렀다.

"달리 선택권을 주지도 않았잖아요!" 나는 몸을 돌렸다. "당신 정말 넌덜머리가 나. 항상 진실만을 말해야 한다, 윌 헨리. 항상 모든 것에 대해 늘 진실을 말해야 해. 당신, 내가 아는 한 세상에서 지적으로 가장 부정직한 당신 같은 인간이!"

나는 몸을 돌려 그를 마주 보았다. 우리는 원이다. 우리의 삶은 직선이 아니다.

"아무 짝에도 쓸모없는 짐짝 같은 인간……. 내 앞을 가로막는 것밖에 못 하는 노인네 같으니!" 내가 악다구니를 썼다. "구역질이 나요. 당신이란 인간의 모든 게 역겹고 구역질이 나. 자기 오물 속에 뒹굴면서 짐승 새끼처럼 살고 있질 않나, 도대체 뭣 때문에요? 뭣 때문에?"

"나는…… 나는 할 수 없어……."

알몸을 부여안고 바들바들 떠는 몸뚱이, 물에 젖은 축축한 머리칼이 커튼처럼 얼굴을 덮었다.

"뭘 못 하는데요?"

"내가 말할 수 없는 걸 말할 수는…… 할 수 없는 일을 할 수는…… 생각할 수 없는 걸 생각할 수는 없다."

나는 고개를 절레절레 저었다. "당신은 미쳤어."

내 목소리에 놀라움의 기색은 없었다. 불굴의 펠리노어 워스롭, 세계 최고의 비범한 천재가 면도날처럼 가느다란 균열을 건너 마침내 반대쪽으로 가 버린 것이다.

"아니야, 윌. 아니다." 그가 고개를 들어 나를 쳐다보았다. 그의 눈은 진주가 되었네.*

"달라진 건 아무것도 없단다. 내가 눈이 먼 게 아니야. 네가 눈을 뜬 거다."

---

* 셰익스피어의 「폭풍」에서 에어리얼이 부른 노래의 한 대목. "그의 뼈는 산호가 되었고 그의 눈은 진주가 되었네."

넷

바닥에서 10센티미터 위에서 눈을 크게 부릅뜬 채, 나는 몬스트러마리움에 누워 있는 시신 주위로 커다란 원을 그리며 바닥을 기었다.

1분 1초가 중요했지만 나는 서두르지 않았다. 어쨌든 이 희미한 조명 아래서 거둘 수 있는 수확은 모조리 거둬야 했다.

피 묻은 구두 발자국이 있었다. 시신과 20센티미터쯤 떨어진 곳이었다. 두 번째 인물이 비틀거리며 벽 쪽으로 뒷걸음질 치다 만든 발자국도 있었다. 여기서 벽에 부딪치는 바람에 꼭대기에 있던 빈 궤짝이 떨어져 산산조각 났다. 여기서 몸싸움이 벌어졌다. 세 번째 인물이 있었던 걸까? 아니면 워스롭의 보물이 저지른 짓일까. 죽은 자를 배신한 인물, 또는 경쟁자가 잠긴 방에 들어와 워스롭의 보물을 운반이 용이한 용기에 따로 담으려 했던 걸까? 벽에서는 그리 유용한 정보를 찾지 못한 채, 나는 잠긴 방으로 들어섰다. 처음에 대강 살펴봤을 때에는 발견하지 못했던 것이 눈이 들어왔다. 누군가, 혹은 뭔가가 커다란 삼베 자루를 방 안쪽 귀퉁이에 세워 놓았다. 나는 발로 자루를 꾹꾹 눌러 보았다. 비어 있었다.

그렇다면 이렇게 된 거로군. 녀석을 원래 담겨 있던 우리에서 꺼내려 했지만 녀석이 그를 공격했고, 뒷걸음질을 치다 피 웅덩이를 밟아 피 묻은 발자국을 복도에 남기게 된 것이다.

아니면 잘못해서 녀석을 놓치는 바람에—녀석이 그를 놓쳤을 수도 있고—당황해서 뒷걸음질 치다 벽에 부딪쳐 궤짝을 넘어뜨린 다음 범죄의 목표물을 팽개치고 몬스트러마리움에서 도망친 것이다.

두 번째 시나리오는 그리 마음에 차지 않았다. 만일 그가 녀석을 놓쳤다면, 녀석은 그를 뒤쫓았을 테고, 그러면 범인의 신발이 빠졌던 핏물 구덩이도 지났을 테니 뭐든 흔적이 남았을 것이다.

나는 다시 복도로 나가 아돌퍼스의 사무실에서 횃불을 가져오지 않은 것을 후회하면서 깨진 나무 파편과 구부러진 못 더미 위쪽의 습기 찬 벽을 손가락으로 쓸며 팔락거리는 희미한 가스등 불꽃 아래서 눈을 가늘게 떴다. 손가락 끝에 뭔가 끈적이는 게 만져졌다. 코를 대고 냄새를 맡아 보았다. 피다. 내 눈높이 즈음에 10센트 동전 크기의 핏방울이 뿌려져 있었다. 벽에 머리를 박은 걸까? 아니면 벌써 여러 번을 물렸나? 핏자국은 궤짝 잔해의 양쪽으로 약 1미터까지 넓게 퍼져 있었다. 머리를 양옆으로 휘두르는 바람에 생긴 자국일까? 아니면 뭔가가 그를 휘둘러서?

"어디 있는 거지?" 나는 조그맣게 속삭였다. "녀석은 아직 당신을 끌고 갈 만큼 크지 않아. 그러니까 당신이 어디 있든 제 발로 움직이고 있겠지. 그것으로부터 도망인 걸까, 아니면 그것을 품에 안고 같이 도망간 걸까? 밖으로 나갔을까? 아니면 아직도 여기 있는 거야?"

침묵만이 대답했다.

몬스트러마리움은 머리 위에 서 있는 건물만큼이나 길고 넓게 뻗어 있고 오래된 오페라하우스 한 블록 전체를 차지하고 있었다. 침침한 조명, 불규칙적으로 맞물려 교차하는 통로와 크고 작은 수백 개의 보관실, 그중 일부는 터질 듯이 가득 차 있어 협회에서 가장 대담하고 용감한 이들도 아돌퍼스를 동반하지 않고서는 발을 디딜 엄두조차 내지 못했다. 나 또한 이 지하에서 길을 잃은 것도 한두 번이 아니요, 20분이 넘게 헤매다 종국에는 어찌할 바를 모르고 아돌퍼스를 소리 높여 부르며 제발 여기서 나가게 해 달라고 빌곤 했다. 아돌퍼스! 아돌퍼스! 나 또 길을 잃었어요!

정체 모를 도둑 역시 괴물한테서는 도망쳤을지 몰라도 예전의 내가 그랬듯이 이곳을 해매고 있을 것이다. 절박한 심정으로, 자신이 어디로 가는지도 모른 채 쫓겨 다니고 있겠지. 어쩌면 그는 벌써 지상으로 빠져나갔고 그가 노리던 것은 신화 속 미노타우로스처럼 이 아래에 갇혀 있는지도 모른다. 아니면 녀석에게 완벽하게 제압당해—여기는 아니지만 미궁 어딘가에서—내가 머릿속으로 여러 가지 가능성을 점치고 있는 지금 이 순간 그것의 배 속에 삼켜지고 있는지도 모른다.

나는 다시 범행 현장으로 돌아갔다. 릴리한테 박사를 불러오라고 한 지 얼마나 됐지? 시간 감각이 왜곡되어 있다. 그녀를 계단 위로 올려 보내며 키스를 한 지 벌써 한 달도 넘게 지난 것 같았다. 나는 다시 아돌퍼스의 사무실로 향했다. 오른손에는 권총이 들려 있고 왼손은 배 위에, 그리고 주머니 안에서는 브래스너클과 나이프가 내가 몸을 돌려 모퉁이를 돌고 조심스럽게 앞길을 살필 때마다 다리를 때려 댔다. 어둡고 검은 구멍 속으로 시간이 미끄러져 떨어지는 느낌, 그리고 나 또한 그것과 함께 떨어지고 있었다. 입구로 다가갈수록 길은 오르막이 되는데도 마치 가파른 비탈길을 달려 내려가고 있는 것만 같았다. 그리고 그 밑바닥에서는 컴컴한 심연이 아가리를 벌리고 있다. 가장 깊고 어두운 마지막 층으로 가는 입구, 주데카, 지옥의 꽁꽁 언 중심부.

마지막 모퉁이를 돌기 전, 통로를 내려가는 도중, 보관실의 어두컴컴하고 오목한 곳에서 그림자 하나가 튀어나와 나를 벽으로 밀어붙였다. 거센 충격에 손에서 총이 빠져나갔다. 위스키와 피 냄새가 났다. 적은 내 목을 조르며 체중을 실어 내 몸을 짓눌렀다. 귓가에서 놈의 뜨뜻한 놈의 숨결이 느껴졌다. 주먹을 쳐들어 귓방망이를 세게 후려치자 목을 조르던 손아귀가 약간 느슨해졌지만, 그는 고통과 공포에 절어 제정신이 아니었고 손을 풀지도 않았다. 얼굴은 피가 묻어 번들거렸고, 날카로운 송곳니가 긁고 지나간 게 분명한 붉은색의 깊은 열상이 열십자 모양으로 그어져 있었다. 광폭하게 드러낸 이빨, 벌겋게 충혈된 눈은 겁에 질려 사나웠다.

나는 무릎으로 놈의 사타구니를 세게 걷어 올렸다. 놈이 고통에 몸부림치며 허리를 접자 손아귀가 풀렸고, 나는 그를 힘껏 밀쳐 냈다. 총을 집을 시간이 없었다. 주머니에서 나이프를 꺼내 펼쳤다. 튕겨 나온 칼날이 가스등 불빛 아래서 서늘하게 빛났다. 그는 상체를 구부리고 가랑이 사이를 움켜쥔 채 주춤거리며 뒤로 물러나더니 갑자기 울컥 위액과 피, 검은 덩어리를 게워 냈다. 짐승의 독이 벌써 내장을 괴사시키고 있었던 것이다. 그의 다른 내장 기관들 역시 죽어 가고 있었다. 독은 사람을 그렇게 죽인다. 안에서부터 야금야금. 독극물의 양이 얼마나 되냐에 따라 몇 분이 걸릴 수도 있고 며칠이 걸릴 수도 있다.

이제 내 차례였다.

나는 놈의 목을 움켜쥐고 끌어 올린 다음, 턱 밑에 칼날을 가져다 댔다. 썩은 내가 나는 숨결이 내 얼굴 위로 쏟아지자 구역질이 올라왔다.

"그건 어디 있지?" 나는 쿨럭거리며 말을 뱉었다. "그건 어디 있어?"

"안에……."

"안에? 여기? 몬스트러마리움 안에? 가서 갖고 와!"

그는 웃었다. 그러더니 트림을 했다. 파랗게 질린 입술 위로 역겨운 피와 점액이 흘러내렸다. 나는 보았다. 지금껏 괴물학자를 섬기면서 수없이 보아 왔던 장면을 보았다.

그의 눈에서 생명의 빛이 사그라지고 있었다.

"벌써 갖고 왔는걸."

다섯

그날 밤으로부터 거의 7000일이 지난 어느 날, 나는 해링턴 레인 425번지의 뒷문을 통해 골목으로 나갔다. 괴물학자는 저녁밥을 달라고 울부짖고 있었다. 아마도 내 뜻밖의 방문이 그 또한 다른 모든 인간들처럼 가끔은 배 속에 뭔가를 넣어 줘야 한다는 사실을 기억나게 한 모양이었다. 하지만 나는 그가 부엌이라고 부르는 저 넓은 쓰레기통에 소독제를 들이붓고 박박 문질러 닦은 다음, 닦을 수 없는 것들은 전부 갖다 버리기 전에는 음식을 조리하기를 거부했다. 나는 시장에서 돌아온 후 방금 말한 계획을 실행하는 데 착수했고, 그의 악담을 귓가로 흘려 넘기며 스콘을 감췄다.

"내가 당신한테 주기 전까진 아직 내 것이라고요."

나는 그에게 잔소리를 했고 그는 꾸지람을 들은 어린애처럼 토라졌다. 항상, 심지어 가장 잘나가던 전성기 적에도 괴물학자는 어린애처럼 유치한 데가 있었다. 모친이 죽기 전에 존재하던 그의 어린 일부가 아직 남아 있는 것처럼. 작은 소년은 그렇게 성장을 중단하고 멈춰 있었다. 얼음 속에 갇혀 얼어붙은 채 모두에게 잊힌 채 어른이 된 사내의 속에 살고 있었지만 간혹 그 울음소리가 밖으로 터져 나오기도 했다. 그가 맡게 된 소년처럼, 그가 다락방에 가둬 둔 소년, 그들 세 사람—소년과 어른이 된 사내, 그리고 그 사내 안에 갇혀 있는 소년—은 모두 주데카의 얼음산에 갇혀 있었다.

나는 가장 가까이 있는 쓰레기통에 첫 번째 쓰레기 봉지를 버렸다. 그 옆에 있는 쓰레기통은 벌써 가득 차서 넘치고 있었는데, 괴물학자가 아니라 내가 그를 어떻게든 연명시키려고 고용한 하녀가 해놓은 일인 게 분명했다. 비어트리스라니, 정말로 그게 그 여자의 이름이란 말인가? 이름은 가물가물하지만 얼굴만은 꽤 또똑히 떠올랐다. 나는 사람들의 얼굴을 잘 기억하는 편이다. 사과처럼 통통한 뺨, 흰 피부, 몸매는 약간 통통하지만 잽싸고 살가운 미소를 지니고 있었다. 나는 여러 지원자들 중에서 고르고 골라 그녀를 선택했다. 시내에 가족이 없는 중년의 노처녀. 환자와 노약자를 돌본 경험이 풍부하고(그녀는 부모님이 돌아가실 때까지 옆에서 간호했다.), 가십을 싫어하고 신앙심이 투철하며 가까운 지인이 얼마 없고, 무엇보다 대서양처럼 무한한 인내심과 나이 많은 거북만큼이나 무던하고 무신경한 성격의 소유자. 그가 그녀를 해고한 것도 무리가 아니다.

쓰레기통은 금세 가득 찼지만, 벌써 하늘에는 샛별이 떠오르고 기온은 급격히 떨어졌다. 불을 피우는 게 좋겠다는 생각이 들었다. 어쨌든 떠나기 전에 쓰레기를 태우기는 해야 했으니까. 그래서 나는 낡은 헛간에 가서 등유를 가져왔다.

이번에도 나를 난처하게 만드는군요. 나는 생각했다. 돌볼 사람을 두지 않으면 당신은 당신 내면의 악마들에게 굴복하겠죠. 그렇지만 바로 그 악마들이 당신을 보살피기가 힘들게 만든단 말입니다.

그러나 악마란 원래 그런 것이겠지.

나는 쓰레기통 두 개에 등유를 부었다. 길을 잘못 든 바람이 첫 번째 성냥불을 꺼뜨리자, 나는 불현듯 열세 살로 돌아와 있었다. 높이 쌓인 눈 속에 발목까지 묻은 채, 바로 이 똑같은 쓰레기통 옆에서 나의 도움으로 동강 낸 시체를 제물 삼아 피운 불에 피 묻은 손을 데우던 나.

참을 줄 알아야 한다. 나와 같이 살려면 이런 것에 익숙해져야 해.

꼭 그래야만 했나요, 워스롭? 내가 정말로 "그런 것"에 반드시 익숙해져야만 했나요? 그래서 만약에 내가 그렇게 하지 못했다면, 당신이 나를 거기 익숙해지게 만들지 못했다면, 어떻게 했을 건데요? 당신이 그런 감정적인 것에 내줄 자리가 있기나 했을까요? 사랑이라는 부조리와 연민과 희망과 다른 인간적인 것에 내줄 여지가? 그렇지만 당신은 실패하지 않았죠. 당신은 기대했던 것보다 훨씬 더 큰 성공을 거뒀고 나, 윌리엄 제임스 헨리, 당신 인생 최고의 성취이자 이 세상 이상생물 중에서 가장 이상한 존재는 사랑도 연민도 희망도 없이 춥고 컴컴한 무한한 바닥 밑에 사는 모질고 무자비한 괴물이 되었지요.

나는 두 번째 성냥에 불을 붙여 쓰레기통 안에 떨어뜨렸다. 연기가 끓어오르며 불꽃이 튀었다. 세 번째 성냥은 옆에 서 있는 또 다른 쓰레기통 안에. 이발소에서 얼굴에 덮어 주는 따뜻한 수건 같은 열기가 끼쳐 오고, 회색과 검은색의 얼룩진 커튼 같은 연기가, 그리고 유기체와 음식물 썩은 것, 곰팡이투성이 빵이 타는 악취가 쏟아졌는데, 그 아래 희미하게 골수가 지글거리고 머리카락이 그슬리는 시큰하고 기분 나쁜 냄새가 느껴졌다. 그리고 나는 알았다. 보기도 전에 알았다. 첫 번째 쓰레기통을 발로 걷어차서 그 안에 담긴 것들이 축축하고 단단한 땅바닥 위에 쏟아지기도 전에 그 안에서 무엇을 찾게 될지 알고 있었고 가슴속 깊이, 내 모질고 무자비한 가슴 깊이 그가 무슨 짓을 했고 누구에게 그 짓을 했는지, 사과 같은 뺨과 뽀얀 피부, 항상 미소 지을 준비가 되어 있던 얼굴, 이 개자식, 개같은 자식, 무슨 짓을 한 거야? 무슨 짓을 한 거냐고?

갈기갈기 찢어진 그녀의 피 묻은 앞치마, 옥양목 드레스 조각과 그녀의 머리채를 묶고 있던 리본의 잔해.

길고 헝클어진 머리가닥이 아직도 고집스레 두개골 끝에 매달려 있었다. 회색이 감도는 밝은 갈색. 그녀는 메두사였다. 나는 돌로 변했다.

그녀가 내게 싱긋 웃어 보였다. 텅 빈 눈구멍이 내 얼굴을 들여다보았다. 아무런 표정도 감정도 없이, 그녀의 두개골, 나의 얼굴, 슬픔도, 연민도, 공포도, 두려움도 없이 텅 빈 눈구멍과 텅 빈 남자, 그의 손에 파헤쳐진.

M

12권

아르카디아*

떨리지 않는 피란
한 방울도 저에겐 없나이다.
그 옛날의 불꽃의
흔적을 지금에야 아나이다.

— 단테, 「연옥편」

* 그리스 펠로폰네소스 지역의 이름으로 '이상향'을 의미한다.

1곡

하나

나는 말할 수 없다. "여기가 시작이다."라고.

원에는 시작이 없다.

이것이 내가 지켜 온 비밀들.

그가 나를 에워싼다. 시작도 끝도 없고, 시간은 거울이 말해 주는 거짓말이다.

이것이 비밀들이다.

낡은 모자를 쓴 어린아이와 미궁 속 소년과 시작도 끝도 없는 동그란 쓰레기통 옆에 서 있는 사내.

언젠가 그는 내게 이렇게 말했다. 생각하지 않는 것들에 대해 생각하는 건 아주 어려운 일이다, 윌 헨리.

둘

괴물원의 깊숙한 배 속에서, 내 품속에서, 그는 뻣뻣하게 굳어 갔다. 등이 휘고 머리가 뒤로 떨어졌다. 입에서는 악취가 풍기는 죽은 세포 덩어리와—아마도 식도의 살점일 것이다.—빨간 동맥혈이 뒤섞여 부글부글 올라왔고, 그러더니 이내 숨을 거뒀다.

나는 그의 시신을 바닥에 뉘었다. 칼을 다시 주머니 속에 넣었다. 피 묻은 손으로 아직 미용 젤이 묻어 있는 머리카락을 쓸어 넘겼다. 하지만 최신식 머리 스타일도 이제는 더 이상 멋져 보이지 않았다.

가서 갖고 와!

벌써 갖고 왔는걸.

나는 그가 한 말이 무슨 뜻인지 알고 있었다. 그것이 어디 숨어 있는지 정확히 알고 있었다. 나는 워스롭이 설명한 그 생물의 특징을 내 손으로 직접 받아 적었다. 이차저차 재앙이 일어나는 것은 피하는 데 성공했지만—모든 걸 잃은 건 아니었다.—그것을 넣어 둘 곳이 필요했다. 나는 다시 잠긴 방으로 돌아가 삼베 자루를 집었다. 그동안에도 녀석은 어디에도 가지 않을 것이다. 초조한 마음으로 괴물원을 이리저리 방황하고 있는 무장한 도둑들이 더 있을 수도 있지만 나는 초조하지도 않고 급한 마음도 들지 않았다. 자루를 가지러 돌아가기 전에 바닥에 떨어진 리볼버를 다시 줍지도 않았다.

나는 시신이 있는 복도로 되돌아가다 마지막 모퉁이를 돈 순간 우뚝 멈춰 섰다. 어떤 사람이 사체 옆에 무릎을 꿇고 있었다. 그리고 뒤쪽에 약간 떨어진 그림자 속에서는 알아보기 힘든 인영(人影)이 어정거리고 있었다. 난 왜 아까 그 빌어먹을 리볼버를 주워 가지 않은 거지?

남자가 일어섰다. 내가 놓아두었던 총이 시야에 들어왔다. 나는 양손을 들며 말했다. "저예요, 워스롭."

그의 뒤에 있던 형체가 그림자 속에서 번개처럼 뛰쳐나왔다. 릴리였다. 그녀는 피가 튀어 있는 내 얼굴을 보고는 깜짝 놀라 발을 멈췄다. "윌! 다친 거야?"

워스롭이 황급히 그녀를 밀어내고 내 손에 들린 빈 자루를 움켜쥐었다.

"그건 어디 있느냐?" 그가 으르렁거렸다.

"저기요." 나는 주머니에서 스위치블레이드를 꺼내 그에게 내밀었다.

"저랑 바꾸죠?" 내가 말했다.

그는 무슨 뜻인지 단번에 이해했다. 통명스럽게 고개를 끄덕이더니 칼을 받아 들고 자루를 내게 건네준 다음 시신을 뒤집었다. 나는 그의 옆에 쭈그려 앉았다. 릴리는 얼떨떨한 얼굴로 팔짱을 끼고 우리를 지켜보았다.

"아돌퍼스가 죽었어요." 내가 괴물학자에게 말했다. 그는 죽은 사나이의 셔츠를 찢어 가슴을 드러냈다.

"나도 들었다." 워스롭이 갈라진 목소리로 말했다. 그는 칼날을 폈다. 식도 바로 아래 칼끝을 가져다 댔다. 긴장된 어깨에 힘이 들어갔다. "준비됐느냐?"

나는 몸을 가까이 붙이고 자루 입구를 열었다. "됐어요."

릴리가 숨을 들이켰다. 어쩔 수가 없었으리라. 그녀는 늘 세계 최초의 여성 괴물학자가 되겠다고 떠들어 댔지만 평소에 우리가 하는 일을 이렇게 가까이서 본 적은 한 번도 없었다. 박사가 목에 칼날을 밀어 넣고 밑으로 그었다. 그의 목 근육이 불끈거렸다. 날 끝이 쇄골에 이르자 그는 나이프를 옆으로 집어 던지고 손바닥을 마주 붙여 갈라진 상처 속으로 집어넣었다.

"조심하세요." 내가 중얼거렸다.

그는 고개를 짧게 끄덕이며 투덜거렸다. "미끄럽군……."

지하는 꽤 추웠는데도 그는 식은땀을 흘리고 있었고 미간은 잔뜩 찌푸리고 눈은 감고 있었다. 이 일에는 눈이 필요하지 않았다. 빠르고 정확한 손과 그것을 인도할 강인한 정신력만 있으면 충분했다.

"자, 이제 침착하게." 그는 나에게, 그리고 시신의 가슴에 도사리고 있는 그것에게 말했다. "지금이다, 윌 헨리!"

그가 눈을 번쩍 뜨며 무릎을 세웠고, 그의 손이 시신의 배 속에서 자그마한 퐁 소리와 함께 빠져나왔다. 그의 손에 잡혀 있는 것이 그의 팔을 휘감으며 관능적으로 몸을 배배 꼬았다. 침침한 노란 불빛 아래에서 피를 뚝뚝 흘리는 그것의 모습은 묘하게 아름다웠고, 표면은 한밤중의 강 수면처럼 잔잔하게 어룽거렸다. 그는 유려한 동작으로 그것을 쥔 손을 단번에 자루 속으로 쏙 집어넣었다.

"진짜 까다로운 부분은 지금부터지." 그가 중얼거렸다. 그는 서두르지 않았다. 조심스럽게 천천히 움직였다. 먼저 한 손을, 그다음에는 머리 밑기둥을 잡고 있던 손을 빼냈다. 언제 물릴지 모르는 긴장의 순간. 잠시 후 그는 자유의 몸이 되었고, 나는 자루 입구를 빙글빙글 돌려 꼬았다. 우리는 숨을 헐떡이고 있었다.

"윌 헨리." 그가 숨을 몰아쉬며 말했다. "역시 경비를 세울걸 그랬다."

셋

두 명의 피해자를 검사하고 범죄 현장을 자세히 조사한 후—혹은 범죄 현장'들'이라고 해야 할 것이다. 살인과 도둑질, 두 개의 범죄가 발생했기 때문에—괴물학자는 사건의 발생 순서에 관한 내 추리에 동의했다.

"그들은 경쟁 관계도, 적대적인 관계도 아니었다." 그가 말했다. "그보다는 동료 사이였어. 혼자서 일을 처리하기엔 위험부담이 너무 컸을 테니까. 한 명이 망을 보는 사이 다른 한 명이 보물을 꺼내 자루에 담기로 했겠지. 그렇지만 한 명이 배신의 씨앗을 품고 있었던 게야. 아마도 망을 보던 쪽이었을 거다. 무기를 갖고 있었고, 잠긴 방에 들어올 때 그걸 한 번 사용하기도 했으니까."

우리는 배 속이 엉망이 된 도둑의 코트 주머니에서 문제의 무기를 발견했다. 워스롭이 킁킁거리며 총구의 냄새를 맡았다. 최근에 발사된 적이 있었다.

"이제 그가 방 안으로 들어가지. 하지만 녀석에게 깜박 속아 넘어가고 말아. 겉으로는 녀석이 무척 온순하고 무기력해 보였거든. 어쩌면 자고 있다고 생각했는지도 모른다. 그래서 한 손에 자루를 들고 우리의 문을 열었는데, 그때 녀석이 공격을 한 거야."

워스롭이 손바닥에 주먹을 쾅 내리쳤다. "송곳니가 깊숙하게 파고들자, 공포에 질려서 자루를 내팽개치고 맨손으로 녀석의 입을 벌리려고 했지. 하지만 녀석의 턱 힘은 장정 셋이서도 꿈쩍 못 할 정도로 강해. 그래서 뒷걸음질을 치다 자기가 죽인 사람이 흘린 피 웅덩이를 밟았고 벽에 부딪쳐서 상자들을 넘어뜨렸다. 이 시점에서 그는 이미 늦었어. 보다 정확히 말하자면 일단 물린 시점에서 늦었다고 해야겠다만. 어쨌든 본능적으로 도망치긴 하는데 멀리 가지는 못했다. 그사이에 독이 벌써 뇌까지 침투했으니까. 방향 감각이 사라지고 어지럼증이 일고 세상이 핑핑 돌고 중심을 잡을 수가 없지. 그래서 저 방으로 들어갔다가 바닥에 쓰러졌고, 심장박동이 빨라지면서 전신의 근육과 장기에 독극물이 퍼지는 속도는 더욱 빨라졌지."

"그런데 그게 어떻게 안에 들어간 거죠?"

갑자기 릴리가 불쑥 물었다. 그녀는 눈에 띄게 동요해 있었다. 어쨌든 생애 처음으로 진짜 이상생물학을 맞닥뜨렸으니까. 수천 권의 책을 읽고 수백 번의 강의를 듣고 수천 명의 과학자들과 토론을 나눈대도 실제로 눈앞에서 보고 경험하기 전까지는 모르는 법이다. 그리고 오늘 그녀가 본 것마저 전체에 비하면 빙산의 일각에 불과하다.

워스롭은 그녀의 질문에 당황했다. "으음……. 인체에는 그런 게 가능한 구멍이 몇 개 있는데 아마 그중에서도 가장 큰 구멍으로 침투했을 것 같군."

"그런데 왜 그 안에 들어간 건데요?"

괴물학자는 눈을 끔벅였다. 대답은 명백했다. 그에게, 그리고 그가 생각하기에는 생각이란 걸 할 줄 아는 사람에게라면 누가 보더라도 명백했다. 그러나 그는 나한테 그럴 때와는 비교도 안 될 만큼 감탄스러운 참을성을 발휘해 차분한 목소리로 대답했다.

"먹기 위해서요, 미스 베이츠. 그리고 자신을 먹을 수 있는 것들로부터 몸을 숨기기 위해서지."

그는 가볍게 손뼉을 쳤다. "자! 그럼 난 이제 아돌퍼스를 살펴봐야겠다. 헨리, 리볼버를 잘 갖고 있어라. 난 이 친구의 콜트를 챙길 테니. 나중에 여기서 다시 만나자꾸나. 방을 잘 지키고 있되 내가 돌아올 때까지, 아니면 생사가 걸린 일이 아니라면 꼼짝도 하지 마라. 미스 베이츠, 숙녀분 먼저."

릴리가 내 팔에 슬며시 팔을 끼워 넣었다. "괜찮으시다면 전 여기 있을래요."

"그건 윌에게 부담이 클 것 같은데." 워스롭은 내 손에 들린 자루를 턱 끝으로 가리켰다. "윌이 둘 사이에서 선택을 해야 하는 불운한 입장에 처하게 될까 봐 걱정스럽군."

나는 웃음을 터뜨렸다. 하지만 릴리는 그 안에 담긴 농담을 눈치채지 못했다. 릴리가 말했다. "저도 제 몸 정도는 지킬 수 있어요."

박사는 입술을 달싹였지만 이내 고개를 가로젓고 어깨를 으쓱하더니 아무 말도 하지 않고 문밖으로 나섰다. 이제 우리들만 남았다. 릴리와 괴물과 나.

나는 바닥에 주저앉아 협회 문장이 찍혀 있는 배송 상자에 등을 기댔다. 닐 티멘둠 에스트. "아무것도 두려워 말라." 다리 사이에 꿈틀거리는 삼베 자루를 내려놓고 릴리를 올려다보았다. 밑에서 보니 그녀는 무척 거대했고, 흡사 여신처럼 보이기조차 했다. 보라색 드레스를 입은 오만한 자태. 비록 지금은 한두 군데 얼룩이 져 있긴 했지만.

"지금 네가 얼마나 아름다운지 말해 줘도 돼?" 내가 물었다. "각도 때문인지 불빛 때문인지는 모르겠지만 말이야. 아마 둘 다일 거야. 엄청 피곤하다. 술기운도 거의 가신 것 같고."

"옛날에 넌 진지한 애였지." 한참 동안 침묵을 지키던 그녀가 말했다. "심지어 우스갯소리를 할 때조차도 진지했어."

"이 일을 하다 보면 나름대로의 관점을 갖게 되거든."

"예를 들면 어떤 거?"

나는 생각에 잠겨 입을 다물었다. "인간이 올라갈 수 있는 가장 높은 곳에서 내려다보는 것 같은 관점. 그게 아니면 최소한 인간으로서 가능한 거."

그녀는 고개를 흔들었다. "총은 어디 있어?"

"주머니에. 왜?"

릴리가 쪼그려 앉더니 내 주머니를 뒤졌다.

"내 무기를 가져가면 안 돼요, 미스 베이츠." 내가 경고했다.

"어차피 그걸 사용할 손도 없잖아."

"내 무기를 빼앗아 가면 널 쏠 수밖에 없어."

"넌 웃기려고 하면 할수록 안 웃겨지는 거 알지?"

그녀는 총 손잡이를 두 손으로 굳게 쥐고 배 앞에 고정시켰다. 릴리는 총을, 나는 자루를 갖고 있었다.

"내가 유머 감각이 없는 건 내 잘못이 아냐." 내가 말했다. "그리고 쓸데없이 꼼지락거리지 마. 불안해진단 말이야."

그녀가 내 옆에 앉았다. 그녀의 시선은 삼베 천 아래에서 불룩하게 움직이는 것에 못 박혀 있었다.

"저거보다 다섯 배는 더 클 줄 알았는데."

"열 배는 더 크게 자랄걸. 이건 아직 어린 새끼야, 릴리."

"이걸 어떻게 할 작정이야?"

"글쎄, 꺼내서 안아 줄 생각은 아닌데……."

릴리가 한 손을 빼내더니 내 팔에 주먹을 날렸다. "이 일이 끝난 뒤에 말이야."

"박사님이 친한 동료들에게 구경시켜 주겠지. 그러면 다들 고개를 끄덕이면서 감탄사를 남발하고 등도 두드려 주고 박사님한테 기념패를 수여하거나 동상을 세워 주기도 할 테고……."

"세상엔 시간이 지날수록 성장하는 남자애들도 있고……." 그녀가 말했다. "반대로 나이가 들수록 어려지는 애들도 있지."

"내 의견을 듣고 싶은 거라면 생각할 시간이 좀 필요한데."

"총회가 끝난 다음에는 어떻게 할 거냐고 물은 거야. 내 말은 그 뜻이라고."

"아, 알겠다. 고양이가 자루 밖으로 나왔으니까* 여기다 놔둘 수는 없지. 처음 계획은 아마 여기 기증하는 거였을 거야. 어쩌면 뉴예루살렘으로 가져가서 구덩이를 판 다음에 먹이로 염소를 던져 줄지도 모르고. 하지만 야생으로 되돌려 보낼 작정은 아닌 것 같아."

"그게 제일 좋지 않아?"

"다른 야생동물들한테는 아니지. 워스롭한테도 아니고. 그리고 후자가 다른 하나보다 훨씬 더 중요하거든."

"나라면 풀어 줄 거야."

"저건 세상에 남은 마지막 한 마리야, 릴리. 어쨌든 이젠 끝났다고."

"그럼 그냥 죽여 버리지 그래?" 자루가 파도치듯 구불구불댄다. "기념품처럼 박제를 하면 되잖아."

"그것도 좋은 생각이네." 내가 퉁명스럽게 대꾸했다. 이 이야기도 이제 질려 가고 있었다. "우리 다른 이야기 하자. 그 사람이랑 키스했어?"

"키스라니…… 워스롭 박사님이랑?"

그 장면이 상상되는 바람에 빙긋 웃었다. "워스롭은 1876년 이후로는 아무하고도 키스한 적이 없어. 내 말은 그 평범둥이 말이야."

"새뮤얼?" 그녀는 시선을 내리깔았다. 나를 보려고 하지 않았다. "너하고 무슨 상관인데?"

"아마 상관없겠지."

"맞아."

---

* 비밀이 드러났다는 의미이다.

"정말? 그럼 그 친구 진짜로 평범둥이가 맞구나. 네 입으로 맞는다고 하니."

릴리는 저도 모르게 웃어 버렸다. "넌 네가 똑똑하다고 생각하나 본데, 실은 그 절반도 못 미쳐." 나는 고개를 끄덕였다. "10분의 1도 안 될걸. 영국에서 만난 거야? 거기서 너무 외로웠던 거야, 릴리? 뉴욕이 그립지는 않았고? 도대체 어떤 사람이 히람 워커의 제자를 원할 수가 있는 거야? 자기가 생각하는 것의 3분의 1만큼이라도 똑똑한 사람이라면 절대로 안 그럴걸. 걔 정말로 평범둥이구나."

"새뮤얼은 친구야." 그녀가 말했다.

"친구?"

"아주 좋은 친구."

"아, 으음. 아주 좋다는 건 확실히 평범한 건 아니네."

그녀가 빙그레 웃었다. "3분의 1도 아니지."

"나 지금 너한테 키스하면 좋을 것 같아."

"거짓말." 여전히 미소 띤 얼굴.

나는 얼굴을 찌푸렸다. "왜 그런 걸로 거짓말을 하겠어?"

"만약에 네가 나한테 키스를 하고 싶다면 말로 하는 게 아니라 벌써 했……."

나는 그녀에게 키스했다.

친애하는 윌, 이 편지가 너에게 무사히 도착하길 빌어.

그녀의 눈은 감겨 있고 입술은 살짝 벌어져 있었다. "윌……." 그녀가 속삭였다. "네가 한 번 더 키스해 주면 좋을 것 같아."

그래서 나는 그렇게 했다. 자루 안에서 그것이 몸을 뒤집었다. 갉작갉작, 두꺼운 유리벽을 긁어 댔다. 참을 줄 알아야 한다. 사랑이나 연민, 어리석은 인간적인 것들을 위한 자리는 없다. 절대로 사랑에 빠지지 말렴, 절대로.

어지럽게 뒤엉킨 복도와 먼지투성이 방과 악몽과도 같은 죽은 괴물들이 넘치는 선반들.

나는 아름답다고 생각한다. 봄날의 꽃밭보다도 더 화려하지.

이것이 내가 죽기 전에 털어놔야 하는 것들이다.

비비 꼬인, 갉작갉작, 먼지투성이, 흘러넘치고 넘쳐, 죽은, 악몽과도 같은, 차갑고 어두운 깊은 방.

내가 반드시 털어놔야 하는
살짝 벌어진 입술.

이것이 비밀 이것이 비밀 이것이 비밀 이것이 비밀 이것이 비밀 이것이 비밀 이것이 비밀.

넷

괴물학자가 들고 있는 등불 빛이 알의 거친 표면에 입을 맞췄다. 그는 몸을 굽히고 확대경을 한층 더 가깝게 들이댔다. 그의 숨결은 온화한 봄철 아름다운 꽃들이 피어난 초원 위를 스치는 상냥한 바람의 속삭임과도 같았다. 그는 알의 모든 물리적 특징을 측정하고—무게, 둘레, 온도 등등—청진기를 대고 귀를 기울였다. 그는 최대한 신속하게 작업을 마쳤다. 알을 지하실 공기에 너무 오래 노출하고 싶지 않았기 때문이다. 마테를링크가 말했듯이, 뉴잉글랜드 지방의 기후는 열대지방과 전혀 달랐다.

"흠, 확실히 여러 면에서 문헌 기록과 일치하는구나. 자료가 적고 기록이 다소 모호하긴 하지만 정말로 T. 세레호넨시스의 알일지도 모르겠다. 악어나 거북이 알이 아닌 건 확실해. 그러기엔 너무 크거든. 파충류 알인 것도 분명하고. 세레호넨시스의 먼 친척일 수도 있지. 아나콘다나 보아 뱀 말이다. 하지만 그렇다고 쳐도 알이 너무 크다. 하! 이번만큼은 시간이 말해 줄 것이라는 옛 격언에 의존하는 수밖에 없구나."

워스롭은 허리를 펴고 머리에 쓴 확대경을 위로 밀어 올렸다. 얼굴이 밝게 상기되어 있었다. 그는 자신의 손에 들어온 것의 정체를 확신하지는 못했지만, 그럼에도 알고 있었다.

"부화시키자꾸나. 따뜻하게 유지해 주면 몇 주일 뒤에 결과를 알 수 있을 거다."

"마침 학회가 열릴 때네요. 꼭 박사님을 도와주기라도 하는 것 같아요."

그는 흠칫 몸을 긴장시켰다. "그게 무슨 소리냐?"

"세상에 남은 마지막 한 마리라면서요. 박사님이 모자에 꽂을 깃털이 부족한 것도 아닌데 말이죠!"

"윌 헨리, 한 1년 전부터 네가 그런 말을 할 때마다 네가 나를 칭찬하는 건지 비꼬는 건지 아니면 양쪽 다인 건지 도통 구분이 안 가는구나."

"그냥 당연한 사실을 말하는 것뿐인데요, 박사님." 내가 말했다.

"대개 정치가나 소설가들이 하는 짓이지. 그러니 앞으론 그러지 않는 게 좋겠다."

그는 다시 짚단 위에 놓여 있는 알로 관심을 돌렸고, 그 후로 20분 동안 작은 가열등을 갖고 야단법석을 떤 다음, 온도계로 알 표면의 온도를 쟀다.

"한시도 눈을 떼지 않고 주의 깊게 지켜봐야 한다. 알이 깰 때까지 시간에 맞춰 정기적으로 점검하고, 항상 누군가 옆을 지켜야 해. 알의 안전을 위해서뿐만 아니라 우리 자신의 안전을 위해서다. 이것의 존재와 소재를 적어도 두 사람이 알고 있고, 어쩌면 아는 사람이 더 있을지도 몰라. 이것이 우리에게 있다는 정보가 잘못된 이들의 귀에 들어가기라도 하면…… 우리에게 바로 이 존재보다도 더 큰 위험이 닥칠지도 모른다."

나를 향한 말이었지만 그의 시선은 꼼짝 않고 "바로 이 존재"를 향하고 있었다.

"문헌 기록에 따르면 녀석의 독은 세상에서 가장 강력하고, 하이드로피스 벨케리(Hydrophis belcheri)의 다섯 배에 이른다고 하지. 바늘 끝에 한 방울만 묻혀서 찔러도 성인을 죽일 수 있어."

나는 휘파람을 불었다. "그렇게 귀한 취급을 받는 것도 당연하군요. 한 컵만 있어도 군대 전체를 쓸어 버릴……."

워스롭이 고개를 모로 저으며 씁쓸한 웃음소리를 냈다. "그리하여 우리의 본성이 판단을 결정짓는다더니."

"그게 무슨 뜻이에요?"

"이게 귀한 취급을 받는 이유는 녀석이 우리에게서 빼앗는 것 때문이 아니다, 윌 헨리. 우리에게 주는 것 때문이지."

"제 말도 그런 거였는데요."

"죽음이라는 게 뭔가를 주는 것이더냐?"

"그리고 받는 것이기도 하죠. 양쪽 다 해당되잖아요."

"난 정말 실패한 거로구나. 그렇지?" 그는 여전히 미소를 띠고 고개를 돌려 알을 바라보았다. "이 독 한 방울을 10퍼센트로 희석해서

혈관에 주입하거나, 어떤 이들은 담뱃잎에 적셔 파이프로 흡입하는 편을 선호하기도 하지. 들은 바에 따르면 뭐라 형용할 수 없을 희열감을 주는데, 거의 성적인 쾌감에 가깝다고 하더구나. 한 모금만 들이마셔도 갱생 가능성이 없는 아편 중독자보다도 더 심각할 정도로 빠져든다고 한다. 한번 손대면 다시는 돌이킬 수 없는 거다. 에덴의 과실처럼, 한번 맛보고 나면 다시는 되돌릴 수 없는 거야. 하면 할수록 더욱더, 그리고 더 많이 갈구하게 되고 결국 뇌가 그것만을 생각하는 지경에 이른다. 허파가 공기를 필요로 하고 세포가 포도당을 필요로 하는 것처럼, 우리 몸이 그것을 필요로 하게 되는 거야."

나는 단번에 이해할 수 있었다. 이 초강력 마약을 공급하는 인물은 엄청나게 신속하게 아주 큰 부자가 될 수 있을 터다. 이 세상 모든 강도 귀족들을 합친 것보다도 더 큰 부자가 될 것이라고, 워스롭은 말했다. 마테를링크는 거짓말을 한 것이 아니었다. 그의 고객이 제시한 가격은 황당할 정도로 약소했다. 수상할 정도로 적어. 머릿속에서 목소리가 속삭였다.

"수상한 냄새가 나는데요." 내가 말했다. "만약에 마테를링크의 고객이 거의 거저나 다름없는 가격에 박사님한테 넘기려고 한 거라면……."

"아주 예리하구나, 윌 헨리. 어쩌면 너에 대한 내 평가가 다소 성급했는지도 모르겠다. 그래, 그 사람이 자신이 갖고 있는 게 뭔지 알았다고 치면 정말 형편없는 가격이었지. 그리고 그걸 몰랐다면 너무 높았고."

"애초에 마테를링크가 박사님한테 이걸 넘겨주려는 의도가 아니었다면 말이죠. 박사님은 그저 진위를 입증하는 데 이용하는 도구였던 거예요."

"하지만 뭣 때문에? 그가 할 일이라곤 그저 알에서 뱀이 깨어나길 기다렸다가 독을 추출한 다음—이런 상스러운 표현을 용서해라.—한 방 빼기만 하면 되는데."

"그를 고용한 사람이 박사님을 알거나 아니면 이름을 들어 본 적이 있겠죠……."

그는 고개를 치켜들고 팔짱을 낀 채 길고 귀족적인 코 밑으로 나를 한참 동안 쏘아보았다. "그래? 그리고 또 뭘 알아차렸느냐?"

"금전적인 이득 말고 다른 꿍꿍이가 있어요."

"훌륭하구나, 미스터 헨리! 그렇다. 네 안목과 통찰력에 대한 내 판단을 정말로 수정해야 할 것 같구나. 그렇다면 그 꿍꿍이가 뭐겠느냐?"

내 입이 움직이려 하자 그가 손을 들어 가로막았다.

"나도 몇 가지 견해가 있다만 일단은 유보해 두겠다. 케이크가 다 구워지지도 않았는데 서로 자르겠다고 달려들면 안 되겠지."

나는 얼굴을 찌푸렸다. "그거 다른 사람이 한 말을 인용한 건가요?"

그가 웃었다. "지금부턴 그렇게 되겠지."

우리의 경계 태세는 거의 한 달간이나 이어졌다. 대망의 "그날"이 다가오기까지, 워스롭의 불안과 염려는 나날이 부풀어만 갔고—그의 수염과 머리도 마찬가지였다.—식욕은 바닥을 쳤다. 그는 몇 시간이고 알 근처를 서성이며 가열등을 조절하고 짚단을 매만지고, 청진기로 그 두꺼운 고치 안에서 성장하는 생명의 소리를 들었다.

나는 요리와 청소, 설거지, 생필품과 식료품을 구입하고 편지에 답변을 하는 평상시 업무 외에도 장전된 리볼버를 손에 들고 지하실 문 앞에서 불침번을 서는 임무를 맡았다. 그는 조그만 소리에도 화들짝 놀랐고 한 번에 반 시간 이상은 눈을 붙이지 않았으며 저명한 이상생물학 박사에서 노심초사 자식을 걱정하는 대리모로 전락했다. 그의 상태를 확인하려 지하실에 내려갔을 때, 그가 의자에 앉아 턱을 괴고 거의 넋이 나간 표정으로 지푸라기 위에 놓여 있는 것을 반쯤 감긴 눈으로 멀거니 응시하고 있는 모습을 발견한 것도 한두 번이 아니었다.

"그만 주무시러 가세요." 한번은 그에게 이렇게 말했다. "제가 지키고 있을게요."

"그랬다가 네가 잠들면 어쩌고?"

그는 아무 말도 하지 않았다. 나는 포기했다. "뭐 하나 물어봐도 돼요?"

그의 눈썹이 치켜 올라갔다. 그 아래 있는 눈은 여전히 반쯤 감겨 있었다.

"이건 하늘에서 떨어지지도 않았고 100년 동안 얼음 속에 갇혀 있지도 않았어요. 100년 전에 낳은 알도 아니고요. 그럼 어떻게 세상에 남은 마지막 한 마리일 수가 있죠? 알을 낳은 어미는 어디 있는 거예요?"

그가 목청을 가다듬었다. 깨진 유리 조각으로 구두 밑창을 긁는 듯한 목소리가 흘러나왔다.

"죽었지. 마테를링크에 의하면 말이다. 둥지를 발견한 광부한테 죽은 거야."

"하지만 어미가 있다고 가정하는 편이……."

"그리고 어미의 짝은 그 전에 죽었다. 짝이라고 간주하는 편이 합리적이겠지. 커다란 수컷이었는데 머리에서 꼬리 끝까지 거의 15미터나 됐다고 하더구나."

"제가 하고 싶은 말도 그거라고요. 한 마리가 있다면, 특히 두 마리가 있었다면……."

"아, 물론 세상에 불가능한 건 없지. 네안데르탈인이 히말라야의 혹한 오지에 아직 살고 있을 가능성도 얼마든지 있다. 보름달이 뜨는 밤이면 레프라혼*이 숲에서 뛰쳐나와 춤을 추는 것도 가능하고. 또 실은 네가 원숭이 두 마리가 교미해서 태어난 원숭이 새끼인데 태어나자마자 인간의 아기와 바뀌었을 가능성도 있지. 지금 우리가 나누고 있는 대화가, 아니 네 존재 자체가 실은 꿈에 불과하고 잠에서 깨면 너는 나이 지긋한 중년의 농부이고 옆에서는 푸짐한 몸집의 부인이 자고 있는데 아침에 소젖을 짜면서 거참 이상한 꿈도 다 꿨다고 신기해하는 것도 전적으로 가능한 일이지!"

나는 그의 말을 곰곰이 생각해 본 후 대꾸했다. "제가 꼭 농부여야 해요?"

가끔은 그도 인간의 긴요한 욕구에 두 손을 들고 내가 그를 잠자리에 들게 종용하도록 허락해 주기도 했다.

"왜 무슨 죽음의 천사나 되는 것처럼 정처 없이 방황하고 있는 거

* 아일랜드 요정의일종.

냐? 빨리 지하실에 내려가 봐라, 윌 헨리, 어서 냉큼!"

빌어먹을, 단 한 번만이라도 그 염병할 구절에 내 이름이 따라붙는 걸 다시 듣게 된다면……!

나는 총을 지푸라기 둥지 옆에 내려놓고 T. 세레호넨시스를 잉태하고 있는 생명의 주머니를 지그시 들여다보았다. 알은 주황색의 가열등 불빛 아래서 희미하게 빛을 발하고 있었다. 지하실은 추웠다. 그것이 놓인 자리는 따뜻했다. 사흘 전부터 알은 자칫 알아차리지도 못할 정도로 미세하게 떨리기 시작했다. 청진기를 대고 귀를 기울이면 소리도 들렸다. 뭔가 살아 있는 것이 양막 주머니 안에서 몸부림치며 나는 축축하고 찰박이는 소리. 그 소리를 들으면 가슴이 두근거렸다. 그것은 생명이었다. 매우 연약하고 꺼지기 쉬운, 더할 나위 없이 근원적이고 확고한 존재. 모든 생명의 창조는 엔트로피와 혼란의 지배를 받고, 세계는 종국에 늘 파국을 맞지만 그럼에도 생명은 계속해서 살아 나간다. 그것이 바로 미(美)의 정수가 아닌가? 녀석을 품은 알이 태곳적부터 내려오는 힘으로 잘게 떨리는 것을 지켜보며 나는 생각했다. 정상(正常)이 아닌 이상(異常)이란 순전히 인간이 만든 개념에 불과한 것이 아닌가. 인간이 상상하는 괴물 같은 것은 존재하지 않는다. 우리는 어리석고 오만하며, 진화의 가장 큰 업적이자 가장 처참한 실패이며, 우리가 세상의 중심이라는 망상과 자의식에 사로잡힌 죄수들이다. 모든 것에 앞서 우리가 있고, 그런 다음에야 우리 외에 다른 모든 것들이 존재한다는 인간 중심적인 착각.

그러나 우리는 세상의 꼭대기에 서 있는 것도 아니요, 중심에 있는 것도 아니다. 세상에 홀로 떨어져 존재하는 것은 없고, 머리 위에서 있는 것도 없으며, 중심은 어디에나 있고 어디에도 없다. 우리는 지렁이보다 더 아름답거나 세상에 긴요한 존재도 아니요, 그보다 더 뛰어나고 우월한 존재도 아니다.

솔직히 말하자면—감히 거기까지 가자면—지렁이야말로 우리보다 더 아름다운 존재라 할 수 있을 것이다. 그들은 순수하지만 우리는 그렇지 못하기 때문에. 지렁이는 아무 속셈도, 꿍꿍이도 없다. 그들은 그저 다음 세대를 번식시킬 수 있을 만큼 오래 살 수 있기만을 바랄 뿐이다. 배신도, 잔인함도, 시기도 욕정도, 증오도 없다. 그렇다면 진정한 괴물은 무엇이며 '이상생물'이란 무엇이란 말인가?

추운 지하실, 따뜻하게 데워지는 알 앞에 앉아, 나는 눈물을 흘렸다. 진정한 아름다움—그렇다, 그것은 미 자체였다.—이란 무서운 것이다. 그것은 우리를 우리가 있어야 할 자리로 되돌려 놓는다. 우리 자신이 얼마나 추한 존재인지 보여 준다. 그것은 과연 값어치를 매기지 못할 만큼 귀한 보물이다.

나는 손을 내밀어 맥동하는 껍질 표면을 조심스럽게 쓰다듬었다.

용서해, 나를 용서해 주렴. 나보다 훨씬 위대한 존재여.

2곡

하나

용서해.

텅 빈 눈구멍, 쓰레기통 옆에 뒹구는 해골에는 아직도 엉클어진 머리카락이 붙어 있다.

펠리노어 워스롭 박사님한테 또 뭘 해 드려야 하나요, 미스터 헨리?

아, 그냥 기본적인 것들이면 됩니다. 그분은 장애인은 아니지만 집안일에는 전혀 관심이 없고 요리를 해 먹지도 않아요. 그러니까 청소와 빨래, 요리를 해 주고 손님이 오면 문을 열어 줄 사람이 필요하죠. 하지만 손님이 많지는 않을 거요. 요즘엔 박사님을 찾는 사람이 없으니까.

알겠어요. 친구분이 많이 없나 보죠?

그것도 그렇고, 이젠 세상을 등졌다고 할 수 있겠지요.

그럼 이제 환자는 안 보시나요?

아예 시작도 안 했습니다. 그런 종류의 박사가 아니거든요.

아, 그래요?

그래요. 그분은 과학자예요. 그리고 그분 앞에서는 그런 이야기를 꺼내지 마세요. 혹은 다른 어떤 이야기도 말입니다. 그분이 말을 하고 싶을 때면 알아서 할 겁니다. 말할 기분이 아니라면 안 할 거고요. 그리고 대개는 당신이 옆에 있든 없든 무시할 거예요. 실질적으로 거의 항상 그럴 테죠.

그럼 그렇지 않을 때는요, 미스터 헨리? 그럴 때는 어떤가요?

흠, 박사님은 성미가 꽤 고약하지요. 과학자치고는 욱하는 기질이 있다고 해야 할까.

욱하는 기질이 있는 과학자라고요? 오, 미스터 헨리. 참 재미있는 말씀을 하시네요!

그리고 유머 감각이 좀 관념적이고요. 제일 좋은 전략은 그가 무슨 말을 하든 맞장구를 치는 겁니다. 예를 들어 그분이 지렁이의 지능이 당신보다 낫다고 은근슬쩍 암시하거나 아니면 대놓고 말씀하셔도 제일 좋은 대응 방법은 "저도 항상 그렇게 생각해요, 워스롭 박사님."하고 대답하는 거죠. 또 가끔은 도통 이해할 수가 없는 말을 늘어놓을 때도 있어요. 하지만 그건 그분이 미쳤다는 뜻이 아닙니다. 그냥 그답게 굴고 있을 뿐이죠. 그가 하는 말은 대개 앞뒤가 있어요. 그저 맥락이 숨어 있을 뿐이랍니다.

숨어 있다고요, 미스터 헨리? 어디에 숨어 있는데요?

그분 머릿속에요.

그분이 머릿속에…… 뭘 숨긴다고요?

글쎄요, 우리 모두 다 그렇지 않나요, 비어트리스?

나는 발끝으로 해골을 툭툭 건드려 보았다.

나는 치안관을 불러와야 한다는 것을 알고 있었다. 그를 체포해야 한다는 것도 알고 있었다. 괴물학자에게 걸맞은 결말이었다. 살인으로 귀결될 수밖에 없는 일을 하는 사람들. 워스롭과 나, 우리 둘은 팔꿈치까지 피 구덩이에 담겨 있다.

그러나 나는 치안관을 부르러 가지 않았다. 우리는 습관의 동물이다. 그리고 나는 너무나도 오랫동안 그에게 없어서는 안 될 동반자로 살아왔다.

나는 엎어진 쓰레기통을 똑바로 세우고, 그 안에 담겨 있던 학살의 증거들을 제자리로 되돌렸다. 그녀의 해골이 마지막이었다. 나는 그 순간을 흘려보냈다. 인간의 생명을 가치관의 척도로 여기고 고뇌하던 덴마크인*처럼 해골의 텅 빈 눈구멍을 바라보며 독백을 주절거리지도 않았다. 나는 해골을 지저분한 쓰레기와 함께 쓰레기통에 던져 넣었다. 텅! 쓰레기통에 부딪치는 날카로운 금속성 소리가 추운 밤공기 속으로 크게 울려 퍼졌다.

등유를 더 부었다. 성냥을 또 그었다. 아늑한 열기가 얼굴에 느껴졌다. 밝고 뜨뜻한 모닥불을 좋아하지 않을 사람은 없다. 우리의 유전자 안에 새겨져 있는 태고의 기억. 불은 지난 100만 년 동안 우리의 친구였다. 지금의 우리를 만들었다. 신들이 프로메테우스를 벌한 것도 무리가 아니다. 일단 불을 정복하고 나면 수천 년도 지나지 않아 우리는 달 표면을 걷게 될 것이다.

나는 마당을 건너 낡은 마구간으로 향했다. 나는 삽이 필요했다. 뼈다귀 몇 개는 불 속에서도 살아남을 테니 직접 땅에 묻어야 했다.

---

* 셰익스피어의 햄릿을 가리킨다.

마구간은 1909년에 칸막이 하나만 남기고 전부 허물었다. 로지어 승용차를 보관할 공간을 만들기 위해서였다. 로지어는 당대에 출시된 자동차 중에서 가장 비싼 것이었는데, 설계를 도와준 데 대한 보답으로 회사의 사장이 워스롭에게 선물한 것이었다. 먼지가 수북이 쌓여 있는 바닥에 발을 들여놓는데, 칸막이 깊숙한 안쪽에서 나지막한 울음소리가 들렸다. 나는 문틈으로 살짝 안을 엿보았다. 양 세 마리가 짚단 위에 옹기종기 모여 있었다. 놈들은 나를 보고 깜짝 놀라더니 벌벌거리며 구석으로 몸을 숨겼다. 새하얀 얼굴, 검은 눈동자, 구슬픈 울음을 뱉어 내는 어두운 입술. 말라서 갈라지고 버석거리는 지푸라기 위에서 거세게 발을 구르며.

전 괜찮아요, 미스터 헨리. 성미가 고약하다는 건 배짱이 있다는 뜻이에요. 우리 어머니가 항상 그렇게 말씀하셨거든요.

하얀 얼굴, 검은 눈, 음매음매 우는 입과 말라비틀어진 지푸라기, 납골당에 굴러다니는 말라비틀어진 뼈다귀처럼.

둘

갉작갉작.

두꺼운 유리벽 안에서, 삼베 자루 속에서.

갉작갉작.

그림자가 드리워지고, 모든 그림자는 다 똑같다. 유리병에 담긴 것도 자루에 담긴 것도. 그것들의 토 티 에스티, 본질, 정수는 똑같다. 모든 생명은 아름답다. 모든 것은 흉측하다. 그리고 릴리, 산꼭대기에 있는 맑고 푸른 호수 같은 눈, 바닥까지 순수한, 살짝 벌린 입술.

"넌 내가 처음이자 유일하게 키스한 여자애야." 그날 밤 나는 그녀에게 말했다.

"넌 거짓말쟁이야, 윌리엄 헨리. 그러기엔 키스를 너무 잘 하는걸."

"거짓말은 가장 저열한 말장난이야." 나는 워스롭의 말을 인용했다. "괴물학자랑 일하다 보면 여자애를 만나기가 어렵다고."

"적어도 살아 있는 여자를 만나긴 어렵겠지."

나는 웃음을 터뜨렸다. "내가 새뮤얼보다 잘 해?"

"그 질문엔 대답하지 않겠어." 그녀의 숨결이 따뜻했다.

"그 녀석을 위해서야, 아니면 너 자신을 위해서야?"

그녀가 갑자기 벌떡 일어나는 바람에 나는 흠칫 놀랐다. 워스롭이 문지방에 서 있었다.

"윌 헨리." 그가 조용한 목소리로 말했다. "리볼버는 어디 있느냐?"

"저한테 있어요." 릴리가 총을 쥔 두 손에 힘을 주며 대답했다.

"총을 바닥에 내려놓으시오, 미스 베이츠. 천천히. 그리고 거기서 떨어지시오."

나는 삼베 자루의 주둥이를 움켜쥔 채, 다른 한 손을 주머니에 밀어 넣으며 천천히 자리에서 일어났다. 워스롭이 고개를 저었다. 그가 잠긴 방 안으로 들어왔다. 그 뒤에서 둥근 중산모를 쓴 사나이가 마맛자국이 있어 보기 흉한 얼굴을 일그러뜨린 채 따라 들어왔다. 그가 나를 향해 빈손을 내밀었다. 다른 한 손에는 총이 들려 있었고, 그것은 박사의 머리를 겨누고 있었다.

"그걸 나한테 넘겨라, 얘야." 그는 아일랜드 사투리가 심했다.

"하라는 대로 해라, 윌 헨리!" 워스롭이 날카롭게 외쳤다. "가져가게 내버려 둬."

나는 삼베 자루를 내밀었다. 박사의 몸을 지나 뻗은 손이 재빨리 내 손에서 자루를 낚아챘다. 릴리는 내 뒤에서 씩씩거렸고, 워스롭의 얼굴은 분노로 붉으락푸르락하고 있었다.

"대단히 고맙구나!" 사나이가 복도를 따라 뒷걸음질 치며 말했다. "수고했으니 보답을 해 주지!"

그는 방아쇠를 한 번 당겼고 총알은 박사의 다리에 명중했다. 도둑은 날래게 도망쳤다. 나는 릴리를 돌아보았다. 그녀는 벌써 리볼버를 집어 들고 있었다. 그녀한테서 총을 받아 들자마자 나는 바닥에서 꿈틀거리는 워스롭의 몸뚱이를 훌쩍 뛰어넘어, 멈추라는 그의 외침을 무시한 채 박물관장실 쪽으로 막 모퉁이를 도는 뒷모습을 향해 발사했다. 총알이 때린 벽에서 큼지막한 회반죽 덩어리가 떨어졌다. 총알 하나가 섬뜩한 소리를 내며 내 귓가를 스쳐 궤짝에 처박혔다. 위층과 연결된 문이 쾅 하고 닫히는 소리가 났고, 구불구불한 계단을 쏜살같이 달려 올라가 복도를 지나 출입구에 도착했지만 문은 이미 스르르 닫히고 있었고, 갈색 삼베 자루의 잔상만을 가까스로 포착했을 따름이었다. 문을 열고 길가로 나갔다. 그는 벌써 말 등에 올라타 있었다. 앞에서 고삐를 쥔 사람은 사내와 똑같이 둥근 중산모를 쓰고 있었다. 내가 총을 발사한 것과 동시에 말이 냅다 앞으로 뛰쳐나갔다. 단단한 돌바닥 위에 말발굽 소리가 요란스럽게 진동했고, 뿌옇고 침침한 아크등 위로 헐벗은 나뭇가지만이 겨울 하늘 아래 아로새겨졌다.

셋

나는 서둘러 몬스트러마리움으로 돌아갔다. 지금 와서 생각해 보면 그때 발걸음을 늦출걸 그랬다.

워스롭은 내가 기대 있던 상자에 등을 대고 앉아 있었고, 릴리가 머리에 묶었던 보라색 리본으로 그의 넓적다리에 지혈대를 감고 있었다. 진땀에 젖어 번들거리는 워스롭의 얼굴이 나를 보고 한층 더 어두워졌다.

"그래서?" 그가 버럭 외쳤다. "그건 어떻게 됐느냐?"

"놈이 갖고 도망쳤어요." 나는 숨을 몰아쉬며 대답했다.

나는 이성을 상실한 박사가 내 이마에 리볼버를 들이대고 방아쇠를 당길 것 같아 무서웠다. 그의 눈에서 순간 그런 생각이 번득이는 것도 볼 수 있었다. 그러나 그는 절뚝거리면서 자리에서 일어났다.

"왜요?" 나는 반사적으로 주춤 물러나며 말했다. "박사님이 놈한테 주라고 그러셨잖아요."

"아니지." 그가 대답했다. 압박 매듭처럼 꽉 잠긴 목소리였다. "난 가져가게 내버려 두라고 했다. 그건 완전히 다른 뜻이야. 사실은 정반대 의미지."

그는 금방이라도 죽을 사람처럼 하얗게 질려 있었고 몸은 휘청거렸다. 릴리가 다가가 자기 몸에 기대라고 제안했지만 그는 몸짓으로 그녀를 물리쳤다.

"이번 사건은 우리가 경험할 수 있는 가장 심각하고도 끔찍한 재앙이다. 너는 방금 판도라의 상자의 뚜껑을 연 거다, 미스터 헨리."

"하지만 그 사람이 박사님 머리에 총을 겨누고 있었잖아요!"

내가 참다 못해 발끈했다. "그럼 저더러 뭘 어쩌라고요!"

"T. 세레호넨시스를 잃느니 차라리 내 머리를 쏘게 내버려 뒀어야지!" 그가 나의 아둔함에 경악한 듯 일갈했다. "이제 내 인생은 아무 의미도 없어……."

나는 고개를 끄덕였다. 전적으로 동감이었다. 하지만 어찌 됐든 간에 나는 당장 벨뷰 병원에 가야 한다고 우겼다.

"왜?" 그가 여전히 창백한 얼굴로, 휘청거리면서 물었다. 그의 신발은 그 자신의 피로 검게 물들어 있었다.

"박사님 다리에서 총알을 제거해야죠……."

"아니야. 난 지금 당장 폰 헬룽한테 가겠다. 그리고 넌 다른 사람들을 모아라. 1초도 낭비할 시간이 없어."

그가 비틀거리면서 나를 향해, 그보다는 내가 가로막고 있는 출구를 향해 다가왔다. 나는 꼼짝도 하지 않았다. 그가 발을 멈췄다. 그는 바로 내 코앞에 있었고 그의 검은 눈동자가 나를 매섭게 응시하고 있었지만, 나는 조금도 움직이지 않았다.

"비켜라." 그가 말했다.

"싫어요." 내가 말했다.

"비켜라. 안 그러면 쏴 버릴 테다. 하느님한테 맹세코, 정말로 쏴 버리겠어."

"그럼 하느님한테 맹세코, 정말로 저를 쏴야겠네요. 하지만 절 반드시 죽여야 할걸요, 워스롭 박사님."

"그 상태론 범인을 추적할 수 없어요." 릴리의 목소리가 우리의 팽팽한 대치 상태를 깨뜨렸다. 어쩌면 내가 총에 맞는 것을 막으려고 그랬는지도 모른다.

"제가 병원까지 모실게요, 워스롭 박사님. 윌과 아브람 할아버지가 추격대를 조직하면 돼요. 경찰에 신고도 하고요."

워스롭과 내가 동시에 소리쳤다. "안 돼! 경찰은 안 돼!"

괴물학자는 결국 릴리의 설득에 넘어가 그녀의 제안—그리고 그녀의 팔—에 기대 계단을 올랐다.

"너한테 실망했다." 그가 내게 말했다. "항상 그렇듯이 말이다."

내가 그를 "실망"시킨 덕분에 그라는 불쾌한 존재가 계속해서 세상에 존재할 수 있음을 지적할 수도 있었지만, 나는 여느 때처럼 가만히 입을 다물었다. 말대꾸는 그의 화를 돋우고 또다시 말대꾸를 낳고 화를 돋우고 말대꾸를……. 이런 지겨운 과정이 한도 끝도 없이 계속될 테고, 요즘에는 이런 짓이 평생을 같이 산 노부부와 한숨이 날 정도로 똑같다는 사실을 실감하고 있었기 때문이다. 거기다

나는 그라는 불쾌한 존재가 세상에 존속하는 것이야말로 어쩌면 그가 말하는 '실망'일지도 모른다는 데 생각이 미치고 있었다.

펠리노어 워스롭은 늘 죽음과 어느 정도 사랑에 빠져 있었으니까.

넷

철썩. 탕! 철썩. 탕!

해링턴 레인의 지하실.

철썩. 탕! 철썩. 탕!

민첩하고 거침없는 동작. 숙련된 손이 엄지와 집게 사이로 털이 없는 가느다란 꼬리를 집어 들어, 가엾은 쥐를 우리에서 빼내 우아한 동작으로 널빤지 위에 내려놓으면, 번쩍이는 둥근 머리 망치가 허공으로 치켜 올라갔다가 머리를 내려친다. 탕!

철썩. 탕! 철썩. 탕!

빛의 함성 아래 허공을 할퀴는 앙증맞은 발톱과 빼끔거리는 입, 부드러운 회색 털.

"갓 태어난 후에 목숨을 유지할 수 있느냐의 여부는 죽은 먹잇감을 찾아내는 요령에 달려 있지." 그가 설명했다. "살아 있는 먹잇감을 사냥할 수 있을 정도로 몸집이 크게 자랄 때까지 말이다."

철썩. 탕! 쥐를 즉사시킬 정도로 강하게, 그러나 피는 한 방울도 흐르지 않을 만큼 적당한 세기의 일격. 섬세하고 조심스러운 망치질, 상냥한 치명타. 일렬로 늘어선 사체들. 머리만 납작한 통통한 시체들.

그것은 새벽이 되기 전에 알에서 깨어날 것이다. 그리고 훌륭한 어미가 그렇듯이 괴물학자는 그의 갓난아기가 배가 고프리라는 것을 알고 있었다.

"잘 먹이기만 한다면 거의 기하급수적으로 성장할 거다." 그가 말을 이었다. "일주일이면 30센티미터까지 자라고, 학회가 열릴 즈음이면 네 키보다도 더 크겠지."

"완전히 자라면 얼마나 클까요?"

가열등 밑에서 눈이 번득였다. 그의 얼굴은 땀으로, 그리고 학문적 희열감으로 빛났다.

"글쎄다, 그것이야말로 이상생물학이 간절히 해답을 추구하는 질문 중 하나다. 지금까지 남아 있는 기록 중에 가장 큰 것은 길이가 16.5미터에 무게는 거의 2톤에 가까웠지. 그것도 겨우 생후 1년밖에 안 된 녀석이! T. 세레호넨시스의 성장에는 한계가 없다고 주장하는 이들도 있다. 일평생 계속해서 성장하는데, 천적에게 먹히거나 먹이나 거주지의 제한만 없다면 지구 상 그 어떤 생물보다—흰긴수염고래를 포함해서—더 거대해질 거라고 말이다."

"천적요? 그렇게 커다란 동물을 잡아먹는 게 있어요?"

그는 눈동자를 굴렸다. "호모 사피엔스를 말하는 거다. 바로 우리들 말이야."

철썩. 탕! 주먹으로 촛불을 끄듯이.

"다시 말해서, 별일만 없다면 새로 태어난 이 새끼도 세상 전체를 집어삼킬 수 있을 만큼 크게 자란단 얘긴가요?"

그가 흡족하다는 듯이 웃었다.

"정말로 세상이 먹힐 수도 있겠지. 놈들이 그러든 우리가 그러든, 혹은 다른 생물종이 그러든 말이다. 하지만 그것이 뭔가에게 먹히는 건, 과연 그게 가능할지 상당히 의심스럽다. 지금쯤은 너도 생명이라는 것이 자기 파괴적이라는 걸 알아차렸겠지?"

철썩. 탕!

그리고 괴물학자는, 정확하고 신속하게 손을 놀리며, 따뜻한 인공 태양 아래서 그가 가장 좋아하는 책 중에 한 대목을 인용했다.

"네가 이렇게 하였으니 네가 모든 가축과 들의 모든 짐승보다 더욱 저주를 받아 배로 다니고 살아 있는 동안 흙을 먹을지니라."*

그가 웃음소리를 냈다. "쥐와 인간은 말할 것도 없고 말이지!"

---

* 「창세기」 3장 14절.

다섯

그리고 껍질에 금이 갔다. 노르스름하고 걸쭉한 액체가 새어 나오더니 루비처럼 새빨간 입과 내 손가락 관절 길이의 동그란 검은 머리가 솟았고 하얗게 바랜 뼈다귀처럼 투명한 이빨이 나타났다. 거침없고 자기 파괴적이며, 처음에도 끝을 내포하고 있는 새로운 생명, 방금 뒤집어엎은 토양처럼 자극적인 냄새와 깜박임 없는 호박색 눈.

내 옆에서 괴물학자가 한참 동안 삼키고 있던 숨을 비로소 내뱉었다.

"보라, 신의 놀라운 은혜가 지혜를 주었나니!"*

---

* 고대 그리스의 비극 시인 아이스킬로스의 「오레스테이아」 중 한 구절.

여섯

보라, 신의 놀라운 은혜를!

허름한 마구간에서 들려오는 양들의 구슬픈 울음소리. 음울한 겨울 햇빛 속에서 빛나는 까맣고 텅 빈 눈동자. 양들이 우는 것은 배가 고프기 때문이 아니었다. 놈들은 배가 가득 차 있었고 포동포동 살이 올라 있었으며 심지어 몸집에 비해 머리가 작아 보일 지경이었다. 녀석들은 배가 고픈 게 아니라 겁에 질려 있었다. 나는 낯선 이였다. 침입자였다. 녀석들은 나의 생소한 냄새를 맡고 불쾌하다는 듯이 코를 벌름거렸다. 나는 희고 낡은 덧옷을 걸친 비쩍 마르고 구부정한 사내가 아니었다. 녀석들에게 물과 신선한 건초와 귀리를 갖다주고 보금자리를 깨끗하게 청소하고 포근한 지푸라기를 깔아 주던 사람이 아니었다. 그들을 보살피고 안전하게 보호해 주고 옆구리가 당길 때까지 먹이를 주던 자가 아니었다.

나는 갈고리에 걸려 있던 삽을 집어 밖으로 나갔다.

바닥은 단단했다. 내 손은 부드러웠다. 나는 육체노동에 익숙하지 않았다. 어깨가 욱신거렸다. 손바닥이 화끈거렸다. 발과 심장은 무감각했다.

어떤 놀라운 은혜가 당신을 그렇게 만든 걸까, 워스롭? 비어트리스는 저 마구간에 있는 양과 똑같은 존재였던 건가? 아니면 너무 많은 것을 목격한 건가? 괴물학자가 신처럼 냉혹한 자비를 베풀어, 그녀가 더 끔찍한 결말을 맞이하지 않도록 죽여 버린 걸까?

바싹 마른 바람에 회색빛 재가 공중으로 흩날리고 헐거워진 덧창이 볼품없는 벽을 때렸다. 내게는 아직 등유가 두 통이나 남아 있고 널빤지와 못도 넉넉하게 있었다. 마음만 먹으면 할 수 있었다. 그를 집 안에 가둔 채 널빤지로 문을 막아 버리기만 하면 이 썩어 문드러진 집이 그를 집어삼키게 할 수 있었다.

어서 가렴, 윌리! 어서 가! 화염 속에서 어머니가 울부짖었다.

연민이나 비탄 같은 어설픈 인간적 감정이 있을 자리는 없지만, 정의는 감정이 아니다. 정의는 주데카의 얼음처럼 냉랭하고 만고불변하다.

말해 주세요, 아버지. 거기서 뭘 보셨는지 말해 주세요.

3곡

하나

아브람 폰 헬룽은 시가를 잘근거리며 묵직한 한숨을 내쉬었다. 그는 다부진 다리를 넓게 벌리고 등 뒤에서 통통한 손가락을 꾸물거리며 5번로에 위치한 저택의 창문 아래로 이른 새벽 부산하게 움직이는 거리를 내다보고 있었다. 그의 주름진 얼굴에는 그림자가 깊게 새겨져 있었다. 평소에 밝고 영롱하게 반짝이는 푸른색 눈동자는 겨울 하늘처럼 창백했다.

"대참사로군." 그가 중얼거렸다. "그야말로 대참사야!"

"참사란 예상치 못한 재앙이지요." 뒤에서 소파에 앉아 파이프를 뻐끔거리던 히람 워커가 말했다. "제가 진즉에 그랬잖습니까. T. 세레호넨시스를 몬스트러마리움에 보관하는 건……."

"워커." 괴물학자가 굳게 다문 잇새로 이름을 불렀다. 그는 벽난로 옆에 서서, 노여움을 감추려는 노력조차 하지 않고 있었다. "입닥치게."

영국인은 커다란 소리로 콧방귀를 뀌었다. 그의 평범둥이 제자인 새뮤얼은 나를 노려보고 있었다. 왼쪽 얼굴이 퉁퉁 부어올랐다. 어쩌면 턱뼈가 작살났는지도 모르겠다. 그랬길 바란다. 세상에는 이유 없이 마뜩잖은 인간이 있기 마련이니까. 설령 그가 춤출 차례를 양보했더라도 못마땅하기는 마찬가지였을 것이다.

"지금 와서 누구를 탓해 봤자 아무 소용도 없네." 펠트 박사가 말했다. 그는 여윈 몸을 긴 의자에 붙이고 솥뚜껑 같은 손으로 거의 장난감처럼 보이는 컵을 들고 블랙커피를 홀짝이고 있었다. 풍성한 콧수염에 갈색 커피 방울이 묻어 달랑거렸다.

"그건 사실이지." 히람 경이 말했다. "이번 사건의 여파에 대해서는 일이 해결된 뒤에 생각해 봐도 늦지 않지요."

"여파라고? 그게 무슨 뜻인가?" 워스롭이 물었다. "나는 잘못한 게 없어."

"그걸 여기 가져온 건 자네잖나. 그걸 몬스트러마리움에 보관하기로 결정한 것도 자네고. 그건 자네의 '보물'이지, 안 그런가?"

워스롭의 얼굴에서 핏기가 가셨다. 벨뷰에서 그를 진찰한 의사들이 한동안 격렬한 움직임을 삼가야 한다고—보다 정확히 말하자면 아무것도 하지 말고 휴식을 취할 것은 강력하게 권고했다.—충고하지만 않았더라면 그는 벌써 벽난로 위에 놓인 다윈의 흉상으로 히람 경의 머리를 내려쳤을 것이다.

"히람." 그가 감정이 전혀 섞이지 않은 목소리로 말했다. "자네는 나약하고, 어리석고, 돌연변이 단세포 같은 인간일세. 자네의 지적

능력이라고 해 봤자 민물달팽이에도 못 미치는 수준이지만 그래도 너그럽게 봐 줘야겠지. 어쨌든 사람은 태어날 때 부모를 선택할 수 없는 법이니까 말일세."

워커의 작고 구슬 같은 눈이 더욱 약삭빠르게 반짝였다. 입술이 소리 없이 움직이며 누르스름하고 고르지 못한 치아가 드러났다. 내 옆에서는 릴리가 웃음을 참으려고 애쓰고 있었다. 나는 굳이 참지 않았다.

"실컷 조롱해 보게, 워스롭. 자네 웃음소리가 블랙웰 섬*에서 얼마나 멀리까지 들릴지 한번 두고 보세나!"

"이게 다 당신 탓입니다, 폰 헬룽."

괴물학자가 나이 많은 오스트리아인에게 화살을 돌렸다.

"나? 왜 갑자기 또 내 탓이라는 건가?"

"박사님이 히람을 불렀잖습니까."

"아, 난 또 무슨 말인가 했네……."

"이 인간이 얼마나 쓸모가 없냐면……."

워스롭은 적당한 비유를 찾아 고심했다.

펠트가 의견을 제시했다. "황소의 젖꼭지처럼……."

"신사 여러분, 이보시게 신사 여러분." 폰 헬룽이 부드럽게 꾸짖었다. "우리는 워커 박사의 젖꼭지에 대해 이야기를 하려고 모인 게 아닐세."

릴리의 어깨가 미친 듯이 흔들리고 있었다. 그녀는 예의에 어긋

* 뉴욕 이스트 강에 있는 블랙웰 섬에는 유명한 정신병원이 있었다.

나는 행동을 자제하는 데 애를 먹고 있었고, 나는 그런 그녀의 등을 다정하게 토닥여 주었다.

"이미 엎질러진 물은 어쩔 수 없지요." 펠트 박사 옆에 앉아 있던 아르헨티나 출신의 괴물학자가 말했다. 그는 자기 자신보다도 더 긴 이름을 갖고 있었는데—산티아고 루이스 모레노 아코스타로하스—워스롭에 따르면 주책없이 따지기를 좋아하고 대책 없이 완고하지만, 그런 박사마저도 아코스타로하스가 T. 세레호넨시스에 대해서만큼은 모르는 게 없을 정도로 정통하다는 사실을 인정하고 있었다.

"서로를 비난하고 손가락질을 하는 것이야말로 우리 상상 속의 황소 젖꼭지이지요. 그런 건 잃은 것을 되찾는 데 아무 도움도 안 됩니다. 그리고 우리는 반드시, 그리고 최대한 빨리 그걸 되찾아야 하고요. 지금 우리는 두 개의, 매우 걱정스럽고도 심각한 가능성의 심연을 보고 있어요. 그것을 손에 넣으려는 불한당들이 실패하는 경우와 성공하는 경우입니다! 만일 그것이 탈출하기라도 한다면 많은 사람들이 목숨을 잃을 것이고, 그렇지 못할 경우에도 역시 많은 이들이 그 강력한 독의 노예가 될 겁니다."

"최악의 가능성을 빠뜨렸군." 워스롭이 끼어들었다. "누군가 그것을 죽일 수도 있네."

"우리는 그들이 왜 훔쳐갔는지 알고 있소." 펠트가 말했다. "문제는 그들이 누구냐는 거요."

"지하세계의 범죄자들이겠지." 워커가 당연하다는 듯 코웃음을 치며 말했다. "나는 죽은 토끼파라는 데 걸지요. 워스롭의 말에 따르면 심한 아일랜드 사투리를 썼다고 하니."

"아니지." 폰 헬룽이 피식 웃었다. "죽은 토끼파는 70년대에 와해되었네."

"땅다람쥐파." 펠트가 말했다. "내 생각엔 그들이 범인이오. 펠리노어, 자네는 어떤가?"

괴물학자가 몸을 경직시켰다. 그는 펠트가 모욕적인 말이라도 했다는 듯이 성난 표정으로 말했다. "난 짐작도 안 가는군. 범죄 조직이 연루되어 있을 수도 있지요. 어쩌면 하나가 아닌지도 모르고. 두 도둑 중 하나가 다른 사람의 뒤통수를 쏴 버렸다는 점을 감안하면 말이오. 그렇지만 파이브 포인츠*에 가서 20달러와 10분만 투자해도 갱들과는 아무 상관도 없는 어중이떠중이 깡패를 열 명도 넘게 구할 수 있어요." 그는 우리를 쳐다보고 있지도 않았다. 그는 골똘히 생각에 잠긴 채 자신의 영웅인 다윈의 대리석 코를 손가락으로 쓸어내리며 텅 빈 눈을 응시하고 있었다. "여기서 가장 중요한 문제는 왜나 누가가 아니라 어떻게요. 어떻게 그 무식한 불한당들이 잠긴 방의 지성소에 귀한 보물이 숨겨져 있다는 걸 알았지요?"

워스롭의 말에 방 안 가득 무거운 정적이 내려앉았다. 폰 헬룽은 단번에 그 의미를 이해했다. 널찍한 가슴이 부풀자 조끼 단추가 팽팽해졌다. 그는 두터운 입술을 꼭 다문 채 침묵을 지켰다. 워스롭이 말을 이었다.

"내 계산에 실수가 있다면 폰 헬룽 박사가 알려 주시겠지요. 어쨌

---

* 뉴욕의 슬럼 지역.

든 내가 아는 한 이번 학회에 내가 발표할 이 특별한 표본에 대해 아는 사람은 단 여섯 명뿐이오. 한 명은 죽었지요. 나머지는 모두 이 방에 있고."

아코스타로하스가 번개처럼 튀어 일어났다. 의자가 바닥에 부딪쳐 달각거렸다.

"어떻게 그런 말을 할 수가! 그 속에 담긴 의미가 아주 불쾌하군!"

"뭐가 더 불쾌하지?" 워스롭이 대꾸했다. "고귀한 신의를 배신한 것? 아니면 그런 의심을 받았다는 것?"

"자자, 결론을 너무 성급하게 내려서는 안 되네, 마인 프로인드." 폰 헬룽이 통통한 손을 내저으며 말했다. "우리 모두는 명예를 신성시 하는 신사들일세. 과학자들이지. 돈만 아는 모리배가 아니야."

"별로 놀랍지도 않습니다." 워커가 담담하게 말했다. "자연이 만든 최악의 것들만 연구하다 보니 인간에 대한 인식도 삐뚤어졌을 테죠."

"오, 그런 판에 박힌 소리는 집어치우게, 워커!" 박사가 비웃었다. "우리는 자연이 준 최고의 것들을 연구하는 사람들일세. 하지만 지금 중요한 건 그게 아니야. 이성은 선하지도 않고 악하지도 않네. 세상에 이성적인 사람이 왜 그렇게 적은 것 같나? 아돌퍼스는 배신자가 아니라고 확신해도 좋을 것 같군. 동기가 없으니까. 이제껏 60년 동안이나 크고 작은 귀한 물건에 마음껏 손을 댈 수 있었지만 단 한 번도 돈벌이에 이용한 적이 없지."

"내가 보기에 제일 의심스러운 자가 누군지는 뻔한데." 펠트가 말했다. "그 마테를링크란 작자나 그를 고용한 정체 모를 고객이겠지.

둘 다 거래에 만족하지 못한 거야. 자네를 뉴욕까지 쫓아와서 T. 세레호넨시스가 어디 있는지 알아내는 건 별로 어려운 일이 아니었을 걸세."

이번에는 내가 나섰다. "그건 불가능해요. 마테를링크는 런던에 있거든요."

"그걸 네가 어떻게 아는 거냐?" 아코스타로하스가 눈을 가늘게 좁히며 물었다.

"거기 말곤 갈 데가 없으니까요." 나는 신중하게 대답을 골랐다.

"거참 신기하군." 워커가 말했다. "워스롭의 제자가 신비에 싸인 마테를링크 씨의 행방을 알고 있다니. 이 아이가 또 어떤 지식을 갖고 있을지 궁금한데."

"워커, 이쯤 되면 어느 쪽이 더 모욕적인지 모르겠군." 워스롭이 으르렁거렸다. "헨리 군이 배반자라고 은근슬쩍 암시하는 자네의 행동인지, 아니면 자네 입에서 '지식'이라는 어울리지 않는 단어가 나온 것인지 말일세."

"그만!" 폰 헬룽이 답답하다는 듯 가슴을 두드리며 말했다. "유치한 말다툼은 그만두게. 그래 봤자 얻는 게 뭐가 있겠나. 우리는 모두 가까운 벗들이고, 적어도 친한 동료 사이가 아닌가. 그리고 나로 말하자면 이 방 안에 있는 모든 이들의 명예를 위해 내 이름을, 아니 내 목숨을 걸 수도 있네. 미안한 말이네만 펠리노어, 정말로 중요한 것은 왜, 누가, 심지어 어떻게도 아니라네. 지금 중요한 건 어디에야. 나머지는 그것을 되찾은 뒤에도 늦지 않아."

"그리고 최대한 빨리 일에 착수해야겠지." 펠트가 힘주어 말했다.

"지금쯤이면 악당들이 로어노크*까지 절반은 갔을 테니까."

"로어노크?" 워스롭이 물었다.

"흔히 쓰이는 표현일 뿐일세."

"이상하군. 나는 처음 듣는데." 아코스타로하스가 말했다.

"자네는 아르헨티나 출신이잖나. 그러니 당연하지."

"내가 듣기에도 좀 이상한데." 워커가 의아한 듯 말했다. "왜 하필 로어노크인가?"

"아무 도시나 하나 짚었을 뿐일세!" 펠트가 외쳤다. "그게 뭐 어때서!"

"흔히 쓰이는 표현은 아무렇게나 말하는 게 아니잖나." 아코스타로하스가 말했다. "그런 건 흔히 쓰이는 표현이 아니지."

워스롭마저도 이런 상황에는 진절머리가 난 것 같았다. 내 생각에 그는 서로를 하릴없이 비난하느라 소중한 시간을 낭비하는 것이 얼마나 어리석은 일인지 깨달은 것 같았다.

"폰 헬룽, 아무래도 어쩔 수 없을 것 같습니다." 그가 옛 스승을 바라보며 기운차게 말했다. "적절한 뉴욕 관료 사회의 힘을 빌려 내밀한 조사를 해야 할 것 같군요."

마이스터 아브람이 엄숙하게 고개를 끄덕이며 불 꺼진 시가 꽁초를 입술 사이로 굴렸다.

"내가 적당한 인물을 아네. 신중하고 분별력도 있지만 지나치게 꼬치꼬치 캐묻지도 않지. 얼마 전에 형사로 승진했다네."

* 미국 남부 버지니아에 있는 도시.

워스롭이 호탕하게 웃음을 터뜨렸다. "당연히 그랬겠죠!"

"잠깐만." 아코스타로하스가 도저히 믿을 수 없다는 듯 말했다. "이 문제에 경찰을 끌어들이겠다는 말인가?"

괴물학자는 그의 말을 못 들은 체 폰 헬룽에게 말했다. "살인사건 조사를 받는 건 매우…… 불편할 텐데요."

"그렇겠지, 마인 프로인드. 내가 이걸 살인사건으로 신고할 정도로 바보라면 말이지!"

둘

괴물학자와 나는 만찬용 복장으로 갈아입으러 플라자 호텔로 돌아갔고, 폰 헬룽은 경찰서를 찾아갔다. 그는 릴리를 데리고 갔다. 폰 헬룽은 릴리를 리버사이드에 있는 집에 데려다준 다음 경찰서에 들를 작정이었다. 그녀는 거의 24시간 꼬박 잠을 못 잔 상태인데도 활력이 가득 넘쳤고 인내심은 가히 사냥감 추적에 몰입한 괴물학자에 필적할 만했다.

"그래서 이제 나이 어린 여자는 다정한 토닥임과 부드러운 입맞춤을 보내며 침대로 올려 보내는 거군!"

릴리가 현관 앞에서 내게 투덜거렸다. 그녀의 드레스는 몬스트러 마리움에서 묻은 지저분한 체액으로 얼룩졌고 머리 장식은 흐트러져 있었으며, 예쁘고 섬세하게 말려 있던 검은 곱슬머리는 너저분하게 풀려 있었다. 그러나 그녀의 눈동자만큼은 내게 익숙한 광채를 내고 있었다. 나는 그녀의 어깨를 다정하게 두드려 주고는 뺨에 입을 맞췄다. 그녀는 유머 감각을 발휘하지 못하고 구두 굽으로 내 발등을 사납게 내리찍었다.

"넌 매력이 전혀 없을 때 더 매력적이라고." 그녀가 말했다.

"좀 자 둬, 릴리." 내가 말했다. "나중에 시간이 되면 보러 올게."

그녀가 내 얼굴을 올려다보며 말했다. "왜?"

설령 그에 대한 대답을 미리 준비하고 있었더라도—물론 그러지 못했지만—나는 대답하지 못했을 것이다. 왜냐하면 바로 그때 새뮤얼이 나타났기 때문이다. 부어오른 턱은 보기 흉했지만 여전히 말쑥하고 세련된 차림새였다.

"아직 저와 댄스 한 곡이 더 남아 있습니다, 미스 베이츠. 전 잊지 않았어요."

새뮤얼이 뭉개진 발음으로 말했다. 그가 그녀의 손을 잡고 입을 맞추더니 나를 돌아보았다. 흉측한 입술이 어설프게 미소를 흉내 냈다.

"아직 정식으로 인사를 나눈 적이 없지?" 그는 입을 제대로 벌리지도 못하는 것 같았다. "내 이름은 아이작슨이야."

나는 주먹이 날아오는 것을 보지 못했다. 그는 몸을 거의 반쯤 비틀어 허리 힘으로 강력한 펀치를 날렸다. 권투를 배우기라도 한 모양이었다. 폰 헬룽 저택의 현관이 반 바퀴 빙글 돌았다. 나는 배를 끌어안으며 페르시안 러그 위로 쓰러졌다. 지구 상의 산소란 산소가 모두 없어진 것만 같았다. 그는 몸을 굽히고 나를 내려다보았다. 흰색과 검은색, 커다랗게 부푼 머리.

"워스롭의 사냥개라지." 나를 경멸하는 말투로 말했다. "암살자도 겸하고 있고. 네가 아덴에서 무슨 짓을 했는지 들었어. 투르 뒤실렌스에서 러시아인들에게 한 짓. 소코트라에서 그 영국인한테 무슨 짓을 했는지도 들었고. 그래서 그 사람 명령으로 몇 명이나 죽인 거야?"

"아직 한 사람이 부족할 만큼." 컥컥거리며 대답했다. "하지만 그건 그의 명령이 아닐 거야."

입을 벌리지 않고 웃는 것은 엄청나게 어려운 일이지만, 아이작슨은 어떻게든 그렇게 하는 데 성공했다.

"네가 괴물원을 좋아하길 빌어, 헨리. 언젠간 너도 거기 전시될 테니까."

새뮤얼은 나를 가벼운 발걸음으로 넘어 문밖으로 나가 삯마차를 잡았다. 릴리가 나를 일으켜 주었다. 그녀가 웃고 있었는지 울고 있었는지는 모르겠다. 어쨌든 둘 중 하나를 참기 위해 애를 쓰고 있는 건 확실했다.

"아직도 새뮤얼이 시시한 평범둥이라고 생각해?"

"나를 불시에 한 방 먹인 건 좀 뜻밖이지만." 내가 대답했다. "주먹은 평범함 그 자체인걸."

"오, 너 정말 근사하게 쓰러졌어." 그녀는 이제 웃고 있었다. "지금껏 내가 본 중에서 제일 인상적으로 쓰러졌는걸."

이유는 모르겠지만—어쩌면 은쟁반 위를 굴러가는 구슬 같은 그녀의 웃음소리 때문인지도 모른다.—어쨌든 나는 또다시 릴리에게 키스했다. 아직도 숨이 찼지만, 그래도 기분 좋은 숨 막힘이었다.

"난 조금 걱정이 돼, 미스터 헨리." 그녀가 내 귀에 대고 속삭였다. "너의 이 애정과 폭력의 이상한 조합 때문에 말이야."

나는 그 말에 대답하기에 너무 숨이 차 있다는 데 감사했다.

셋

"워커가 틀림없어요." 호텔로 가는 길에 나는 워스롭에게 말했다.

"확실히 그럴싸하지." 그가 시인했다. "본인 능력으로는 감당하기 힘들 정도로 고상하고 수준 높은 것들만 좋아하는 취향을 보면…… 내가 늘 그가 이 직업을 선택한 이유를 의아해하던 것도 그 때문이었다. 괴물학은 부자가 되고 싶은 이들에게는 그리 적합한 선택이 아니거든."

"다이아몬드보다도 더 비싼 독을 지닌 생물을 맞닥뜨리지 않는다면요."

그는 고개를 끄덕이며 못 알아들을 말을 구시렁거렸다. "아코스타로하스를 무시할 수도 없다. 살아 있는 T. 세레호넨시스를 그보다 더 열심히 찾아다닌 사람도 없으니까."

"그게 바로 그 사람을 제외해야 하는 이유죠. 그는 그걸 박사님한테 보낼 이유도, 그럴 필요도 없었잖아요."

"흠, 우리 중 한 사람이 범인일 수도 있고 아닐 수도 있다." 그가 퉁명스럽게 말했다. "폰 헬룽은 입이 가볍기로 유명하지. 그가 누군가에게 말을 흘렸을 수도 있고, 아니면 자신이 무심결에 정보를 흘렸다는 것조차 모르고 있을지도 모른다." 그는 한숨을 내쉬었다. "아일랜드 갱단이라니! 하지만 마테를링크나 그의 고객을—정말로 존재하는지도 모르는—범인이라고 여기는 것도 터무니없긴 마찬가지니까."

그는 손가락으로 무릎을 초조하게 두드리며 창밖을 내다보고 있었다. 우리가 탄 마차가 달려오는 자동차를 슬쩍 피했고, 마차도 자동차도 때때로 굴러오는 자전거와 고집스레 끼어드는 행인들을 요리저리 피해 갔다. 이른 아침 햇살이 5번로에 늘어선 건물들에 부딪쳐 부서지며 화강암 도로를 일렁이는 금빛으로 물들였다.

"거기는 왜 갔니?" 갑자기 그가 물었다. "너와 릴리 베이츠는 왜 몬스트러마리움에 있었던 거냐?"

얼굴이 화끈거렸다. "아돌퍼스한테 안부 인사나 하려고요." 나는 한숨을 내쉬었다. 아, 이게 다 뭔 소용이람. "릴리에게 T. 세레호넨시스를 보여 주려고 했어요."

"릴리에게……?" 그는 내 말을 믿지 않는 것 같았다.

"릴리는 그런 것들에…… 매력을 느끼거든요."

"그러면 너는? 너는 어떤 것들에 매력을 느끼느냐?"

나는 그가 무슨 말을 하고 싶은지 알고 있었다. "그 이야기는 무도회장에서 끝난 줄 알았는데요."

"네가 그녀 댄스 파트너의 턱을 날려 버렸을 때 말이지." 무슨 이유에선지 그는 내 말이 재미있는 모양이었다. "어쨌든, 내가 아는 한 그건 끝나는 법이 없다."

"박사님은 끝냈잖아요." 내가 그에게 상기시켰다.

"내가 그것 때문에 도나우 강으로 직행했을 때 말이냐."

나는 그가 다리 밑으로 뛰어내린 게 사랑 때문이 아니라고 대꾸할 수도 있었다. 적어도 다른 사람에 대한 사랑은 아니었다고 지적할 수도 있었다. 절망이란 운명의 돌팔매와 화살에 대한 이기적인 반응이다.

"흠, 어쨌든 괴물학의 나락으로 떨어지기엔 안성맞춤의 방법이었다." 워스롭이 심드렁하게 말했다. "마침 시기적으로도 딱 맞았지. 더구나 내 친구가 내가 물살에 떠내려가기 전에 끄집어내 주지 않았더냐."

"사랑을 하고 사랑을 잃는 것은 사랑을 아니한 것보다는 낫습니다……."*

그가 왈칵 부아를 냈다. "지금 내 앞에서 시구를 인용하는 거냐?" 꿈을 단념한 시인이 말했다. "무슨 목적으로? 나를 조롱하는 거냐? 그래, 누가 더 가여운 사람이냐, 윌 헨리. 사랑을 해 보고 잃은 사람이냐, 아니면 사랑 따위는 절대로 하지 않겠다는 그 조수냐?"

나는 고개를 돌렸다. 무릎 위에서 주먹을 쥐었다 폈다를 발작적으로 반복했다. "지옥에나 가 버려요." 내가 중얼거렸다.

---

* 영국 시인 알프레드 테니슨의 시 「인 메모리엄」의 한 구절.

"사랑을 하고 잃는 편이 낫다고 위안을 얻을 수는 있겠지. 그렇지만 너는 가장 순결한 키스마저도 네가 사랑하는 이에게 돌이킬 수 없는 위험을 가져다줄 수 있다는 사실을 명심해야 한다. 비미니어스 아라와쿠스가 어떻게 전파되는지는 아무도 몰라. 네 정열은 죽음의 씨앗을 품고 있는 거다, 구원이 아니라."

"나한테 죽음이 어쩌고 설교하지 마요!" 내가 소리쳤다. "나만큼 그것의 얼굴을 잘 알고 있는 사람도 없으니까. 적어도 당신보다는 훨씬 더 잘 안다고요!"

그는 이제 나를 위해, 그리고 나를 조롱하기 위해 『사티리콘』*을 인용하고 있었다. "그리고 이 눈으로 조롱 속에 갇혀 있는 쿠마이의 무녀를 직접 보았나니, 소년들이 '무녀여, 무녀여 무엇을 원하는가?'라고 물을 때마다 그녀는 대답했도다. '죽고 싶어.'"

낡은 모자를 쓴 소년과 지저분한 실험복을 입은 사내와 병 속에 갇힌 것.

갉작갉작.

나는 계속 그를 무시했지만, 그는 내 목에 숨결이 느껴질 정도로 고개를 가까이 기울여 진지한 말투로 입을 열었다.

"내가 한 다른 충고는 모두 무시해도 좋다, 윌. 하지만 이것만은 반드시 명심하렴. 사랑에 빠지지 않는 것을 선택할 수는 없어도, 사랑하는 사람을 위해 사랑을 포기할 수는 있다. 포기해라. 다시는 그

* 1세기경 로마의 소설로 세계 문학사에서 현존하는 가장 오래된 작품. 쿠마이의 무녀는 아폴로 신에게 천수를 빌었지만 젊음을 비는 것은 잊어버려 천 년 동안 늙어 간다.

여자애를 만나지 않겠다고 맹세해. 그녀가 됐든 다른 누가 됐든 말이다. 왜냐하면 신은 현명하지 않고, 자연은 완벽함을 혐오하니까."

나는 피식 웃음을 흘렸다. "어렸을 때는 박사님의 그런 애매모호한 말들이 너무 심오한 의미를 지니고 있어서 내가 잘 헤아리지 못한다고 생각했죠. 하지만 이제는 다 말도 안 되는 헛소리라는 생각만 들 뿐이에요."

나는 그가 폭발하기를 기다리며 온몸을 긴장시켰다. 그러나 아무것도 밀려오지 않았다. 괴물학자는 그저 너털웃음을 터뜨렸다.

호텔로 도착한 후, 박사는 몬스트러마리움에서 묻은 피를 씻어 내고 옷을 갈아입고 푸짐한 아침식사를 주문했다. 그러나 음식이 도착하자 막상 그는 손도 대지 않았고, 주문한 음식은 전부 식욕이 왕성한 10대 조수의 배로 들어갔다. 나는 뱃가죽이 등에 붙을 정도로 허기져 있었다.

"가능하면 잠을 좀 자 둬라." 워스롭이 충고했다. "오늘 밤은 아주 길 테니까."

"박사님도 쉬셔야죠." 나도 오랜 습관에 따라 그에게 주지시켰다. "부상을 입으셨잖아요……."

"깔끔한 총상이다." 그가 무뚝뚝하게 대답했다. "피도 많이 흘리지 않았고. 네 애인이 지혈을 해 준 덕분이지."

"릴리는 내 애인이 아니에요."

"어쨌든 간에."

"릴리는 저를 짜증 나게 한단 말이에요."

"그래그래, 그 말은 옛날부터 들었다. 그리고 요즘 들어 왜 그렇게 자주 비속어를 사용하는 게냐? 욕설은 상상력이 부족한 사람들이나 기대는 목발일 뿐이야."

"그 표현 좋네요." 내가 말했다. "언젠가 이런 박사님의 재치만발 명언들만 모아 책으로 엮어 출판해야겠어요. 『과학자, 시인, 철학자인 펠리노어 워스롭 박사가 들려주는 지혜의 말씀』, 어때요."

그의 눈이 반짝였다. 그는 내가 진지하게 말하고 있다고 생각했다. 어쩌면 내가 마차 안에서 했던 지독한 발언도 까맣게 잊어버렸는지 모른다.

"그것 참 근사한 생각이구나. 빈말이라도 고맙다, 미스터 헨리."

그는 내게 어디 가는지 밝히지 않고 호텔을 나섰다. 내가 모르면 모를수록 좋다는 수수께끼 같은 말도 했다. 평소에도 그는 대부분 수수께끼와 비슷한 설명을 하기 때문에 당시에는 그리 깊이 생각하지 않았다. 배는 불룩하고, 몸은 피곤하고, 앞으로 해야 할 불쾌한 일들을 상상하니 신경이 곤두섰다. 지금 돌이켜 보면 나는 그때 그의 비밀주의가 별로 좋은 징조가 아님을 눈치챘어야 했다. 늘 그랬으니까.

넷

그녀는 대답했도다. "죽고 싶어."

병 속에 갇혀 갉작갉작.

허공을 치대는 파리의 날갯짓처럼 부드럽게.

우리는 말린 파리와도 같아, 하나는 오래된 집의 회색 껍데기 속에서 달랑거리고 다른 하나는 껍데기 밖에서, 무균질 속에서, 자기 자신의 껍질 속에서 달랑달랑.

나는 현관 계단 위에 쭈그려 앉았다. 낮이 밤으로 접어들었고, 내 손은 땅을 파느라 온통 쓸려 통증을 호소하고 있었다. 나는 육체노동에는 익숙하지 않았다.

참을 줄 알아야 한다……. 이런 것에 익숙해져야 해.

비어트리스가 어떻게 죽었는지 알아내기는 불가능했다. 연한 생체 조직은 전혀 남아 있지 않았고, 남은 뼈다귀에는 그가 시신을 토막 낼 때 사용한 톱날 자국 외에는 눈에 띄는 상처가 보이지 않았다. 그가 그녀를 죽인 게 틀림없다. 혹여 그것이 사실이라면 내가 어린 시절부터 알던 워스롭은 더 이상 이 세상에 존재하지 않는다는 의미다. 상냥해야 할 때 잔인하고 잔인해야 할 때 상냥하던 워스롭은 이제 없다.

"다 내 잘못이야." 나는 발아래 놓인 뼈다귀들에게 속삭였다. "집을 떠날 때 그가 이 빌어먹을 세상의 가장자리에서 떨어질 거라는 걸 알았어야 하는데."

일광이 차츰 사라져 갔지만 나는 여전히 계단 위에서 꼼짝도 하지 않았다. 집 안으로 쳐들어가 그에게 따져 묻고 싶은 충동을 애써 눌러 참았다. 그는 나에게 너무나도 낯선 사람이 되어 있었다. 거의 20년 동안 내 인생의 유일한 동반자였던 인물, 희생양의 배를 갈라 내장을 흐트러뜨려 점을 치는 고대 신탁처럼 내가 언제든 기분이나 심기를 읽을 수 있었던 사람. 하지만 이제는 그가 어떻게 반응할지 짐작조차 가지 않았다.

나는 코트를 단단히 여몄다. 검은 재가 회색 공기 속을 떠돌며 소용돌이쳤다. 조각난 풍경 위로 생각 하나가 날아들었다.

차라리 죽어 버리면 좋을 것을.

목구멍 깊숙한 곳에서 가냘픈 흐느낌이 끓어올랐다. 나는 양들을 떠올렸다. 검은 눈, 하얀 얼굴, 어둠 속에서 들려오는 구슬픈 울음소리.

다섯

땅거미가 깔린 리버사이드 드라이브. 예인선의 애절한 기적 소리와 어두운 물을 마주 보는 위풍당당한 건물들. 진지하고 심각한 일을 하는 진지한 남자들이 사는 견고한 주택들과 시민 클럽과 교회, 정장을 차려입은 저녁 만찬 자리와 정치적 견해를 늘어놓는 존경받는 신사들. 고급 크리스털과 상큼하고 바삭바삭한 린넨. 중국에서 온 실크, 인도에서 온 홍차, 영국에서 건너온 예의범절. 그리고 그림자를 짓누르지만 아무것도 밝히지 않는 조명과 먼지 한 톨 없는 바닥 위를 미끄러지는 드레스 자락, 옆방에서 들려오는 우아하고 품위 있는 목소리들. 사 느 브 디흐 히엥. 주 니 프 히엥.*

명함을 갖고 계신가요? 집사가 물었다.

* 프랑스어로 "그건 아무 의미도 없어. 나는 아무것도 할 수 없어."

아뇨, 미스 베이츠에게 손가락이 아홉 개밖에 없는 남자가 왔다고 전해 주세요.

그리고 그때, 내 목소리를 들었는지 한 우아한 여인이 급하게 대기실로 미끄러져 들어왔다. 천사 같은 목소리로 내가 이해할 수 없는 언어의 자장가를 불러 주던 여인, 마지막 작별의 순간에 "네가 나한테 온 건 우연이 아니야. 하느님의 뜻이지."라고 말했던 여인.

"윌리엄?" 그녀의 손이 입가를 가렸다. "윌리엄!"

그녀는 지금까지 자신과 프티부르주아 세계를 연결해 주던 모든 형식과 예의범절을 팽개치고 모성애가 가득한 몸짓으로 나를 꽉 끌어안았다. 차가운 손이 내 양쪽 뺨에 닿고, 그녀의 눈이 내 눈을 더듬어 찾았다. 너무 많은 것을 봤지만 아직도 충분히는 보지 못한 눈.

"세상에, 정말 다 자랐구나!" 그녀가 말했다. "릴리는 네가 이렇게 키가 크다는 말은 안 하던데!"

"잘 지내셨어요, 베이츠 부인?"

그녀는 우연히 맡게 된 낯선 아이를 위해 한밤중에 겁에 질린 흐느낌을 따라 컴컴한 복도를 날듯이 달려와 주었다. 소년을 품에 끌어안고 머리를 쓰다듬으며 이마에 입을 맞춰 주었다. 낯선 언어로 자장가를 불러 주던 그 목소리. 때때로 소년이 슬픔과 혼란에 겨워 깜박 그녀를 어머니라고 부를 때에도 타박하는 법이 없었다.

그녀는 내 팔에 팔짱을 끼고는 나를 응접실로 안내했다. 나는 그곳에서 고정석인 안락의자에 앉아 높고 귀족적인 코를 석간신문에 묻고 있는 그녀의 남편을 보게 되리라고 반쯤 기대하고 있었다. 그러나 방은 비어 있었고, 내가 없었던 3년 동안 아무것도 변하지 않았다. 바로 여기서 나는 평범한 아이처럼 거실에서 가족들과 게임을 하고 음악을 듣고 책을 읽었다. 괴물들에 대해서는 까맣게 잊어버리고. 괴물 같은 것은 없었다. 내 시야에서 1만 분의 1센티미터 밖에 도사리고 있는 그것만 제외하면.

주전부리를 좀 가져다줄까? 마실 것은 어떠니? 의자 끝에 걸터앉아 얌전하게 무릎을 포갠 여인이 내 쪽으로 몸을 기울인다. 폰 헬룽 집안 특유의 밝은 푸른색 눈동자가 이 어두운 그림자 속에서 봉화처럼 빛난다. 나를 안고 어르며 자장가를 불러 준 여인이건만 지금 나는 아무것도 느껴지지 않는다. 아무것도, 전혀. 그리고 바로 그 때문에 나 자신에게 분노가 치밀었다.

"릴리 있나요?"

어색한 침묵이 한참 흐른 후에 이윽고 내가 물었다.

그녀는 릴리를 데리러 갔고, 방 안에는 나와 벽난로 선반 위의 얼굴들만이 홀로 남았다. 유리 뒤에서 나를 향해 웃고 있는 얼굴들, 릴리와 릴리의 남동생과 무표정한 베이츠 씨와 그에게는 과분한 아내. 나는 부끄러운 양 시선을 떨궜다.

"너를 여기서 볼 거라곤 전혀 기대하지 않았는데." 문 앞에서 릴리가 말했다. 몇 발자국 뒤 복도에서는 그녀의 어머니가 자신도 끼어들어도 될지 고민하며 서성대고 있었다.

"너희 둘이 이야기를 나누게 내가 자리를 비켜 줘야 할 것 같구나." 베이츠 부인이 갑자기 풀이 죽어 말했다.

"네, 그러세요." 릴리가 딱 부러지게 대꾸했다. 그녀가 치맛자락을 나부끼며 안으로 들어왔다. 화장기가 없는 얼굴에서 나는 그녀의 잔상을, 몇 년 전 종조부의 집에서 헐레벌떡 계단을 뛰어 내려와 "전 당신이 누군지 알아요."라고 말하던 어린 릴리를 본다.

"왜 기대 안 했는데?" 내가 물었다. "내가 나중에 들른다고 했잖아."

"오늘 밤에는 과학이랑 관련된 중요한 일을 할 줄 알았지."

"그럴 거야." 내가 대답했다. "조금 이따가."

"그래서 그 자리에 날 초대하려고 온 거야?"

"넌 그런 일에 연루되지 않는 게 좋아, 릴리."

"그 말은 들킬 경우를 가정하는 건데. 들킬 것 같아?"

나는 그녀가 우스갯소리라도 했다는 듯이 웃음을 터뜨렸다. 그러고는 화제를 돌렸다. "실은 어젯밤에 깜박 잊고 물어보지 못한 게 있어서 말이야."

"넌 취해 있었고 누군가 우리에게 총을 들이대며 협박했으니까 그 정도는 용서해 줄게."

"난 안 취했었어."

"그럼 아주 많이 들떠 있었다고 할까?"

"반쯤 들떠 있었지." 내가 정정하자 웃음소리가 답했다. "왜 돌아온 거야?"

그녀는 즉시 이해했다. "네가 무슨 대답을 듣고 싶어 하는지 알아." 그녀는 잠시 말을 끊었다. "2년이나 떠나 있었으니까." 그러고는 대답했다. "집이 그리웠어."

"그럼 학회하고는 아무 상관도 없는 거지?"

"만약에 관계가 있으면 어쩔 건데?"

나는 목청을 가다듬었다. "너한테 말한 적은 없지만……."

그녀가 웃었다. "그런 게 한두 개가 아닐 텐데."

"……네 편지는 나한테 유일한……."

"나한테 말하지 않은 것들 말이야……."

"위안이었어."

그녀가 숨을 깊숙이 들이마셨다. "위안이었다고?"

"마음을 달래 주었지."

"사는 게 힘들었어?"

"특이했어."

"그럼 짧은 편지 한 장도 무척 반가웠겠네."

"그래, 그랬어."

"지금은 어때? 아직도 힘들어?"

"응, 조금."

"그것 참 특이하구나. 아니면 그게 너한테는 일상인 걸까?"

그녀는 혼란스럽다는 듯이 얼굴을 찌푸렸지만, 실은 전혀 혼란스러워하고 있지 않았다.

"그러니까 나를 측은하게 여겨 주면 위안이 될 것 같아."

"난 널 측은하게 여기지 않아, 윌. 난 네가 부러워. 질투가 날 정도야. 내 인생은 그야말로 평범함 그 자체거든."

"그게 어떤지 알면 부럽지 않을걸."

"그거?"

"내 인생."

"오, 맙소사! 나이가 들더니 과장만 심해졌잖아! 넌 정말 그 사람한테서 벗어나야 해. 어머니한테 아직도 그 제안이 유효하냐고 여줘보는 건 어때?"

"제안?"

"너를 입양하는 거!" 그녀의 눈이 반짝였다. 아무래도 지금 상황을 즐기고 있는 것 같았다.

"난 네 동생이 되고 싶지 않아."

"그럼 뭘 바라는데?"

"너하고의 관계 말이야?"

"누구하고든."

"난 누구하고든 관계 같은 거……."

"그럼 왜 그 사람을 떠나지 않아? 밤에 널 쇠사슬에 묶어서 가둬놓기라도 하니?"

"떠날 거야. 적당한 때가 되면. 그 사람처럼 되고 싶진 않으니까."

"그 사람이 어떤데?"

"내가 되고 싶은 거하곤 거리가 멀지."

"그게 지금 내가 묻는 거잖아, 윌. 넌 어떤 사람이 되고 싶은데?"

나는 손바닥을 초조하게 비비며 바닥으로 눈을 돌렸다. 그녀의 눈이, 명랑하고 민첩한 시선이 내 얼굴로 쏟아졌다.

"나한테 옛날에 네가 그에게 없어서는 안 될 존재라고 말한 적이 있지." 그녀가 부드럽게 말을 건넸다. "그 반대일지도 모른다는 생각은 안 해 봤어?"

나는 조용해졌다. "언제 떠나?" 내가 물었다.

"곧."

"언제?"

"일요일에. 사순절 첫째 주. 왜?"

"너한테 작별인사를 하고 싶을지도 모르니까."

"지금 해도 되는데."

"내가 언제 네가 화낼 만한 말을 한 적이 있어, 릴리? 제발 말해 줘."

"네가 말하지 않은 게 문제야."

"그럼 무슨 말을 해야 할지 알려 줘. 말해 줄게."

그녀가 웃었다. "넌 정말 완벽한 제자구나? 항상 뭔가를 해 주려고 하고, 상대방을 기쁘게 해 주고 싶어서 안달이 나 있어. 그 사람이 너를 잡아 두고 있는 것도 무리가 아니네. 넌 그 사람이라는 컵의 형태를 유지해 주는 물이거든."

몇 시간 뒤, 인간 컵의 형태를 유지해 주는 물은 몬스트러마리움의 계단을 내려가고 있었다. 혼자서.

"오늘 저녁에 나랑 같이 가자." 헤어지기 전에 나는 이렇게 말했다.

"약속이 있는데." 그녀가 대답했다.

"바꿔."

"내 일정을 바꾸고 싶지는 않아, 미스터 헨리."

"난 진보적인 사람이야." 내가 말했다. "남녀가 완벽하게 평등하다고 믿고 여자들이 투표할 권리랑 자유롭게 연애할 권리 같은 것도 다 지지한다고."

그녀가 빙그레 웃었다. "오늘 사냥에서 행운이 있길 빌어 줄게. 별로 필요하지는 않겠지만. 그는 세계 최고의 사냥꾼이고 앞으로도 그럴 거잖아. 정말 대단하긴 한데 생각해 보면 비극적이기도 하지."

"그래, 대단히 비극적이지. 언제 다시 만날 수 있을까?"

"난 일요일까지는 여기 있을 거야. 아까 말했잖아."

"그럼 내일."

"안 돼."

"토요일은 어때?"

"일정을 확인해 봐야 해."

대기실에 서서, 힘이 잔뜩 들어간 두 주먹은 허리 양옆에, 귓전에는 피가 쏴쏴 몰리는 소리. 그리고 그의 목소리. 가장 순결한 키스마저도 돌이킬 수 없는 위험이 될 수 있지.

"나한테 키스할 거야?" 그녀가 입술을 살짝 벌리며 물었다.

"그래야 하는데." 나는 그 입술 가까이로 몸을 기울이며 중얼거렸다.

"그럼 왜 안 하는데? 와인을 충분히 안 마셔서? 아니면 피를 덜 봐서?"

뜨거워! 너무 뜨거워! 아버지가 말했다.

"너한테 말해야 할 게 있어." 내 입술은 그녀의 입술에 거의 닿을 듯 말 듯한 곳에 머물러 있었다. 거기서 올라오는 열기가 느껴질 만큼, 그녀의 따스하고 달큰한 숨결을 맡을 수 있을 만큼.

"자유연애하고 관련이 있는 거야?" 그녀가 물었다.

"간접적으로는." 내가 대답했다. 목소리가 목구멍에 걸려 잘 나오지 않았다. 그녀의 푸르른 눈동자 속에서 부모님이 화염에 휩싸여 춤을 추고 있었다. "내 안에 뭐가 있는데……."

"그런데?"

나는 말을 이을 수 없었다. 생각이 진정되지 않았다. 뜨거워, 뜨거워, 그의 눈에서 쏟아져 나오는 벌레들 주삿바늘이 무섭니 어떻게 하지 릴리, 릴리, 너보다 오래 사는 고통을 겪고 싶지는 않아, 네가 괴로워하는 것을 지켜보는 고통을 겪고 싶지 않아, 병 속에 담긴 것, 도둑의 가슴속에 담긴 것 T. 세레호넨시스의 허물처럼 갈라진 가슴팍 깜박이지 않는 호박색 눈, 난 감염되었어 이것이 내가 물려받은 것 내가 하는 모든 키스는 총알이고, 내가 하는 모든 키스는 가슴에 단도를 찔러 넣는 것과 같으니 죽고 싶어 죽고 싶어 절대로 사랑에 빠지지 마라, 윌 헨리 절대로 절대로 안 돼 형태 없는 물 그녀는 컵 셀 수 없는 세월을 담는 그릇, 괴로워하지 마 괴로워하지 마 괴로워하지 마.

"잘 가, 윌리엄 제임스 헨리."

여섯

계단 아래 고여 있던 그림자 속에서 건장한 인영이 걸어 나왔다. 현명하게도 그는 내가 어깨 위에 달린 보기 흉한 머리를 날려 버리기 전에 입을 열었다.

"총을 치워 주면 좋겠어, 친구. 나야, 아이작슨."

"몬스트러마리움에서 뭘 하고 있는 거지?" 내가 사납게 쏘아붙였다. "여기서 네 스승님 볼일은 다 끝난 줄 알았는데."

그는 고개를 갸우뚱했다. 마치 맛있는 사체 조각을 발견한 까마귀처럼. "여기서 너랑 만나라고 하던데?"

"누가? 왜?"

"폰 헬룽 박사님이. 증거를 인멸하는 데 도움을 주라고 하셨어."

"도움 따윈 필요 없어."

"그래? 그래도 손은 많으면 많을수록 좋지."

"사공이 너무 많으면 배가 산으로 가고 말이야. 다른 핑계를 대 보시지그래."

나는 그를 무시하며 지나쳤다. 그는 내 뒤를 쫓아왔다. 내가 양동이와 대걸레를 꺼내려 벽장 앞에서 멈추자 그도 멈췄다. 내가 양동이에 물을 채우러 멈췄을 때에도 또 뒤에서 멈춰 섰다.

"우리가 첫 만남부터 안 좋았다는 건 알지만 어쩔 수 없었어, 윌. 난 네가 릴리와 아는 사이인지 몰랐다고. 릴리는 네 이름을 꺼낸 적도 없는걸. 런던에서 우리가 같이 지냈을 때도 말이야."

"그거 이상하군. 릴리와 나는 어렸을 때부터 죽 알던 사이고 편지도 자주 주고받았는데 릴리가 편지에서 네 얘기를 한 적은 한 번도 없거든."

"릴리가 우리를 갖고 논 거라고 생각해?"

"그건 아닐 거야. 그녀는 어려운 일에 도전하는 걸 좋아하니까."

그는 내 뒤에서 몇 발짝 뒤처져서 쫓아오고 있었고, 나는 양동이와 대걸레를 들고 잠긴 방을 향해 터덜터덜 걷고 있었다. 눈을 감고도 찾아갈 수 있는 길이었다. 발을 내디딜 때마다 악취가 심해졌다.

"릴리는 좋은 여자야. 다른 그 나이 또래 여자애들과는 다르지. 성격도 아주 격렬하고. 그 애한테 완벽한 표현 아니야? 격렬하다는 거."

"거의 사나울 정도지."

"정말 최고라니까. 우리나라 여자애들하고는 완전히 달라. 그보다 훨씬…… 뭐라고 해야 하지? 거리낌이 없다고 해야 할까."

나는 멈춰 섰다. 그도 멈춰 섰다. 내가 이대로 대걸레를 휘둘러 그의 부어오른 턱을 후려친다면 그는 곤죽이 될 것이다. 뼈가 부서져 뺨과 잇몸에 뼛조각이 박힐 테고 어쩌면 혀도 잘려 나갈지 모른다. 영구적인 손상은 기대할 수 없겠지만 감염이 생명을 위협할 정도는 될 것이다. 몰래 숨어 있던 도둑놈들에게 불시에 당했다거나 나 자신을 방어하기 위해 반격을 할 수밖에 없었다고 변명할 수도 있다. 우리가 살고 있는 이 어둡고 음산한 외진 세상에서는 아무도 내 말에 토를 달지 않을 것이다. 언젠가 폰 헬룽이 정확하게 지적한 적이 있었다.

젊었을 때 나는 괴물학이 인간의 내면에 있는 어둠을 이끌어 내는 건지 아니면 원래부터 심성이 어두운 사람들에게 유독 매혹적으로 비치는 건지 궁금했지.

"왜 그래?" 아이작슨이 속삭였다.

나는 고개를 흔들고 중얼거렸다. "다스 웅게오이어."

"뭐?"

나는 그를 돌아보았다. 침침한 불빛 아래 보이는 그의 얼굴은 거의 괴물에 가까울 정도로 흉측했다.

"그 녀석이 널 어떻게 죽이는 줄 알아, 아이작슨? 물어 죽이는 게 아니야. 독은 그저 몸을 마비시킬 뿐이지. 뇌와 근육을 분리시켜서 말이야. 하지만 그래도 넌 정신을 잃진 않을 거야. 그래서 놈의 아가리가 커다랗게 벌어져서 네 몸을 통째로 목구멍 속으로 집어삼키는 동안에도 내내 느낄 수 있는 거지. 너는 천천히 질식해서 죽어갈 거야. 놈의 배 속에는 산소가 없으니까 숨이 막혀서 죽을 수밖에 없거든. 그렇지만 그 무시무시한 압력에 눌려 온몸의 뼈가 으스러지는 와중에도 너는 계속 살아 있을 거야. 갈비뼈가 부러지고 네 위장에 저장되어 있던 음식물이 압력에 눌려 식도로 넘쳐흐르는 것도 전부 느낄 수 있지. 한마디로 넌 너 자신의 구토물에 숨이 막혀 죽게 되는 거야. 염산 통에 빠진 것처럼 온몸이 화끈거리고 불타오르겠지. 엄밀히 말하자면 염산 통에 빠진 게 맞거든. 길이가 12미터나 되는 위액이 가득 담긴 주머니에 빠졌다고 생각해 봐. 자궁과는 정반대의 의미를 지닌 죽음의 주머니지."

아이작슨은 한참 동안 아무 말도 하지 않았다. 그러더니 마침내 나지막하게 속삭였다. "넌 미쳤어."

내가 대답했다. "무슨 뜻인지 모르겠는걸. 미쳤다는 게 제정신의 반대 의미로 말한 거라면 정상적인 게 뭔지부터 정확히 설명해야 하지 않아? 넌 그게 뭔지 정의할 수 있어? 뭐가 제정신인지? 제정신이라는 건 현실과 배치되는 건 믿지 않는다는 뜻인가? 아니면 행동과 사고가 부조리하거나 모순되지 않는다는 것? 그렇다면 우리가 살인이 궁극적인 죄악이라고 믿으면서도 날마다 서로를 수천 명씩 살해하고 있다는 위선적인 행동을 하고 있다는 건 어떻게 생각해? 사랑 넘치고 정의로운 주님을 찬양하면서 오직 신만이 상상해 낼 수 있는 고통 속에서 발버둥 치는 건? 그런 게 네 기준이라면 우린 다 미친 거지. 그 둘이 뭐가 다른지 모르겠다고 말하는 사람들만 빼면 말이야. 어쩌면 정말로 아무 차이도 없는지도 몰라. 우리 머릿속에서만 다를 뿐이지. 다시 말해서 아이작슨, 광기란 자기 자신이라는 끔찍한 짐 덩이를 참고 견디기 위해 지나치게 진화한—혹은 진화가 덜 된—인간의 뇌가 만들어 낸 병폐에 불과해."

나는 억지로라도 입을 다물어야 했다. 지금 나는 지나치게 즐기고 있었다.

"100퍼센트 확신은 못 하겠는데, 헨리." 그가 말했다. "하지만 방금 네가 한 말이 내 말을 입증해 주는 것 같아."

"히람 경의 제자가 된 지 얼마나 됐지, 아이작슨?" 내가 물었다.

"9개월. 왜 그런 걸 묻지?"

"아직 멀었군."

"뭐가 멀었다는 건데?"

나는 계속해서 복도를 걸었다. 그의 목소리가 길고 구불구불한 통로를 타고 내 뒤를 따라왔다. "헨리! 뭐가 아직 멀었다는 거야?"

양동이가 더 나을 것 같다. 양철이라 더 무거우니까. 나는 생각했다. 양동이를 휘둘러 그의 머리를 박살 내는 상상을 했다. 거리낌이 없다고? 하!

그는 나를 따라 모퉁이를 돌았다가 잠긴 방 앞에 널브러져 있는 시신을 보고는 황급히 멈춰 섰다. 미친 듯이 코트 주머니를 뒤져 손수건을 찾았다. 빳빳하게 풀을 먹인 새하얀 천으로 입을 덮더니 아직도 공중에 연기처럼 떠다니는 고약한 냄새에 캑캑거리며 구역질을 했다.

"저 사람 얼굴은 어디 간 거야?" 그가 목소리를 쥐어짜 물었다. 시선을 어디다 둬야 할지 모르겠다는 듯이 눈동자가 두리번거리다 결국 제자리로 돌아왔다. 외면하고 싶은 심정, 하지만 저도 모르게 다시 향하는 눈길, 실 뭉치처럼 둘둘 감겨 있다가 슬금슬금 풀리는 것, 이름 없는 내가 아닌 것, 다스 웅게오이어.

"사방에. 내 생각엔 네 발밑에도 있는 것 같은데."

사실이 아니었다. 그렇지만 내 "설명" 때문에 그는 주춤거리다 발을 헛디뎠다. 손에는 손수건이 여전히 굳게 움켜져 있었다. 나는 양동이를 바닥에 내려놓고 대걸레를 벽에 기대 세운 다음 문 반대쪽에 있는 빈 궤짝 더미로 향했다.

"어둠의 학문인 괴물학에 대해 네가 그동안 어떤 공부를 했는지 내가 감히 추측해 봐도 될까, 아이작슨? 넌 지난 9개월 동안 히람 경이 대대로 물려받은 케케묵은 서고에 틀어박혀서 온갖 비밀스러운 자료와 세간에 알려지지 않은 논문들에 코를 파묻고 있었겠지. 실습을 해 본 적도 없고 현장에 나가 본 적도 없고 말이야."

그는 재빨리 고개를 끄덕였다. "어떻게 알았어?"

나는 궤짝 더미를 헤치며 적당한 크기의 쓸 만한 상자를 찾고 있었다. 작은 것들은 가차 없이 옆으로 밀쳐 버렸는데, 그럴 때마다 큰 소리를 내며 딱딱한 바닥에 굴러떨어졌다.

"이것 참 곤란한데. 크기가 적당한 게 없어. 그리고 내가 아는 한 빈 상자들은 여기 있는 게 다인데 말이야. 아래층에 가면 더 큰 궤짝들이 있을 테지만 밤새 거길 뒤지라고 하면 차라리 콱 죽어 버리겠어."

나는 새뮤얼을 쳐다보며 일부러 힘을 주어 말했다.

"저 사람을 여기 맞춰야겠는걸."

"사람을…… 맞춰?"

"아돌퍼스의 사무실에 필요한 연장이 있어. 오른쪽 벽에 있는 작업대 밑을 보면 검고 길쭉한 상자가 있을 거야."

"검고 길쭉한 상자……?"

"오른쪽 벽, 작업대 밑. 책상 쪽을 보고 섰을 때 오른쪽이야. 어이, 아이작슨, 뭘 그렇게 기다리고 서 있는 거야? 손은 많으면 많을수록 좋다며? 냉큼 갔다 와!"

나는 그가 도구 주머니를 질질 끌며 돌아왔을 때까지도 혼자 키득거리고 있었다. 그는 강도들처럼 얼굴 주위에 손수건을 둘러 묶고 있었다. 나는 몸짓으로 상자를 시체 옆에 내려놓으라고 지시했다. 아이작슨은 벽에 몸을 기대고 섰다. 입으로 힘겹게 숨을 쌕쌕 쉬는 소리가 들렸고, 그가 숨을 쉴 때마다 임시로 만든 마스크가 부풀었다 꺼졌다.

"길이는 별로 안 길어도 속이 꽤 깊어." 내가 궤짝 뚜껑을 뒤로 젖혀 열며 말했다. 뚜껑 끝이 바닥에 덜컹 소리를 내며 부딪치자 그가 놀라서 펄쩍 뛰었다. "팔은 너무 뻣뻣하지만 않으면 그냥 접어 버리면 돼. 그러니까 다리만 위에 얹으면 된다는 얘기지."

"위에 얹어?"

"몸뚱이 위에."

나는 연장상자에서 톱을 꺼내 깔쭉깔쭉한 날을 엄지손가락으로 가볍게 문질러 보았다. 사악할 정도로 날카로웠다. 그 옆에는 대형 가위가 들어 있었는데 손에 끼우고 힘을 주어 날의 움직임을 몇 번 시험해 보았다. 가윗날이 철컥철컥 소리를 낼 때마다 아이작슨이 몸을 움찔거렸다.

"좋았어." 내가 기운차게 말했다. "그럼 아이작슨, 바지 다리부터 제거해 볼까?"

그는 꿈쩍도 하지 않았다. 얼굴색이 손수건과 똑같은 색으로 변해 있었다.

"괴물학자와 시체 도굴꾼의 다른 점이 뭔지 알아?" 내가 물었다.

그는 고개를 가로저었다. 눈을 왕방울처럼 크게 뜨고 내가 가위로 바지를 싹둑싹둑 잘라 그 아래 있는 창백한 다리를 노출시키는 것을 바라보았다.

"모른다고?" 나는 한숨을 푹 내쉬었다. "언젠가는 그걸 아는 사람이 나타나면 좋겠는데."

나는 무릎 아래를 끊어 내기만 하면 된다고 설명하면서 죽은 자의 발꿈치를 엉덩이 쪽으로 꺾어 무릎을 바닥 위로 들어 올렸다.

"발목 꼭 붙들고 있어, 아이작슨. 움직이면 안 돼. 톱날이 날카로우니까 잘못해서 내가 베이면 다 네 책임이야."

파리한 피부가 입처럼 벌어지고 붉은 핏물이 뚝뚝 떨어지고 톱날은 단단한 뼈에 부딪쳐 진동한다. 뭘 기대했는지는 모르지만, 아이작슨은 완전히 잘린 다리가 자신의 손 안에 뚝 떨어지자 목이 졸린 듯한 소리를 내며 화들짝 던져 버렸다. 다리 한 짝이 벽에 부딪쳐 역겨운 퍽 소리를 내며 다시 바닥으로 떨어졌다. 아이작슨이 무릎과 손으로 바닥을 기며 허둥지둥 구석으로 피했다. 그의 등이 휘어졌다. 나는 생각했다. 세상에 죽음보다 더 고약한 냄새가 나는 게 있다면 그건 아마 구토물일 거야.

나는 피투성이가 된 손톱을 찬찬히 뜯어보면서 잠시 기다렸다. 왜 장갑을 가져올 생각을 못 했지?

"소용없을 거야." 내가 조용히 말했다.

"뭐라고?" 그가 숨을 할딱이며 물었다. 손수건으로 입을 닦고는 처량한 표정으로 천 조각을 들여다보았다.

자, 이제 그는 어떻게 할까?

"로하스라면 가능했을지도 모르지. 폰 헬룽도 괜찮았을 테고. 나이를 먹어서 예전처럼 예리하지가 못하거든. 하지만 펠리노어 워스롭은 사기를 치기에 최악의 선택이지."

"무슨 말을 하는지 전혀 모르겠는데, 헨리."

"그를 속일 수 없다는 뜻은 아니야. 당연히 그도 다른 모든 사람들처럼 약점이 있으니까. 하지만 펠리노어 워스롭은 범상한 인물이 아니야. 이상생물학 분야의 최고 군주라고 할 수 있지. 마키아벨리를 읽어 본 적 있지?"

"아, 젠장, 작작 해라, 좀." 그가 떨어지라는 듯이 손수건을 펄럭였다. "너 진짜 돌았구나."

"그는 널 찾아낼 거야. 너희 둘 다. 그가 진상을 알아내고 나면 어떻게 될 것 같아? 네가 날 이렇게 불렀지? '워스롭의 사냥개.' 아덴에서 무슨 일이 있었는지도 안다고 했지. 피의 섬에서 있었던 일도 알고."

"지금 그거 협박이야? 날 협박하는 거야, 헨리?"

아이작슨은 겁을 먹은 것 같지 않았다. 내 말을 믿지 않는 듯한 그의 반응이 신기했다.

"히람 워커가 그에게 그걸 보냈어. 박사님이 그걸 다시 여기로 가져오게 말이야. 그러면 워커가 다시 훔쳐 가면 되니까. 돈을 버는 것은 물론, 지금껏 벼르던 달콤한 복수와 모욕감까지 덤으로 얹어 줄 생각이었지. 내 말이 맞지? 사실을 말하면 너는 살려 줄게. 하지만 네 스승님에 대해서는 아무 약속도 못 하겠네. 과학자로서, 그리고 신사로서 내 약속은 믿어도 좋아. 네 못생긴 머리에는 손가락 하나 대지 않을게."

"난 네가 무섭지 않아."

"그럼 왜 그렇게 사시나무 떨듯 떨고 있는데?"

"나…… 난, 떠…… 떨고 있지 않아."

"흠, 저 사람이 무서운 건 아닐 테고. 벌써 죽었잖아. 다리 한 짝도 없고."

나는 궤짝을 끌고 와 시신을 구겨 넣고 잘라 낸 다리를 그 위에 얹은 다음, 뚜껑을 닫고 못을 박았다. 하나는 처리했고, 이제 하나 남았다.

내가 일어서자 아이작슨이 흠칫 놀라 뒤로 물러났다. 마치 이번에는 자기가 포장될 차례라도 되는 듯이.

"난 결백해." 그가 말했다. "워커 박사님도 결백하고."

나는 쯧쯧 혀를 차며 고개를 절레절레 저었다. 내가 바보 같은 말을 할 때마다 괴물학자가 하던 행동을 정확히 흉내 낸 것이었다.

"별로 미덥지 않은데, 친구."

그는 더 이상 결백을 주장하지 않았다. 그런 행동은 오히려 그의 주장에 힘을 실어 주는 증거였는데, 사실 워커가 그 중요한 음모를 그에게 알려 줬을지는 의심스러웠다. 여러 가지 면에서 너무 위험한 일이다. 그럼에도 가능성을 완전히 배제할 수는 없다. 네안데르탈인이 히말라야 산맥에 몰래 숨어 살고 있지 않을 수도 있지만, 가능성이 희박하다는 것이 확고한 증거가 되는 것도 아닌 것이다.

나는 보관실 밖에 누워 있는 배가 갈라진 도둑의 사체를 재빨리 처리했다. 30분 후, 우리는 궤짝 두 개를 가지고 23번가로 이어지는 쪽문으로 향하고 있었다. 차가운 이슬비가 떨어지고 있었다. 으슬으슬 추운 날씨였고, 가로등은 황금빛 휘광에 휩싸여 지글거렸다.

나는 아이작슨에게 내 신호를 기다리라고 이른 다음, 혼자 건물 밖으로 나와 도로를 건넜다. 손은 주머니 앞에 깊숙이 찔러 넣은 채였다. 내가 길 건너편에 도달하자 개암 빛의 육중한 짐말이 모퉁이를 돌아 나왔다. 말은 엉덩이 뒤에 비바람에 풍화된 짐마차를 끌고 있었다. 마부가 오른쪽으로 크게 원을 그리며 돌아 쪽문 앞에 멈춰 섰다. 마부는 길을 다시 건너 돌아오는 내게 눈길 한 번 주지 않았다. 그는 헐렁한 모자와 검은 오버코트를 입고 있었는데, 고삐를 잡은 두 손은 솥뚜껑처럼 커다랗고 손가락의 관절은 잦은—그 자신을 포함해 아무도 기억하지 못할 만큼 수많은—싸움질 때문에 옹이가 져 있었다. 그는 워스롭이 부리는 "전문가" 중 한 명이었다. 신중하면서도 위험천만한 일을 좋아하고 법을 경멸하는 이들. 자연의 가장 어둡고 기괴한 면을 연구하려면 이런 불쾌한 이들은 필요악이나 마찬가지였다. 그들은 워스롭의 짐꾼이자 스파이였고 그의 정신을 위해 움직이는 근육이었다. 이 사람은 나도 초면이었다.

"미스터 포크." 나는 명랑하게 인사를 건넸다.

"그렇다면 네가 헨리 군이겠구나." 그가 위스키에 절어 걸걸한 목소리로 대답했다.

"계획이 약간 변경됐어요." 내가 5달러 지폐를 슬그머니 건네주며 말했다. 그는 지폐를 주머니에 넣고는 보일 듯 말 듯 어깨를 으쓱해 보였다.

5분 뒤에 우리는 마차를 타고 좋은 시간을 보내고 있었다. 나는 미스터 포크 옆자리에 앉았고 아이작슨은 우리의 화물과 함께 뒷자리에 탔다. 그는 불안한 눈빛으로 지나가는 거리를 훑으며 코니아일랜드에서 롤러코스터를 탄 어린애처럼 손잡이를 꽉 움켜쥐고 있었다. 기온은 계속해서 떨어졌고 강이 가까워질수록 작은 얼음 알갱이가 뺨 위로 떨어졌다. 드디어 나타난 브루클린 다리의 정상은 얼어붙은 안개 속에 숨어 보이지 않았다.

내 안에서 그것이 슬금슬금 풀리고 있었다.

미스터 포크가 교각의 가장 높은 곳에서 마차를 멈췄다. 나는 조심스럽게 마차 밖으로 나갔다. 신발 밑에서 얼음이 사각거리는 소리가 났다. 강물 위로 바람이 새된 비명을 지르며 스쳐 지나갔고 거의 옆에서 내리치는 비는 얼음으로 만든 사포처럼 피부를 긁어 댔다. 아이작슨은 짐마차 뒤에서 나를 초조하게 기다리고 있었다. 그에게는 이미 오늘 밤이 지나치게 길게 느껴지고 있을 것이다. 적어도 너한테는 끝이라도 있지. 나는 착잡하게 중얼거렸다. 우리는 첫 번째 궤짝을 양쪽에서 붙들고 옆으로 종종걸음 치며 난간으로 향했다. 수면은 보이지 않았지만 소리를 듣고, 냄새를 맡고, 높이를 짐작할 수 있었다. 우리의 발밑에서부터 저 검고 무미건조한 수면 사이의 공간.

"조심해, 아이작슨." 내가 주의를 주었다. "발에 힘을 줘. 짐짝이랑 같이 밑으로 끌려가면 안 되니까. 셋까지 센 다음에……."

위로 쳐들어서 저 멀리, 그리고 아래로, 아래로, 풍덩 소리는 매우 길게 느껴졌고 점점 희미해졌다. 애처로운 속삭임처럼…….

나는 그에게 몸을 기울이며 물었다. "너 하느님을 믿니, 아이작슨?" 나는 대답을 기다리지도 않고 마차로 돌아갔다.

우리는 두 번째 궤짝을 떨어뜨린 후에 잠시 난간에 기대 늑장을 부렸다. 머리카락에, 양모 코트에 얼음이 맺혔다. 우리는 천사처럼 희미하게 빛났다. 임무는 끝났고 아이작슨은 긴장이 다소 풀렸는지 전처럼 거들먹거리는 태도로 돌아왔다.

"여, 친구. 이 일은 이렇게 기분 나쁘지만 않다면 그럭저럭 즐겁게 할 만하겠어."

"내 질문에 아직 대답하지 않았어." 내가 차분하게 대꾸했다.

그가 몸을 경직시켰다. 이상하게 모욕을 받았다는 투였다. "당연히 믿어. 너한텐 굳이 물어보지 않겠지만."

그는 몸을 돌렸고, 잠시나마 돌아왔던 명랑한 기분은 처음 돌아왔을 때처럼 금세 사라졌다. 그는 두 걸음도 가지 않아 미스터 포크가 마차 위에 없음을 알아차렸다.

그는 발을 멈추고 천천히 몸을 돌려 나를 바라보았다.

"마부는 어디 있어?" 신경질 때문에 목소리가 뾰족해졌다.

"네 뒤에." 내가 대답했다.

그는 뒤를 돌아볼 기회조차 없었다. 내 안에서 슬금슬금 풀어지던 것이 단번에 자유롭게 솟구쳐 올랐다. 세상을 두 쪽 낼 수도 있는 무시무시한 힘이 폭발했다. 내 주먹이 그의 명치에 명중했다. 그가 지난번에 내게 한 방 먹였던 바로 그 자리였다. 그의 머리가 푹 떨어지고 무릎이 경련을 일으켰다. 새뮤얼은 어느 모로 보나 작은 덩치가 아니었지만 미스터 포크에 비하면 아무것도 아니었다. 미스터 포크는 석탄 운반부처럼 아이작슨을 가볍게 어깨 위에 들어 얹고 난간 쪽으로 걸음을 옮겼다. 그는 큼지막한 손으로 아이작슨의 발목을 움켜쥐고 난간 아래로 떨어뜨려 그를 거꾸로 매달았다. 아무것도 없는 공중에 매달려, 아이작슨의 손이 절박하게 바르작거렸다.

병 속에 갇혀 갉작갉작.

"아이작슨!" 나는 거센 바람을 뚫고 외쳤다. "아이작슨! 너 기도 같은 거 하니?"

그가 애처롭게 우는 소리를 냈다. 내 눈에는 그의 얼굴이 보이지 않았다.

"워커 박사가 범인이지? 그렇지?" 내가 소리쳤다. "워커 박사가 마테를링크를 고용해서 그걸 박사님한테 보냈고, 아일랜드인을 고용해서 그걸 다시 훔친 것도 워커 박사지?"

"아니야!"

"진실이 너를 자유롭게 할 거야, 아이작슨!"

"난 진실을 말하고 있는 거야! 제발! 제발 살려 줘!" 그는 말을 제대로 잇지도 못했다. 그의 흐느낌이 무심한 빗줄기 속으로 흩어졌다.

미스터 포크가 천천히 내 쪽으로 고개를 돌렸다. 그의 숱 많은 눈썹이 나에게 묻듯이 미간으로 모아졌다. 놔 버릴까? 나는 고개를 저었다.

"좋아, 그럼 그는 마테를링크를 고용하진 않았지만 아일랜드인들을 고용한 거군. 그렇다고 대답해, 아이작슨! 그러면 끌어 올려 줄 테니까!"

"박사님이 그런 게 아니야! 우리 어머니를 걸고 맹세해! 박사님이 안 그랬다고! 제발, 제발!"

나는 미스터 포크를 바라보았다. "어떻게 생각해요?"

그는 어깨를 으쓱했다. "팔이 점점 아파 오는데."

"아이작슨! 하나만 더 묻겠다. 정직하게 대답해 주면 끌어 올려 주지. 너, 그녀랑 잤어?"

"뭐? 뭐라고? 오, 하느님 맙소사."

"릴리 베이츠랑 잤냐고?"

나는 그의 대답을 기다렸다. 새뮤얼은 밉살스럽기는 해도 멍청하지는 않았다. 만약 그가 그녀와 잠자리를 했고 그 사실을 고백한다면, 나는 약속을 지키지 않을지도 모른다. 반면에 내 질문을 부인할 경우에는, 대답이 사실이든 아니든 내가 믿지 않을 위험을 무릅써야 하긴 하지만 대신에 나도 그의 딜레마 못지않게 복잡한 고민에 빠지게 된다.

그는 이 세상 것이 아닌 통곡 소리를 내며 바람 속에서 발버둥 쳤다.

"아냐! 그런 일은 없었어! 하느님께 맹세할게, 윌! 맹세한다고!"

"뭐에 맹세한다고?"

"하느님한테! 하느님! 오, 하느님! 주님께 맹세한다고!"

"지금 널 붙들고 있는 건 하느님이 아니야, 새뮤얼." 불현듯 울컥 화가 치밀었다. "나한테 맹세해. 그러면 끌어 올려 주지."

"너한테 맹세해! 너! 너한테 맹세할게!"

옆에서 미스터 포크가 작게 킬킬거렸다. "저게 거짓말이라는 건 너도 알지?"

"아뇨, 미스터 포크. 그건 하느님만이 알겠죠."

"중요한 건 하느님이 아니란다, 헨리 군."

"그건 그래요, 미스터 포크."

지하실의 실험실에서, 껍질이 깨졌을 때, 나는 호박색 눈에 비친 내 모습을 보았다. 나는 그 괴물이 세상에 나오는 것을 도와준 형편없는 매개자이자 자격 없는 산파, 인도자, 그리고 그것의 먹잇감이었다.

용서해, 나를 용서해 주렴. 나보다 훨씬 위대한 존재여.

4곡

하나

내가 해링턴 레인 425번지 안으로 들어갈 즈음에는 밤이 이미 완연히 내려앉아 있었다. 괴물학자는 식탁에 앉아 일주일은 굶은 사람처럼 허겁지겁 음식을 삼키고 있었다. 아마 실제로도 그 이상 굶었을 것이다.

"너는 배고프지 않은 모양이구나." 그가 입을 우물거리며 말했다.

나는 코트 주머니에서 플라스크를 꺼내(부엌은 견디기 힘들 정도로 추웠다.) 뚜껑을 돌려 연 다음 입안 가득 위스키를 들이켰다. 괴물학자가 이맛살을 찌푸리며 못마땅하다는 듯이 혀를 찼다.

"네 꼴이 형편없을 만도 하구나." 그가 커다란 치즈 덩어리를 입안에 쑤셔 넣으며 말했다. 쥐새끼 같은 인간.

"그래요, 제가 술을 너무 많이 마시나 보죠." 나는 순순히 인정했다. "그러는 박사님은 변명이 뭔데요?"

그는 내 말을 못 들은 척했다.

"너한테서 연기 냄새가 난다. 손톱도 더럽고."

"재가 묻은 거예요. 쓰레기통이 가득 차서 넘치고 있더군요."

안이 텅 빈 듯한 그의 표정은 변하지 않았다.

"손바닥은 벗겨졌고."

"무슨 말을 하고 싶은 건데요?"

워스롭이 차갑게 웃음 지었다. "헛간에 작업용 장갑이 있단다. 하지만 너도 그쯤은 알고 있겠지."

"알고 있어요."

"그럼 까먹은 모양이구나."

"기억력이 예전 같지 않아서요. 지금은 당신을 먹이고 씻기고 절반만이라도 인간에 가깝게 만들어 달라고 고용한 하녀의 이름을 기억하려고 노력 중이죠."

워스롭이 나이프를 들어 사과 한 쪽을 잘랐다. 놀라울 정도로 안정적인 손놀림이었다. 그는 매우 신중하게 음식을 씹었다.

"비어트리스." 그가 말했다. "내가 말해 줬잖느냐."

"그녀를 해고했다고 했죠?"

그는 어깨를 으쓱했다. 그의 시선이 재빨리 탁자 위를 훑었다.

"스콘은 어디 있느냐?"

"아니면 그녀가 그만둔 건가요?"

"내가 해고했다고 하지 않았던! 스콘은 어디 있지?"

"왜 해고했는데요?"

"주제넘은 참견쟁이가 내 일거수일투족을 감시하면서 사사건건

쫓아다니지 않아도 난 할 일이 많으니까!"

"여기서 해고되고 어디로 갔죠?"

"그걸 내가 어떻게 알아?" 그의 인내심도 바닥나고 있었다. "말해 주지도 않았고, 나도 묻지 않았다."

"그냥 좀 이상해서요."

"뭐가 이상해?"

"나한테 알리지도 않고 집을 나가 버린 거 말입니다. 엄밀히 말하자면 그녀를 고용한 건 나거든요. 왜 당신이 자기를 해고했으니까 남은 급료를 계산해 달라고 나한테 연락하지 않은 걸까요?"

"글쎄, 그건 네가 직접 물어봐야겠지."

"그건 어렵겠는데요. 우리 둘 다 그녀가 지금 어디 있는지 모르니까요."

"흔해 빠진 부엌데기한테 왜 그렇게 관심이 많아?" 그가 더 이상 참지 못하고 매섭게 쏘아붙였다.

나는 플라스크에 입을 대고 천천히 마셨다. "관심 없어요."

"그래, 다행이구나. 마땅히 그래야지. 어쨌거나 이렇게 될 줄 몰랐느냐? 내가 돌봐 줄 사람 따위 필요하지도 않고 원하지도 않는다고 했잖아."

"그래서 다 내 잘못이라고요?"

"뭐? 뭐가 네 잘못인데? 무슨 말을 하는 거냐?"

"비어트리스요. 박사님한테 그녀를 옆에 두라고 강요한 내가 잘못했다는 거죠?"

"아니, 그녀를 옆에 두라고 강요해야 한다고 여겼던 게 잘못이라는 거다." 그는 어린애처럼 짓궂게 웃었다. 어설픈 우스갯소리 덕분에 곤경에서 벗어났다는 듯이. "넌 꽤 오랫동안 날 견뎌 냈지, 윌 헨리. 스콘은 어디 있지? 당장 스콘을 내놔. 안 그러면 화를 낼 거다."

"우리 둘 다 그건 바라지 않고요." 나는 숨겨 두었던 봉지를 꺼내 왔다.

그는 낄낄거리면서 내 손에서 그것을 낚아챘다. 소름 끼치는 웃음소리였다. 나는 그의 등 뒤에 있는 지하실 문을 쳐다보았다.

"그녀 때문에 저 문에 자물쇠를 단 건가요?" 내가 물었다.

"누구? 비어트리스? 아까부터 왜 계속 그 여자 이야기만 하는 게냐?" 그는 홍차를 한 잔 더 따랐다.

"그런 거 아니에요. 그냥 궁금해서 묻는……."

"난 이제 혼자 산다. 봐서 알겠지만." 그가 신랄하게 대꾸했다. "그리고 나한테는 적이 아주 많지. 당연히 그것도 알겠지만……."

"누구요, 워스롭? 이름을 대 봐요. 당신의 그 소위 '적'이라는 게 누군지 한 명이라도 이름을 대 보라고요."

워스롭이 페이스트리 조각을 베어 먹다 말고 식탁 위로 내던졌다.

"건방지게 굴지 마라! 내가 왜 너나 다른 사람들한테 설명을 해 줘야 한단 말이냐? 내가 무엇을 하든 말든 그건 내 일이고, 오로지 나만 상관할 일이다. 난 그녀에게 옆에 있어 달라고 부탁한 적이 없어! 너한테도 그랬고. 오늘도 안 그랬고, 24년 전에도 안 그랬지!"

나는 플라스크를 주머니 안에 밀어 넣고 팔짱을 꼈다. "지하실에 뭐가 있죠, 워스롭?"

그의 입술이 소리 없이 달싹거렸다. 눈썹을 둥글게 휘어 올리며 높은 콧대를 내 얼굴에 들이밀었다. 마치 이렇게 노려보면 세월이 거꾸로 감겨 내가 다시 그 작고 불쌍한 열한 살 소년으로 돌아가기라도 할 것처럼.

"아무것도 없다." 마침내 그가 말했다.

"언젠가 현명한 분이 말하길 거짓말은 가장 저열한 말장난이라고 했지요."

"그리고 모든 인간은 저열하고. 완벽한 삼단논법이지."

"결국엔 알아낼 텐데요. 지금 털어놓는 게 좋을 겁니다."

"네가 이미 알고 있는데 내가 왜 말해 줘야 하지?"

"뭔가 있다는 건 알아요. 그게 뭔지 모를 뿐이죠."

"모른다고? 그동안 배운 게 전혀 없나 보구나, 미스터 헨리."

"평생의 업적이라고 했죠, 워스롭. 하지만 지난 세월 동안 온갖 것들이 당신을 집어삼켰어요. 당신과…… 다른 수많은 사람들을요."

"그래." 그는 엄숙하게 고개를 끄덕였다. 나는 그의 눈빛 속에서 두려움을 감지했다. "내가 지나온 길에는 죽은 자들이 수없이 누워 있지. 대부분의 사람들보다는 많지만 너보다는 많지 않을 거다."

"지금 나 때문에 죽은 사람들에 대해 말하는 게 아니잖아요, 박사님." 나는 그의 손에서 나이프를 빼앗아 손톱 밑의 때를 긁어내기 시작했다. 조그맣게 긁작거리는 소리 때문에 귀가 아프기라도 한 것처럼 그가 흠칫 떨었다.

"비어트리스는 떠났다." 그가 나지막이 말했다.

"비어트리스요? 누가 그 이야기를 하재요? 우린 당신이 죽인 사람들에 대해 말하고 있는데요."

"오, 그래? 그럼 네가 아는 게 뭐냐?"

"양에 대해 알지요." 내가 말했다. "그리고 당신이 동강 내서 쓰레기통에 넣은 게 뭔지도 알아요. 그리고 그 두 가지가 모두 저 잠긴 문과 당신의 이 개탄스러운 상태와 관련이 있다는 걸 알지요. 그리고 난 당신이 그걸 나한테 보여 줄 거라는 것도 알아요. 왜냐하면 그러지 않고는 참을 수가 없으니까, 구원을 받으려면 누구한테 가야 하는지 아니까. 당신은 늘 알고 있었죠."

그가 갑자기 허리를 접으며 두 팔에 머리를 묻었다. 그러고는 울음을 터뜨렸다. 격렬한 흐느낌에 맞춰 어깨가 들썩거렸지만 나는 그 모습을 태연히 지켜보았다.

"워스롭, 열쇠를 내놔요. 안 그러면 부수고 들어갈 겁니다."

워스롭은 고개를 들었다. 그의 눈물은 거짓이 아니었다. 얼굴이 슬픔과 괴로움으로 일그러져 있었다. 마치 이름 없는 어두운 것이 그의 안에서 슬금슬금 풀어진 것처럼.

"가라." 그가 속닥였다. "네가 여길 떠난 건 잘한 일이었다. 떠나길 잘했어. 돌아온 건 잘못이야. 우릴 떠나라. 우릴 두고 가 버려. 우린 너무 늦었지만, 넌 아니야."

워스롭은 내 대답에 흠칫 놀랐다. 그런 대답을 하리라고는 전혀 기대하지 않은 것처럼, 혹은 전혀 다른 대답을 기대한 것처럼. 그는 마음속 깊이, 그 은밀하고 내밀한 곳에서 내가 뭐라고 대답할지 알고 있었다.

"오, 펠리노어, 전 벌써 아주 옛날에 접시 가장자리에서 떨어졌는 걸요."

둘

그는 이집트에서 '미호스'라는 이름으로 불렸다. 지평선의 수호자.

아주 약하고 가는 경계가 있을 뿐이다, 윌 헨리. 어렸을 적 그는 내게 이렇게 말했다. 저기 보이는 하늘과 바다가 만나는 선과 비슷하지. 하지만 저것을 건널 수는 없어. 저 선을 넘는 것은 불가능하다. 천 년이 넘는 세월을 뒤쫓아도, 저 선은 늘 저 자리에 있을 거다. 우리 인류가 그 단순한 사실을 깨닫는 데 만 년이 넘게 걸렸다는 걸 아니? 우리는 결코 저 선에 닿을 수 없고, 우리가 살고 있는 세상은 평평한 접시가 아니라 둥근 공이라는 사실 말이다.

셋

그날 밤 일을 마치고 플라자 호텔로 돌아가자 프런트에서 편지 한 장이 나를 기다리고 있었다. 봉투는 고전적인 방식으로 붉고 두꺼운 밀랍을 눌러 봉해 놓았다. 안에는 조악한 필체로 쓰인 종이 한 장이 들어 있었는데, 스치듯이 생선 비린내가 풍겼다.

친애하는 미스터 헨리,

이 편지가 잘 도착하기 바랍니다. 펠리노어 워스롭 박사의 목숨이 소중하다면 나한테 1만 달러를 주는 게 좋을 겁니다. 오늘 저녁 5시까지 호텔 직원에게 전달해 주길 바라는 바입니다. 시키는 대로만 한다면 그는 무사할 것입니다. 시키는 대로 하지 않는다면 그는 죽습니다. 안부를 전하며, 당신의 친구라고 믿는 사람이.

서명은 없었다. 대신에 검은색 손과 아마도 핏방울이 뚝뚝 떨어지는 모양새를 의도한 듯한 단도가 서툴게 그려져 있었다.

나는 호텔에서 나와 곤장 5번로로 향했다.

집주인이 보라색 로브와 같은 색의 슬리퍼를 걸친 채 나를 맞이했다. 보드라운 백발이 뭉툭한 머리 꼭대기에서 신기할 정도로 혼잡스럽게 모여 있었다. 그는 발갛게 충혈된 눈으로 편지를 읽으며 줄곧 커다란 한숨을 내쉬었고, 커피와 사과 슈트루델이 담긴 쟁반을 들고 들어온 하인을 쫓아냈다.

"호텔 직원은 뭐라고 하더냐?" 이윽고 그가 물었다.

"키가 작고 이탈리아 억양을 지닌 남자가 새벽 1시쯤 편지를 전해 주고 갔답니다. 제가 다리 위에서 아일랜드인의 뒤처리를 하고 있었을 시각이죠."

폰 헬룽이 담배 상자에서 시가를 꺼냈다. 시가가 그의 뭉툭한 손가락에서 미끄러져 페르시안 카펫 위로 데구루루 굴렀다. 나는 허리를 굽혀 시가를 집어 들어 그에게 건네주었다.

"흑수단*이라!" 그가 탄식했다. "아, 펠리노어, 그래서 옛 스승이 자네에게 가지 말라고 경고하지 않았나!"

"흑수단이 뭔데요?"

"방금 편지를 읽지 않았느냐?" 그가 손가락으로 그림을 가리키며 말했다. "악당들이지. 내 절대로 믿어서는 안 된다고 충고했건만."

"왜 이탈리아인들이 아일랜드 갱들을 대신해 몸값 편지를 전달한

---

* 20세기 초 뉴욕 등지에서 활동한 이탈리아계 비밀범죄결사.

건데요?"

"아일랜드인이 아니다. 시칠리아지. 카모라가 그를 잡아간 거다. 프란체스코 콤페텔로, 그 악당 놈. 아주 위험한 작자지. 워스롭한테도 그렇게 말했고."

"전 이해가 안 가요, 마이스터 아브람. 왜 워스롭 박사님이……?"

"왜냐하면 우리가 하는 일이 아주 어둡고 지저분하기 때문이다. 사악한 사촌이라고 할 수 있는 정치처럼 말이다! 그런 일을 할 때에는 아무리 내키지 않아도 부정직한 세력들과 손을 잡아야 하기 마련이야. T. 세레호넨시스의 행방을 찾기 위해 아일랜드 갱과 적대하는 세력에게 도움을 청하자는 건 그의 생각이었다."

"대가가 뭔데요?"

휘어진 코 위에서 그의 눈이 가늘어졌다. "무슨 뜻이냐?"

"제 말은, 범죄자들은 보통 착한 사람들이 아니라는 거예요, 마이스터 아브람." 나는 오랜 친구에게 친절하게 설명했다. "워스롭 박사님이 카모라에 도움을 요청하러 갔다면 그 대가로 뭔가를 제안했을 거예요."

그는 시가가 들려 있지 않은 빈손을 공중에서 휘저었다.

"워스롭의 말에 따르면 콤페텔로가 몇 년 전에 나폴리에서 그에게 빚을 진 게 있다고 했다. 많은 카모라 단원들이 이탈리아에서 추방됐을 때지. 나도 자세한 사정은 모른다만, 그는 늘 꺼림칙한 인간들과 알고 지냈다."

나는 미스터 포크와 해링턴 레인 425번지 현관에 시도 때도 없이 이상한 꾸러미를 들고 나타나는 사람들을 떠올리며 고개를 끄덕였다. 아무것도 묻지 않고 아무것도 말해 주지 않는—어떤 면에서 그와 영혼의 형제나 다름없는—수상하고 혐오스러운 인간들.

"아마 그와 동료 파드로네*들이 안전하게 도망칠 수 있는 길을 안내해 줬다거나 그랬을 거야." 폰 헬룽이 말을 이었다. "빚은 무조건 갚는다는 게 그들의 철칙이지. 하! 이번 일로 펠리노어도 교훈을 배웠으면 좋겠군."

그는 성냥불을 켰지만 시가에는 불을 붙이지 않았다. 그는 불꽃이 손가락에 닿을 정도로 타들어 갔을 즈음에야 성냥을 재떨이에 던져 넣었다.

"돈을 줘야 할까요?" 내가 물었다.

그가 나를 험악하게 쏘아보았다. 내 질문에 깜짝 놀란 것 같았다. "그게 무슨 말이냐? 당연히 줘야지!"

"그렇지만 콤페텔로가 약속을 지킬 거라는 걸 어떻게 믿고요?"

그가 큰 소리로 콧방귀를 뀌었다. 마인 고트, 이런 순진한 청춘이라니!

"흑수단은 유서 깊은 집단이다, 윌. 받는 사람이 보내는 사람을 믿지 못하면 무슨 소용이 있겠느냐? 우리는 몸값을 지불할 거다. 나한테 맡기렴. 판단력이 부족한 내 옛 제자의 얼굴에 주먹을 날리는 것까지 포함해서 말이다! 무엇보다 그는 성급하게도 비밀을 누설하고 말았어. 카모라는 이제 우리 보물의 정체를 알게 된 데다 그걸 찾기 위해 모든 자원과 불법적인 행위를 동원하고 있겠지!"

그는 시가를 그의 머리글자 'AVH'가 새겨진 로브의 가슴주머니

---

* 이탈리아어로 '두목'을 뜻한다.

에 집어넣고 자리에서 일어났다.

“나는 그를 친자식처럼 사랑한다만, 네 스승은 정말이지 정답을 알 수 없는 난해한 수수께끼 같은 인간이지. 때로는 약삭빠르다가 때로는 고집불통이고, 또 때로는 놀라운 통찰력을 발휘하다가 때로는 우둔하기가 짝이 없으니 말이다.”

그는 종을 울려 집사를 불렀다.

내가 말했다. “몸값을 전달하는 건 제가 할게요, 마이스터 아브람.”

“아니다, 아니야. 넌 너무 어리지 않느냐…….”

“그리고 박사님은 나이가 너무 많고요.”

순간 그의 몸이 뻣뻣하게 굳었다. 무성한 흰 눈썹이 한데 쏠렸다. 그가 가슴에 힘을 주자 로브가 벌어져 곱슬한 흰 가슴털이 드러났다.

“편지는 저한테 왔어요.” 나는 재빨리 덧붙였다. “그리고 우리가 아는 한, 호텔 직원도 관련이 있고요.”

그가 고개를 끄덕였다. 내 추론이 그럴싸하다는 방증이었다.

“오늘 오후에 들르려무나. 돈을 준비해 두마. 하지만 그 전에…… 악! 마음은 뒤숭숭한데 머릿속은 또 뒤죽박죽이구나! 어젯밤 일은 어떻게 됐느냐? 모든 게 순조로웠길 빈다만.”

“상자에 들어가게 크기를 조절해야 했어요. 하지만 그것 말고는 아무 문제도 없었어요.” 나는 피식 웃었다. “그리고 히람 경의 조수가 이스트 강에 떨어질 뻔했고요. 다행히도 미스터 포크가 잡아 주었죠.”

폰 헬룽은 천천히 고개를 끄덕였다. 그의 눈이 밝고 의미심장하게 빛났다.

"그가 왕족과 친척이라는 건 알고 있겠지? 여왕의 10촌인가 11촌쯤 될 거다, 내가 알기로."

"누구요? 미스터 포크요, 아니면 아이작슨 씨요?"

"농담도 잘하는구나! 하! 그럼 이제 가 봐라. 내일 3시쯤에 오면 될 거다. 아무한테도 말하지 말고! 특히 미스터 포크는 안 된다. 그 사람은 1달러나 술 한 모금에도 제 어미를 팔아넘길 수 있을 것 같거든."

"오, 아니에요. 잘못 생각하고 계신 거예요, 마이스터 아브람. 미스터 포크는 정말 좋은 분이에요. T. 세레호넨시스의 몸무게보다 두 배는 더 가치 있는 사람이라니까요."

"그런 말 하지 마라!" 그가 버럭 외치더니 이상하게도 가슴에 성호를 그었다.

넷

나는 호텔로 돌아가 밀린 잠을 몇 시간 보충하고 싶었지만, 전혀 예상치 못한 납치 사건에 충격을 받은 탓에 줄곧 뒤척이기만 할 뿐 잠을 이룰 수가 없었다. 결국 나는 잠을 자려는 것을 단념하고 릴리의 집에 전화를 걸었다.

"깨지기 쉽고 한번 깨지면 절대 되돌릴 수 없는 것 세 가지를 대 봐." 그녀가 전화를 받자 내가 말했다. "도자기와 유리, 그리고 세 번째가 뭐게?"

"지금 새벽 6시에 수수께끼 놀이나 하자고 전화한 거야?"

"평판이지." 나는 전화기에서 들리는 잡음에 지지 않으려고 언성을 높였다. "어젯밤에 여왕의 10촌 친척과 아주 흥미로운 대화를 나눴어."

"누구?"

"새뮤얼."

"누구?"

"평범둥이 말이야."

"아." 정적.

"릴리? 듣고 있어?"

"누군가의 평판과 아이작슨 씨와의 대화 사이에 상관관계가 있다는 말을 하려는 거야?"

"나랑 점심식사를 같이 하지 않겠냐고 물어보려는 거야."

"하지만 넌 안 물어봤잖아."

"방금 물어봤잖아."

"선약이 있어."

"깨 버려."

그녀는 웃었다. 아니면 그냥 수화기에서 들리는 잡음이었는지도 모른다. 그리고 내가 들은 것은 "……원하는 것도 많지."였다.

"박사님이 납치됐어." 내가 큰 소리로 말했다.

"납치됐다고? 아일랜드 깡패들한테?"

"아니, 시칠리아 갱들한테."

"시칠리아?"

"오늘 12시에 데리러 갈게."

나는 그녀가 대답하기 전에 전화를 끊어 버렸다. 같은 방 반대쪽에 앉아 있던 미스터 포크가 읽고 있던 《헤럴드》를 아래로 내렸다.
"그래요, 그 릴리예요." 내가 말했다.

"내가 같이 가 줄까?" 그가 물었다.

나는 웃음을 터뜨렸다. "릴리를 보호하려고요, 아니면 나를 보호하려고요?"

그의 등 뒤에 있는 창문 너머로 빛에 감싸인 센트럴 파크가 보였다. 아침 해가 구름을 비집고 얼굴을 드러내자 공원이 황금빛 아지랑이 속에서 어른거렸다.

"사랑에 빠져 본 적 있어요, 미스터 포크?"

"오, 당연하지. 그것도 여러 번. 흠, 적어도 한두 번은 해 봤지."

"그걸 어떻게 알아요?"

"뭐라고?"

"제 말은, 사랑에 빠졌다는 걸 어떻게 아냐고요. 빨간색은 빨간색이지, 예를 들어 파란색이 아니라는 걸 아는 거랑 똑같은 식으로 아는 거예요?"

미스터 포크는 추억에 잠겼는지 아니면 내 질문에 대답하기 전에 깊은 인상을 주고 싶었는지, 잠시 시선을 들어 먼 곳을 응시했다.

"내 경험에 따르자면, 지나기 전에는 알 수가 없단다."

"뭐가 지나기 전에요?"

"그게 끝나기 전 말이야."

"전 제가 그녀를 사랑하는 것 같지 않아요."

"그러면 사랑하지 않나 보지."

"하지만 그때 놈을 기꺼이 죽였을 거예요. 만약에 그녀가…… 그러니까 두 사람이…… 그가……."

"내 생각엔 빨간색보다 파란색 같구나, 헨리 군."

"사랑에 한 번 빠지기 전에 사람을 세 번이나 죽였다는 것과 상관이 있을까요?"

"너 말이냐, 아니면 보통 사람들 말이냐?"

"둘 다요."

"보통은 사랑받기보다 죽어 마땅한 사람들이 훨씬 많지. 하지만 뭐, 그건 내 생각일 뿐이다."

나는 웃었다. "당신이 철학자인 줄은 전혀 몰랐네요, 미스터 포크."

"나도 네가 사람을 죽여 본 줄은 몰랐구나."

다섯

릴리는 내 새 동료에 대해 나만큼 호감을 느끼지 못했다.

"저 깡패 같은 사람은 누구야?" 트롤리에서 내릴 때, 그녀가 내 팔 밑으로 슬그머니 팔을 끼워 넣으면서 물었다. 우리는 델모니코 식당으로 향하고 있었다.

"미스터 포크는 박사님의 오랜 친구야. 우리 클럽의 일종의 명예 회원이지." 나는 그녀를 위해 문을 잡아 주었고, 우리는 식당으로 들어갔다. 미스터 포크는 밖에 남아 두 손을 피코트 주머니에 깊숙이 찔러 넣은 채 건물 벽에 삐뚜름하게 기대섰다.

"무슨 클럽?"

"없어서는 안 될 사람들의 클럽."

"이제 너한테 경호원도 생긴 거야?"

입구는 혼잡했고, 우리는 가슴을 맞대고 가까이 붙어야만 했다.

나는 그녀의 머리칼에서 올라오는 향기를 맡을 수 있었고, 그녀의 머리카락에서는 라일락 향기가 났다. 릴리는 토파즈 색 드레스를 입고 같은 색의 손지갑을 들었다. 남자들은 그녀를 거의 한눈에 알아봤다. 하지만 여자들은 그보다도 더 빨리 그녀를 주목했다. 미인이란 그런 것이다.

"정확히 말하자면 그건 아냐." 내가 말했다.

"어젯밤에 너희 박사님한테 '정확히 말하자면 경호원이 아닌' 사람이 옆에 없었던 게 유감이야."

나는 대기 중인 인파를 밀치고 앞으로 나가 급사장의 손바닥에 20달러짜리 지폐를 쥐여 주었다. 그가 거만한 표정으로 눈을 굴리길래 그 위에 한 장을 더 얹어 주었다. 우리는 5분도 지나지 않아 공원이 내다보이는 전망 좋은 자리에 앉을 수 있었다.

"그 사람 돈을 너무 멋대로 사용하는 거 아니야?" 그녀가 말했다.

"어차피 내가 돈주머니를 관리하는걸. 그 일만 하는 것도 아니고."

"넌 모든 일을 하지." 그녀의 눈동자가 즐겁게 춤췄다. 나는 겸손하게 어깨를 으쓱해 보이고는 시선을 돌렸다. 소코트라의 산꼭대기에는 어떤 살아 있는 것에도 더럽혀지지 않은 호수가, 여름비가 깨끗이 씻어 내린 하늘보다도 더 맑고 푸르른 호수가 있었다. 하지만 그녀의 눈에는 미치지 못한다, 바닥까지 순수하고 맑은 저 눈동자.

"그건 그렇고 아이작슨 씨와 평판에 대한 이야기는 뭐야?" 그녀가 갑자기 허를 찔렀다.

"그게 아니라 박사님의 평판에 대해 말하려는 거였어. 조직범죄 집단과 불미스러운 일이 있었잖아……."

릴리가 고개를 흔들었다. "넌 정말 형편없는 거짓말쟁이야."

"아브람 할아버지 말씀 중에 한 가지는 확실히 옳아. 그 사람들은 명예를 아주 중요하게 여겨. 그러니까 어떤 상황에서든 흑수단이 그런 예의에 어긋난 행동을 한다는 건 상상도 못 할 일이란 말이지. 아무리 범죄자들이라고 해도 평판에 안 좋을 거란 말이야. 카모라 단원들은 워스롭 박사한테 커다란 빚이 있거든."

그녀는 즉시 내 말뜻을 이해했다. "그럼 이게 다 누군가 일부러 꾸민 일이란 말이야? 하지만 왜? 누가?"

"왜 그랬냐는 부분은 쉬워. 이유를 만 개는 댈 수 있을걸. 누구냐의 문제는, 대답을 너무 늦지 않게 알아낼 수 있기만을 바랄 뿐이야. 지금도 늦은 게 아니라면."

릴리가 헉 하고 숨을 들이켰다. "설마 워스롭을 죽이는 건……."

"그런 다음에 이탈리아인들한테 죄를 뒤집어씌우는 거지. 그게 바로 왜가 보이는 것처럼 간단하지 않을 수도 있는 이유야. 릴리, 만약에 이게 돈이 중요한 게 아니라 살인을 덮으려는 거라면 어떻게 하지?"

애피타이저가 나오고 메인 코스가 끝나갈 무렵까지도 릴리는 골똘히 생각에 잠겨 있었다. 내 추리에 허술한 부분이 없는지 따져 보고 있는 게 확실했다.

"협박 편지를 쓴 사람은 어떻게 워스롭이 카모라를 찾아갈 줄 알았던 걸까?" 그녀가 물었다.

나는 잘 했다는 듯이 고개를 끄덕였다. 릴리는 방금 이 골치 아픈 사건의 핵심이자 가장 결정적인 사실을 지적했다. 파란색은 붉은색이 아니야. 순간 내 머릿속에 전혀 엉뚱한 생각이 떠올랐다.

"그렇지! 편지를 쓴 게 누구든 그 사람은 워스롭이 어디에 가는지 알았어. 그래서 이 납치범, 혹은 살인범은 그를 미행했다가 즉흥적으로 콤페텔로를 모함할 묘책을 생각해 낸 거지. 그게 아니면……."

"아니면 미리 계획을 세워서 콤페텔로를 만나기 전에 납치했거나……."

"만난 후에 납치했을 수도 있고. 그건 중요하지 않아."

"워스롭 박사가 그 사람을 만나러 간다는 걸 누가 알고 있었는데? 누구한테 말했는데?"

"아무한테도. 아브람 할아버지만 아셨어."

"다른 사람들은?"

나는 고개를 저었다.

"펠트한테는 말했을 수도 있지. 하지만 그랬을 것 같진 않고, 아코스타로하스나 워커한테는 말을 했을 리가 없어."

"하지만 할아버지는 그러셨을 수도 있지." 그녀가 유감스럽다는 듯이 고개를 저었다. "나이가 들면서 수다스러워지셨거든. 하지만 정말로 배신자가 있는 거라면 난 워커한테 걸겠어."

"워커는 아니야."

"네가 어떻게 알아?"

나는 접시만 내려다볼 뿐 대답하지 않았다.

"어쨌든 오늘 밤에 알게 될 거야. 난 파이브 포인츠 갱단이 흑막일 수도 있다고 생각하지만, 슬럼가 출신 깡패들이 생각해 낸 것치고는 지나치게 복잡하단 말이야."

그녀가 고개를 끄덕였다. 이번에는 그녀가 접시를 뚫어져라 쳐다볼 차례였다.

"왜 그래?" 내가 물었다. "릴리?"

나는 릴리가 갑자기 테이블 너머로 손을 뻗어 내 손을 쥐는 바람에 깜짝 놀랐다.

"가지 말라고 말려 봤자 소용없겠지. 내가 뭐라고 하든 넌 신경 쓰지 않을 테니까. 하지만 적어도 이것만은 약속해 줘. 무모한 짓은 하지 않겠다고."

나는 그녀를 안심시키기 위해, 그리고 나 자신을 안심시키기 위해 웃었다.

"무모한 짓? 사랑을 위해서는 무모해질 수 있을지 몰라도—그게 좋다고들 하더라—괴물학과 관련된 일에는 절대로 무모한 짓 따윈 안 하지!"

나는 그녀의 손을 잡아 내 입술에 대고 눌렀다.

여섯

플라자 호텔 로비, 5시 15분, 운반책은 아직 오지 않았다.

어쩌면 벌써 왔을지도.

만찬용 정장을 입은 노부부가 프런트에서 직원과 잡담을 나누고 있다. 그들은 오페라에 갈 예정이다. 공연이 끝난 뒤 저녁식사를 즐길 만한 곳을 추천해 줄 수 있는지 묻고 있는데, 이왕이면 오페라하우스에서 걸어서 갈 만한 거리면 좋겠다고 한다. 남자는 상당히 성공을 거둔 모양으로, 복장으로 미뤄 보건대 돈깨나 있고 억양을 들어 보니 중서부 출신이다. 부인은 대초원 출신답게 풍채가 좋고 당당하며 오동통하게 살이 올랐다. 그들은 뉴욕이 초행길이다.

나는 로비 반대쪽, 문 옆에 있는 빅토리아풍 긴 안락의자에 앉아 있다. 맹렬히 타오르는 벽난로의 열기가 약간 스치고 지나갈 정도의 거리다. 나는 미스터 포크에게 《헤럴드》를 빌려 와서 똑같은 기사를 벌써 네 번째 읽고 있다. 오버코트의 오른쪽 주머니에는 박사의 리볼버가 들어 있고 왼쪽 주머니에는 몬스트러마리움에서 발견된 얼굴 없는 사나이의 주머니에서 찾아낸 스위치블레이드가 들어 있다.

"하지만 그 레스토랑은 너무 멀지 않소? 난 다리가 튼튼하질 못해서. 전쟁 때 입은 상처라오."

겉으로 보기에 나는 매우 침착하다. 하지만 내면은 폭발하기 직전이다. 저 인간들은 왜 빨리 오페라에 안 가고 미적대고 있는 거야? 운반책은 틀림없이 저들이 떠나길 기다리며 문밖에서 서성이고 있을 터다. 나는 빨리 이 일을 끝내고 싶다.

이제 남자는 프런트 직원에게 다리가 그렇게 된 사연을 들려주고 있다. 콜드하버, 64년 봄. 리 장군은 이렇게 말했다. 이것은 전쟁이 아니다. 이것은 학살이다.

당혹한 직원은 신경질적인 웃음으로 응답했지만 노인은 그것을 모욕으로 받아들였고, 덕분에 대화는 거기서 끝났다. 그는 건장한 부인을 뒤에 매달고 다리를 절룩거리며 내 옆을 지나갔다. 그의 지팡이 소리가 대리석 바닥 위에서 커다랗게 울려 퍼졌다. 직원은 로비 건너편에 있는 나와 시선이 마주치자 어깨를 으쓱해 보였다. 살짝 맛이 간 양반 같으니. 나는 갑자기 리볼버를 꺼내 저 순진해 빠진 얼굴에서 건방진 웃음을 지워 버리고 싶은 충동에 휩싸였다. 그가 전쟁에 대해, 혹은 살인에 대해 도대체 뭘 안단 말인가?

1분도 지나지 않아 문이 열리고, 자그마한 체구의 검은 머리 사내가 들어오더니 나는 쳐다보지도 않고 데스크를 향해 똑바로 성큼성큼 걸어갔다. 말을 주고받을 필요도 없었다. 데스크 뒤 선반에서 두툼한 흰 봉투가 등장했다. 작달막한 사내는 재킷 주름 안에 봉투를 집어넣고 처음 도착했을 때처럼 황급히 떠났다. 턱을 앞으로 쑥 내민 채, 주위를 두리번거리지도 않고. 내가 거기 있다는 사실조차 알아차리지 못한 것 같았다.

나는 천천히 신문을 접어 안락의자 앞 탁자에 내려놓은 다음, 자리에서 일어나 직원에게 고개를 까딱해 보이고—그도 고갯짓으로 대답했다. 나중에 꼭 쏴 버려야겠어.—호텔 밖으로, 점차 땅거미가 깔리고 있는 길거리로 나섰다. 도로는 직장에서 퇴근하거나 놀러 나온 행인들로 번잡했고 조금씩 분위기가 달아오르고 있었다. 하루가 조용히, 고집 센 연인을 향한 소녀의 가슴 아픈 탄식과 함께 부드럽게 죽어 가고 있었다.

작달막한 검은 머리 사나이는 빠른 걸음으로 공원으로 이어지는 인도를 걷고 있다. 중간에 그는 다 해진 피코트를 입고 챙이 넓은 모자를 쓴 덩치 큰 사나이를 지나친다. 그는 경마 신문을 들여다보며 시가를 피우고 있다. 작달막한 사내는 쳐다보지도 않았지만 나를 향해 눈을 번득이고, 나는 고개를 살짝 끄덕인다.

미스터 포크는 시가를 도랑에 던져 넣고 신문을 코트 주머니에 쑤셔 넣는다. 몇몇 행인들을 먼저 보낸 다음에야 두툼한 흰 봉투를 가진 자그마한 사내의 뒤를 쫓기 시작한다. 나는 그 뒤를 쫓는다.

우리는 공원에 들어섰다. 시가지의 널찍한 벽돌 어깨에 가로막히지 않은 저녁 햇볕이 벌거숭이처럼 아무 장신구도 달지 않고 하늘을 향해 뻗은 나무의 맨팔 사이를 뚫고 풀밭 위로, 벤치가 줄지어 늘어선 길 위로 밀려들었고, 그 위의 사람들은 갓난아기의 뺨보다도 곱고 보드라운 하루의 막바지를 즐기고 있었으며, 그 옆을 빠른 걸음으로 지나는 연인들은 반짝반짝한 욕망의 껍질 안에 갇혀 있었다. 따스하면서도 어딘지 답답한 갈구, 포근한 웃음에 둘러싸인 무언의 약속.

검은 머리 사나이가 발을 멈추고 신문팔이 소년에게서 신문을 산다. 잔돈을 찾아 주머니를 뒤지던 중 그의 재킷에서 흰 봉투가 빠져나와 바닥에 떨어진다. 소년이 그것을 주워 신문이 접힌 사이에 끼워 넣어 그에게 돌려준다. 바꿔치기를 하는 데에는 30초도 채 걸리지 않는다.

미스터 포크가 멈춰서 시가에 불을 붙인다. 나는 그를 지나며 중얼거린다. "남자를 쫓아가요. 난 아이를 맡을 테니까."

검은 머리 사내가 소년이 팔던 마지막 신문을 산 모양이었다. 왜냐하면 신문팔이 소년이 어깨에 가방을 메더니 웨스트 59번가로 나가는 출구를 향해 걷기 시작했기 때문이다. 소년이 나를 지나치자 열까지 센 다음 뒤를 밟기 시작한다.

트롤리 전차를 타고 몇 정거장, 열 개 이상의 블록을 지나자 리틀 이탈리아의 중심지인 엘리자베스 가에 와 있다. 날이 온화해서인지 공동주택에 모여 사는 수많은 주민들이 밖으로 나와 거리가 혼잡스럽다. 행상인과 사기꾼, 소매치기와 좀도둑, 올이 다 드러난 코트를 걸친 외로운 사내들, 홀쭉한 뺨과 날카로운 눈매, 그중에서 내 값비싼 코트와 가죽신발을 눈여겨보지 않는 자는 한 명도 없다. 어른들만큼이나 가늘고 말랐지만 눈빛은 아직 그만큼 여물지 못한 어린 소년들과 계단 위에 앉은 어머니들의 무릎 위에서 흰 보닛을 쓰고 기운차게 움직이고 있는 갓난아기들. 도로는 제대로 먹지도 못하고 지독하게 혹사당해 휘청거리는 말들과 그 뒤에 연결된 낡은 짐수레로 막혀 있고, 어딜 가나 삶은 토끼고기와 신선한 꽃, 나무와 말똥 냄새가 진동하며, 열린 창문 사이로는 이탈리아어 노랫가락이 흘러나온다. 세 블록에 걸쳐 구겨 살고 있는 천 개에 달하는 영혼들의 와글와글 절박하게 고조된 목소리들.

소년은 인파 속에서도 서두르지 않았다. 사람들 사이에서 둥둥 떠다니는 작은 모자를 따라가는 것은 그다지 어렵지 않았다. 그 모자는 내게 다른 모자를 연상시켰다. 두 치수나 작은, 다른 나이대의 다른 소년이 갖고 있던 모자. 때때로 신문 가방이 그의 등에서 통통거리며 튀어 오르곤 했는데, 안에 담긴 커다란 하얀 봉투가 불룩 불거진 부분이 보이는 것만 같았다.

그는 조그만 레스토랑을 지나 그 옆을 지나는 골목으로 들어갔다. 첫 번째 갈림길에서 돌아 레스토랑이 있는 건물 뒤로 사라졌다. 거기서 나는 그를 놓쳐 버렸다. 모퉁이를 돌고 났더니 소년이 보이지 않았다. 허름한 화재용 비상구 아래 빠끔히 열려 있는 문이 하나 보였다. 혹시 저 안으로 들어간 걸까? 그래, 당연하지 않겠는가. 갑자기 등에 날개가 달려 날아갔다면 또 몰라도.

나는 좁은 복도로 들어가며 주머니에서 리볼버 권총을 꺼내 어둠에 눈이 적응할 때까지 잠자코 기다렸다. 빵 굽는 냄새가 났고 접시끼리 부딪치는 소리가 들렸고 어떤 남자가 노래하는 듯한 시칠리아 억양으로 우렁차게 외치는 소리가 들렸다. 몇 발짝 앞에 열려 있는 문틈으로 빛이 들어왔다. 나는 벽에 바싹 붙어 선 채 조심스럽게 게걸음을 치며 다가갔다. 숨을 죽이며 천천히 몸을 기울여 방 안을 엿보았다.

신문팔이 소년이 세 명의 남자들과 함께 식탁 앞에 앉아 있었다. 두 명은 매우 체구가 크고 무거운 코트를 입었으며 김이 나는 파스타 접시에 몰두하고 있었는데, 두 사람 사이에는 반쯤 빈 와인 병이 놓여 있었다. 세 번째 사내는 몸집이 매우 크지는 않았고 코트도 그다지 무거워 보이지 않았는데 음식이나 와인에는 손도 대지 않고 앉아 있었다. 펠리노어 워스롭은 두뇌 회전에 저해되거나 예리한 감각을 무디게 만드는 것이라면 뭐든 질색했기 때문이다. 악당들의 접시 옆에 흰 봉투가 놓여 있는 것이 보였다.

내 마음속에서 토론의 승부가 결정되는 데에는 그리 오래 걸리지 않았다. 괴물학자는 묶여 있거나 재갈이 물려 있지도 않았고, 처형을 기다리고 있는 것 같지도 않았다. 기분이 좋은 상태는 아니지만 고초를 겪고 있다거나 같이 있는 이들을 겁에 질린 눈으로 힐끔거리고 있지도 않았다. 심지어 신문팔이 소년이 턱 아래에 긴 냅킨을 끼우고 무한한 열정을 발휘하며 음식 접시에 달려들었을 때에는 워스롭 특유의 웃음기라고는 전혀 없는 짜증스러운 미소를 지어 보이기도 했다. 하지만 나는 왼쪽에 있는 사내가 손을 뻗으면 금방 닿을 거리에 산탄총이 벽에 기대서 있는 것을 보았다. 그리고 거래가 성공적으로 이뤄졌음에도 "죄수"가 자리에서 일어나 그들의 환대에 감사하는 것도 보지 못했다. 몸값이 도착했는데도 워스롭은 의자에서 일어날 기미조차 보이지 않았다. 그것이 결정타였다. 나는 문을 밀어젖히며 방 안으로 밀고 들어갔다.

워스롭의 왼쪽에 앉아 있던 사내가 그 즉시 반응하며 산탄총을 향해 몸을 날렸다. 거대한 체격치고는 감탄스러울 정도로 재빠른 움직임이었다. 총은 50센티미터쯤 떨어져 있었지만 할렘만큼이나 멀리 있는 것과 마찬가지였고, 내 총알이 그의 목을 뚫어 경동맥을 찢자 와인보다도 더욱 밝고 생동감 넘치는 붉은 피가 뿜어져 나왔다. 소년이 식탁 아래로 기어들었다. 워스롭이 팔을 벌리며 벌떡 일어났지만 내 눈에는 그가 들어오지도 않았다. 아무것도 들어오지 않았다. 그저 다른 놈이 코트 주머니에서 권총을 꺼내는 모습만이 생생하게 다가왔다. 쏜살같은 속도로 검고 컴컴한 터널 속을 질주하고 있는 느낌이 들었다. 터널 끝에서 수천 개의 태양이 비치는 것처럼 놈의 얼굴만이 환히 빛나고 있었다. 나는 그의 얼굴을 보았고, 그것이 내가 볼 수 있는 전부였다. 그것만이 내가 봐야 하는 것이었다.

나는 괴물학자를 지나쳐, 빛의 속도로, 사나이의 널찍한 이마에 총구를 바짝 가져다 대고, 방아쇠를 당겼다.

이제 남은 것은 소년뿐이었다.

M

13권

파라디소*

이리하여 나는 일체 소망의 막바지에
다다랐으므로 틀림없이 갈망의
정열이 내 안에서 끝나지니라.

— 단테, 「천국편」

* 이탈리아어로 '낙원'을 뜻한다.

1곡

하나

나는 해를 거듭해 한 바퀴를 돌아 다시 제자리로 돌아 왔다. 시간은 용서할 수 없는 거짓말, 아버지와 어머니는 영원히 화염 속에서 춤을 추고 낯선 자는 영원히 내게 몸을 기울이며 묻는다. 내가 누군지 아느냐? 반드시 말해야 할 것이 있다. 당신이 반드시 알아야 할 것이 있다. 우리는 호박색 눈에 비친 우리 자신의 반영에 불과하다는 사실.

듣고 있는가? 이해할 수 있겠는가? 원에는 끝이 없다. 끊임없이 끊임없이 계속된다, 마치 오래전에 죽은 망자들의 흐느낌처럼. 한 시간 안에 갇힌 영겁을 본 적이 있는가? 한 줌의 먼지 안에 갇힌 두려움을 본 적이 있는가?

우주가 뜻 모를 말을 지껄인다. 중심이 버티지 못하고 무너진다. 시야의 1만 분의 1센티미터 밖에 공간이 있고, 그 공간 속에는 아주 작은 바늘구멍처럼, 특이하고, 의미도 없고 빛도 없고, 고요하고, 차

원조차 존재치 않는 텅 빈 무(無), 무한히 작고 무한히 깊은, 마치 호박색 눈의 홍채처럼, 끝없는 무저갱을 덮은 무한한 어둠, 끝이 없는 원의 끝.

나는 거기 있다. 그리고 당신도 나와 함께 있다. 낡은 모자를 쓴 소년과 얼룩진 실험복을 입은 사내, 병 속에 갇힌 그것과 불멸의 껍질, 항상 금이 가 있고 늘 새 생명이 탄생하기 직전에 있는.

그의 눈은 나의 눈이오, 두 치수는 작은 모자를 쓰고 탁자 아래 웅크리고 있는 소년. 아직 깨닫지 못하고 겁에 질려 호소하듯 크게 뜬 두 눈. 이것은 길고 어두운 터널의 끝이다, 나는 그가 얼굴 없는 것을 마주하는 괴로움을 주지 않으리. 나는 검은 물결이 밀려올 때 그를 구원해 주는 방파제. 그럴 필요는 없어, 병 속에 갇혀 깜작거리는 그것, 얼룩진 흰 덧옷을 입은 사내가 말한다. 이런 것쯤은 참을 줄 알아야지.

나는 탁자 아래 숨어 있는 소년을 구할 수 있다. 그 호박색 눈으로부터 구할 수 있다. 나는 그럴 수 있는 힘이 있다.

그의 눈앞에 총을 들어 올려. 내가 누군지 아느냐?

"안 돼!" 워스롭이 갑자기 고함을 지르며 내가 방아쇠를 당긴 순간 내 팔을 밀어냈다. 총알은 천장에 박혔고, 커다란 회반죽이 식탁 위로 떨어져 와인 병을 넘어뜨리자, 로마인의 창에 찔린 예수의 피처럼 와인이 콸콸 쏟아졌다. 괴물학자가 내 손목을 잡고 권총을 비틀어 빼내더니 내 몸을 빙글 돌려 문 쪽으로 밀어냈다.

등 뒤에서 문이 닫혔다. 거친 고함 소리, 총소리, 다음 순간 우리는 복도에 나와 있었고, 1만 개의 발이 밟아 다진 골목길을 따라 날

듯이 달렸다. 내 팔을 죔쇠처럼 부여잡은 워스롭의 손, 엘리자베스 가를 피해, 싸구려 공동주택 구역을 동맥처럼 가르는 좁다란 샛길을 종횡무진 달려, 둥그런 탁자 주위에 둘러앉아 카드놀이를 하고 그라파*를 홀짝거리는 노인들, 거무튀튀한 벽에 기대 동전들을 갖고 노는 소년들, 먼 곳에서 들려오는 웃음소리, 3층 창가에 서 있는 아리따운 소녀의 얼굴, 워스롭의 숨결이 내 귀에 느껴졌다.

"결국 사고를 치고 말았구나, 머저리 같은 놈."

공동주택 구역의 내장이 우리를 휴스턴 가에 토해 냈다. 그는 마차를 불러 세운 다음 문을 열고 나를 안으로 밀어 넣었다. 마부에게 목적지를 말하고 의자에 깊숙이 기대앉았다. 마차가 몇 블록을 지날 때까지, 그는 무릎 위에 총을 올려놓고 창밖을 훔쳐보며 낮은 목소리로 뭐라 중얼거리고 있었고, 나는 애써 숨을 고르고 있었다.

"박사님을 구했어요." 내가 숨을 헐떡거리며 말했다.

그가 몸을 돌려 나를 노려보며 으르렁댔다. "뭐라고?"

"저더러 사고를 쳤다면서요. 하지만 제가 한 일은 박사님을 구한 거예요."

"나를 구했다고? 정말로 그렇게 생각하는 거냐?"

그는 노여움을 참다 못해 온몸을 부들부들 떨고 있었다. 그의 주먹이 내 얼굴 앞으로 다가왔지만 잠시 멈칫하다가 결국 자신의 허벅지를 세게 내리쳤다.

"넌 방금 내 사형 집행장에 서명한 거다."

* 포도 찌꺼기를 증류해서 만든 이탈리아 브랜디.

둘

아브람 폰 헬룽은 내게 포트와인이 담긴 잔을 넘겨주고 내 옆에 앉았다. 그에게서는 시가 향과 나이 많은 사람 특유의 이상한 퀴퀴한 냄새가 났다. 그가 숨을 쉴 때마다 두꺼운 가슴에서 그르렁거리는 소리가 들렸다.

"괜찮다, 윌." 내 다리를 두드리면서 그가 중얼거렸다. "자, 자, 괜찮아."

"도대체 무슨 짓을 하는 겁니까, 폰 헬룽?" 워스롭이 말했다. 그는 창가에 서서 5번로를 내려다보고 있었다. 여기 도착한 후로 한 치도 그 자리에서 움직이지 않았다. 손가락은 리볼버가 담겨 있는 호주머니 속에서 꿈틀대고 있었다.

"펠리노어." 그의 옛 스승이 점잖게 꾸짖었다. "윌 헨리는 아직 어리잖나……."

괴물학자가 기가 막힌다는 듯이 웃었다. "그 '어린' 놈이 방금 두 사람을 무자비하게 살해했습니다! 더 중요한 건, 카모라에게 전쟁을 선포했다는 거죠. 그건 보복의 대상이 단순히 윌 헨리나, 저, 그리고 심지어 당신한테만 국한되지도 않을 거란 뜻입니다, 마이스터 아브람. 그들은 언제든 갈아 치울 수 있는 소모용 병사가 아니었어요. 콤페텔로의 조카들이었단 말입니다! 콤페텔로 여동생의 아들들이었다고요. 이제 우리 앞에 있는 건 전면적인 학살뿐이에요!"

"오, 아니야, 그렇지 않네, 마인 프로인드. 전쟁이니 보복이니 그런 억측은 하지 마세나. 그는 대단히 합리적인 사람이야. 우리도 그렇고. 그러니 콤페텔로한테 가서 설명만 잘 하면……."

"아, 그래요? 그럼요, 그 사람이라면 고작 1만 달러만 쥐여 줘도 자기 피붙이가 죽은 걸 순순히 이해해 주겠죠!"

"폰 헬룽 박사님이 말씀하시길, 그 사람이 박사님한테 빚을 졌다면서요." 나는 최대한 차분한 목소리로 말했다. 그것은 결코 쉽지 않은 일이었다. "그러니까 그 사람이 박사님을 납치한 건 말이 안……."

"닥쳐, 대가리가 텅 빈 이 저능아 자식아!" 괴물학자가 버럭 불호령을 내렸다. "흑수단의 규칙을 어기는 게 말이 안 되는 거지!"

"그래서 어긴 건데요."

워스롭은 입을 벌렸다가 닫았다. 그러고는 다시 열었다. "차라리 내가 너를 직접 죽여서 놈들의 문제를 대신 해결해 주고 싶구나."

"콤페텔로가 박사님한테 신세를 진 게 맞아요, 아니에요?" 내가 물었다.

"펠리노어." 폰 헬룽이 상냥하게, 그러나 절박하게 불렀다. "이 아이에게도 말해 줘야 하네."

"저한테 뭘 말해 줘요?"

"지금 와서 무슨 소용이 있다고요?" 워스롭은 내 말을 무시했다.

"그러면 이 아이도 이해하겠지."

"윌을 아주 높이 평가하시는군요, 폰 헬룽." 박사가 씁쓸하게 말했다. 그는 다시 창밖을 내다보았다.

폰 헬룽이 말했다. "그 빚은 이미 갚았다, 윌. 이제 장부는 깨끗해. 콤페텔로는 이제 그에게 호의를 베풀 의무가 없단다."

나는 고개를 저었다. 이해할 수가 없었다. 어쩌면 괴물학자의 말이 옳은지도 모른다. 폰 헬룽이 나를 너무 높이 평가하고 있는지도.

"몬스트러마리움에서 총에 맞은 사람은 잠긴 방을 지키고 있었다. 우리의 동업자였지, 도둑이 아니라." 폰 헬룽이 설명했다.

"뭐라고요……? 지금 무슨 말씀을 하시는 거예요, 마이스터 아브람? 그 사람이 카모라 단원이었다고요?"

"이런, 맙소사!" 워스롭이 여전히 등을 돌린 채 탄식을 내뱉었다.

"펠리노어와 나는 본부에 물건을 감시할 사람을 세우는 것이 현명하다고 생각했다. 학회에서 발표를 할 때까지만 지켜볼 사람 말이야. 그래서 내가 콤페텔로에게 그 일을 부탁하는 게 어떻겠느냐고 제안했지. 그런데 아일랜드인이 잠긴 방에 침입하려 했고, 그 가엾은 청년은 침입자의 뒤를 밟았다가 뒤에서 기습을 당한 게야. 그러고는…… 나머지는 너도 알겠지. 우리가 그것을 잃어버린 거다."

"아뇨." 워스롭이 힘주어 말했다. "세발가락나무늘보만도 못하고 지능에도 문제가 있는 저 바보 제자 놈이 넘겨준 겁니다."

"자네가 계속 그렇게 쓸데없이 잔인한 말로 공격한다면 나도 더 이상 참지 않을 걸세." 폰 헬룽이 삿대질을 하며 매섭게 쏘아붙였다.

"잘됐군요. 그럼 앞으로는 유용한 표현을 사용하도록 하지요."

"하지만 그 사람이 몬스트러마리움에서 살해당한 건 워스롭 박사님 잘못이 아니에요. 그럼 왜 박사님을 납치한 거죠?" 나는, 이 세발가락나무늘보는 진상을 알고 싶었다.

"왜냐하면 날 납치한 건 그것과 아무 상관도 없었기 때문이다!" 괴물학자는 더 이상 참지 못했다. "내가 얼마나 지독한 골칫덩이를 안고 있는지, 이제 당신도 아시겠지요, 폰 헬룽?"

폰 헬룽은 지독한 골칫덩이의 다리를 다정하게 두드렸다.

"펠리노어는 애도를 표시하러 콤페텔로를 찾아갔다. 그리고 어제도 말했듯이, 도움을 청하려 했지. 윌, 내 옛 제자는 잠자는 사자는 내버려 둬야 하는 법이고 방금 호의를 베풀었다가 피 값을 치른 사람에게 또다시 부탁을 하는 건 바람직한 일이 아니라는 내 충고를 무시했단다. 콤페텔로는 워스롭의 요청을 모욕으로 받아들였지. 내가 그럴 거라고 했잖나."

폰 헬룽은 무성한 흰 눈썹 아래로 워스롭을 노려본 다음 다시 내게 말했다.

"그다음은 어떻게 된 건지 너도 알겠지. 그는 펠리노어를 그의 '손님'으로 만들어 관대한 '호의'를 베푸는 데 대한 대가를 요구한 거지. 돈 때문에 그런 건 아닐 거다. 그저 자신의 의도를 확실히 하고 싶었겠지."

"그럼 저한테 그걸 말씀해 주셨어야죠, 마이스터 아브람." 나는 그를 책망했다. "저한테 말을 해 줬어야 했어요. 그랬더라면 그 사람들은 아직……."

"요는 벌써 늦었다는 거다." 워스롭이 퉁명스럽게 쏘아붙였다. "넌 우리의 잠재적 우군을 적으로 돌렸을 뿐만 아니라 지난 100년간 괴물학에서 가장 위대한 발견이라고 할 수 있는 마지막 한 마리의 생존조차 위험하게 만들었어! 세상에 남은 마지막 한 마리를! 나는 잠시나마 네가, 인류 역사를 통틀어 동서고금 지구 상에 존재하는 가장 위대한 이상생물학자의 제자인 네가……."

그는 생각이 앞선 나머지 말을 제대로 잇지도 못했다.

"도마뱀보다도 못한 두뇌지만 어쩌면 거기까지는 생각이 미칠지도 모른다고 생각했다. 네가 위기에 빠진 공주님을 구하러 온 백마 탄 왕자님처럼 뛰어들기 전까지는 말이다!"

"위기에 빠진 공주님?" 폰 헬룽이 물었다.

"어색하긴 해도 틀린 비유는 아닙니다."

"그럼 제가 갈게요." 내가 의자에서 일어나며 말했다. "제가 가서 콤페텔로에게 잘 설명하면……."

"오, 그것 참 끝내주는 묘안이구나!" 워스롭이 한껏 빈정거리며 말했다. "그 사람이라면 관대하고 자비로운 아량을 베풀어 죄다 이해해 줄 테지!"

"그렇지만 윌의 말이 맞네." 폰 헬룽이 말했다. "우린 카모라와 평화 협정을 맺어야 해." 그는 한숨을 푹 내쉬었다. "그리고 그 임무는 당연히 회장인 내가 맡아야 할 테고."

"절대로 안 됩니다." 박사가 응수했다. "당신은 다니엘*이 아니고 거긴 사자 굴이 아니에요. 그보단 독사가 가득한 뱀 구덩이와 같지요. 하! 이거 참 완벽한 비유로군. 어쨌든 우리한테 사자(使者)가 필요한 건 맞습니다. 협회를 대표할 사람이죠. 그렇지만 협회에서 지나치게 중요한 역할을 맡고 있거나 이번 일과 관련이 있는 자도 안 됩니다. 누군가, 아주 솔직하고, 설령 콤페텔로가 사죄를 받아들이지 않아 우리가 잃게 되더라도 아무 타격도 없는……."

종이 울렸다. 워스롭이 번개같이 코트 주머니에 손을 넣었다. 나는 스위치블레이드의 손잡이를 쥔 채 폰 헬룽에게 가까이 다가붙었다. 집사가 나타났다.

"주인님, 워커 박사님이 찾아오셨습니다."

"허." 워스롭이 말했다. "허."

---

* 성서에서 사자 굴에 던져진 다니엘을 가리킨다.

셋

플라자 호텔로 돌아가는 길은 침묵으로 점철되었고 마차 안은 그야말로 북극처럼 싸늘한 분위기였다. 워스롭은 창밖을 내다보았고, 나는 아무것도 보지 않았다. 둘 다 속에서는 격렬하게 들끓고 있었다. 나는 내가 그를 구하는 데 실패했다고 생각하지 않았다. 그는 내가 한 일이 결과적으로 그의 목숨은 물론 더욱 나쁘게도 그의 소중한 평판을 망가뜨릴 것이라고 확신했다. 시간이 점점 바닥나고 있었다. 삶의 정점을 장식할 대망의 순간이 눈앞에 다가와 있건만 그로 인해 대대적인 망신을 당할지도 모른다는 가능성은 그에게 죽음보다도 더욱 가혹한 형벌이었다. 부분적으로는 나도 이해했다. 젠장, 그는 종종 이렇게 말하곤 했다. 천국과 지옥에 관한 문제는 신학자나 일요일마다 헌금 바구니에 1달러와 기도를 떨어뜨리며 빠져나갈 여지를 남겨 놓는 약삭빠른 도박사 같은 "독실한 위선자"들한테 맡기자고 말이다. 워스롭은 도박사도 위선자도 아니었다. 그가 가장 두려워하는 유일한 저주이자 하늘의 심판은 아무도 그를 알아주지 않고 사람들의 기억 속에서 영원히 잊히는 것이었다.

키가 크고 어깨가 떡 벌어진 사나이가 로비에서 우리를 기다리고 있었다. 그를 보자마자 워스롭의 몸이 흠칫 경직되었다.

"미스터 포크." 그가 딱딱한 목소리로 말했다. "당신이 우리와 함께하는 기쁨을 누리고 싶다고 요청한 적은 없소만."

"헨리 군에게 뭔가를 말해 주러 왔지요." 미스터 포크가 대답했다. "하지만 이젠 별 상관없을 것 같군요. 이렇게 무사히 돌아온 걸 보면."

"전 별로 무사하지 못한데요." 나는 문득 괴물학자의 상처를 기억해 냈다. 그가 다리를 절룩거리고 있다는 것을 지금껏 생각조차 못하고 있었다. 드문 일도 아니었다. 괴물학자는 제 고통을 숨기는 데서 묘한 만족감을 느끼는 사람이었으니까.

"워커 박사님한테서 연락이 올 때까지 미스터 포크가 로비에서 망을 봐 주시면 좋지 않을까요?" 내가 제안했다.

박사는 뭔가 말하고 싶은 듯 했지만 이내 부루퉁하게 고개를 끄덕였다. "그래도 괜찮겠소, 미스터 포크?" 그는 미스터 포크에게 20달러를 찔러 주었다.

"전혀 문제가 되지 않습니다, 워스롭 박사." 미스터 포크가 믿음직스럽게 대답했다. "한데 여기서요? 당신 방에 같이 있는 게 낫지 않을까요?"

"아니, 그럴 필요는 없어요." 이 덩치 큰 사내는 왠지 모르게 워스롭을 불안하게 만드는 데가 있었다. 나는 괜찮았다. 나는 미스터 포크를 꽤 좋아하는 편이었다.

미스터 포크가 어깨를 으쓱했다. "뭐 좋습니다. 혹시 누가 캐묻고 다니기라도 하면 방으로 전화를 걸지요." 그가 나를 쳐다보았다. "그럼 빨간색보다는 파란색이구나, 그렇지 헨리 군?"

"네." 내가 대답했다. "전혀 빨갛지 않았어요."

내 스승은 엘리베이터에 타자 벽에 기대 눈을 감았다. "내가 기억하는 바로는 붉은색이 꽤 많았다, '헨리 군.'"

"미스터 포크는 예전에 우리끼리 했었던 사랑의 본질에 관한 얘기를 말한 거예요."

한쪽 눈이 슬그머니 뜨였다. "미스터 포크와 사랑에 관한 얘기를 나눴단 말이냐? 그것 참 놀랍구나."

"그분은 아주 현명하거든요."

"흠, '아주 현명한' 그분은 현재 1급 살인으로 세 개 주에서 수배 중이다."

"그렇지만 아직 자유의 몸이지요. 그게 그가 현명하다는 증거가 아닌가요?"

워스롭은 코웃음을 쳤다. "그건 현명한 게 아니야. 운이 좋은 거지."

"둘 중에 무엇을 갖겠냐고 하면 전 후자를 택하겠어요."

호텔 방에 들어서자 그는 문을 잠그고 방어벽을 쳤다. 커다란 옷장을 밀어 문을 막고 창문이 8층에 있는데도 여덟 개의 잠금장치를 일일이 확인한 다음 무거운 커튼까지 쳤다. 그는 헉헉거리면서 소파에 무너지듯 주저앉았다.

"상처 좀 봐요." 내가 그의 다리를 가리키며 말했다.

"내가 널 창밖으로 던져 버리지 않는 것만도 운이 좋다고 생각해라."

"아직도 이해할 수 없는 게 하나 있어요."

"하나뿐이냐?"

"왜 그렇게 몸값이 적었던 거죠? 콤페텔로에게 그 보물의 진정한 가치를 말하지 않은 모양이네요."

"내가 왜 범죄자한테 그런 걸 말해 줘야 하지?"

"그럼 그자에게 뭐라고 하신 거예요?"

"먼저 그의 부하가 인류의 지식을 확장하는 매우 중요한 일에 조력하던 중 목숨을 잃게 되어 무척 유감이라고 말했다. 간단히 말해 내가 학회에서 정식 발표를 하기 전까지 몬스트러마리움을 지키던 일 말이다. 그리고 그 불행한 사람의 가족에게 내가 넉넉한 보상을 해 주겠다고도 했다. 그런 다음 그게 누구 짓인지 말해 줘……."

"하지만 그건 우리도 모르잖아요. 전 박사님이 애초에 왜 그 사람을 찾아갔는지도 모르겠어요."

"우린 범인이 아일랜드인이라는 걸 안다. 조직범죄단과 관련이 있든 아니든 아일랜드인이라는 건 확실해. 그리고 시칠리아 갱단과 아일랜드 갱단은 사이가 아주 안 좋거든. 네가 우리 사망신고서에 도장을 찍기 직전에 나는 우리가 도움을 요청한다면 도와주겠다는 약속을 막 얻어 낸 참이었다."

"전 워커일 거라고 생각했어요."

"누가 워커일 거라고 생각했다고?"

"지금까지 모든 음모를 꾸민 흑막요. 워커가 돈보다 더 혈안인 게 있다면 박사님을 끌어내리는 거잖아요."

그는 도리질을 하고 손사래를 치며 눈동자를 굴렸다.

"혼자서도 할 수 있는데 굳이 조무래기 깡패 둘을 고용해서 그걸 훔친다고? 히람 경도 그 정도까지 바보는 아니다."

"하지만 박사님 논리대로라면 괴물학자는 전부 후보가 아닌 거네요."

그는 고개를 끄덕였다. "그래서 이젠 마테를링크와 정체 모를 그의 고객이 남지."

"마테를링크는 아니에요. 그 사람은 유럽에 있어요."

"넌 지난번에도 그렇게 말했지. 네가 그걸 어떻게 아는 거냐……?"

"어쩌면 고객의 마음이 바뀌어서 옛날에 자기 것이었던 걸 되찾으려고 하는 걸지도 몰라요." 나는 재빨리 화제를 돌렸다. "박사님이 그걸 안전하게 보관하려고 어디로 가져갔을지 추측해 냈겠죠. 괴물학자는 아니에요. 괴물학자는 누구나 몬스트러마리움에 출입할 수 있으니까. 그러니까 괴물학에 관해 잘 아는 외부인이겠죠."

"그 점에 있어서는 나도 동감이다, 윌 헨리. 다만 네 추리가 터무니없는 전제에 기반하고 있다는 점을 제외하면 말이다. 너와 그의 대리인은 가격에 합의했고, 거래를 완료했다. 그런데 자기가 그냥 가질 수도 있었던 것을 다시 훔치려고 한다고? 마테를링크도 제 입으로 말했지. 그걸 손에 넣기 위해서라면 엄청난 거금도 두말없이 내놓을 사람들이 있다고 말이다. 하지만 그는 그런 수많은 기회가 있었는데도 그런 자들에게 가지 않았지. 왜 그랬겠느냐? 현재 우리가 아는 사실과 일치하는 유일한 가설은 중개인이 고객을 속였다는 거다. 네가 그걸 산 게 아니라 훔쳤다고 말했고, 모욕감을 느낀 옛 주인이 자신의 정당한 권리를 주장하고 있는 거지."

워스롭의 고발은 오랫동안 공중을 맴돌았다. 그는 나의 침묵을 자백으로 받아들인 게 틀림없다. 왜냐하면 이내 이렇게 말을 이었기 때문이다.

"네가 나와 같이 지낸 지도 벌써 거의 6년이나 됐지. 때로는 네가 이 어둡고 지저분한 일을 나보다도 더 잘 이해하고 있다는 생각도 든다. 하지만 이해는 오만을 낳고, 오만은 인간 존중 정신의 의도적인 무시로 이어지기도 한다……."

"오만이나 인간 존중에 대해 나한테 설교할 생각 마세요!"

"필요하다면 무엇에 대해서든 설교할 거다!" 그가 손바닥으로 쿠션을 내리치며 외쳤다. "내가 왜 너한테 시간을 낭비하고 있는지 모르겠구나. 뭘 가르치려고 할 때마다 넌 이상하게 잘못된 것만 배우니 말이다!"

"정말요? 그럼 뭘 가르치려고 했는데요? 정확하게 저한테 어떤 가르침을 주려고 했나요, 워스롭 박사님? 당신은 내가 그 사람들을 죽여서 화가 난 거잖아요……."

"아니, 난 네가 내 평판을 더럽혀서, 그리고 지난 두 세대를 통틀어 생물학 분야의 가장 위대한 발견을 위험에 처하게 만든 데 화가 난 거다!"

"그럼 박사님 자신한테, 그리고 폰 헬룽 박사님한테 화를 내야죠. 두 분이 저한테 거짓말을 했잖아요."

"내가 거짓말을 했다고?" 그는 고개를 젖히며 껄껄 웃었다.

"그래요! 해야 할 말을 안 하는 것도 거짓말이죠! 몬스트러마리움에서 죽은 사람이 누군지 나한테 말만 해 줬더라도, 카모라랑 무슨 약속을 했는지 얘기해 줬더라면……."

"내가 왜 그런 걸 너한테 말해 줘야 하지?"

"왜냐하면 저는……." 나는 머뭇거리다 입을 다물었다. 얼굴이 화끈거리고 저도 모르게 주먹에 힘이 들어갔다.

"그래, 말해 봐라." 그가 부드럽게 말했다. "너는 무엇이냐?"

나는 입술을 축였다. 입안이 바싹 말랐다. 나는 뭐지?

"잘못 알고 있었으니까요."

워스롭은 내 대답이 꽤 재치 있다고 생각했다. 그가 여전히 웃고 있는 중에 전화기가 울렸다. 나는 수화기를 들려 했지만 그가 물러나라고 손짓했다. 전화기 반대편에 있는 사람에게 귀를 기울이는 사이, 그의 킬킬거림이 뚝 멈췄다.

"그래요. 지금 당장 올려 보내시오." 그가 말하고는 전화를 끊었다. "옷장을 옮기게 좀 도와주렴, 윌. 배달물이 왔다."

잠시 후, 문을 두드리는 소리가 났다. 워스롭은 일말의 가능성도 허투루 넘기지 않았다. 그는 리볼버를 꺼내 들고 외쳤다.

"누구요?"

"포크요."

워스롭은 걸쇠를 풀고 문을 열었다. 미스터 포크가 모자 크기의 상자를 들고 들어왔다. 박사는 그에게 창문 옆 탁자에 내려놓으라고 몸짓하고는 문을 잠갔다.

"누구였소?" 워스롭이 총을 주머니에 넣으며 물었다. 그는 상자에는 손가락 하나 대지 않은 채 꼼꼼히 겉봉을 살폈다. 안달복달하는 게 여기까지 느껴졌다.

"이름을 알려 주진 않았지만 오늘 저녁에 만난 오랜 친구라고 합디다." 미스터 포크가 대답했다. "키가 작고 가무잡잡한데 냄새는 고약하고……."

"콤페텔로의 운반책이네요." 내가 말했다.

워스롭이 몸은 움직이지 않은 채 나에게 손짓만 보냈다.

"'훌륭한 워스롭 박사를 위한 선물'이라고 말했습니다." 미스터 포크가 말했다.

"뒤로 물러나시오. 저쪽 벽까지." 괴물학자가 지시했다. "이 '선물'이라는 게 뭔지 알 것 같지만 조심해서 나쁠 건 없겠지."

"그게 내 신조라지요, 박사."

미스터 포크는 멀찍이 물러나며 내게도 따라오라고 손짓했다. 워스롭은 손바닥을 마주 대고 힘차게 문지르고는 입에 대고 입김을 후 불었다. 집게손가락을 뚜껑 가장자리에 대고 조심스럽게 위쪽으로 압력을 가했다. 미스터 포크와 나는 온몸을 팽팽하게 긴장시킨 채 숨을 죽이고 지켜봤다.

뚜껑이 밀려서 뒤로 떨어졌다. 그리고 괴물학자도 바닥으로 무너졌다. 두 손으로 얼굴을 감싸 쥐며, 그의 입에서 비탄에 가득 찬 섬뜩한 울부짖음이 터져 나왔다. 몇 년 전 내가 똥통 블록 꼭대기에서 들었던, 그가 악취가 가득한 쓰레기 더미 위에서 사랑하는 여인의 얼굴 없는 시신을 발견했을 때 들은 것과 똑같은 비명이었다. 충격에 균형을 잃었는지, 아니면 몸을 위로 지탱할 만한 의지를 잃었는지 그의 몸이 비틀거리며 테이블에 부딪쳤고, 바닥에 털썩 무릎이 닿더니 구슬픈 통곡이 새어 나왔다. 미스터 포크와 나는 황급히 달려갔다. 그는 워스롭을 향해, 나는 상자를 향해.

솜털처럼 보송보송하게 흐트러진 백발 아래 핏방울이 튄 이마와 두드러진 콧날, 세월에 얼룩덜룩해진 뺨, 내가 아는 한 세상에서 가장 푸른 눈동자가 끝없는 바닥까지 무한한 공포를 머금고 하염없이 허공을 노려보고 있었다. 그것은 아브람 폰 헬룽 박사의 머리였다. 통통한 입술은 그들이 입에 쑤셔 넣은 것을 둥글고 팽팽하게 억지로 감싸고 있었다. 눈꺼풀 없는 호박색 눈동자, 처음 지하실에서 껍질을 깨고 나왔을 때 나를 가장 먼저 사로잡은 그 눈, 그리고 타락한 나, 진화의 정점은 그것의 존재론적 순수함과 사악하고, 결백하고, 파렴치한 완벽함에 압도되고, 죽어 버린 노란 눈과 죽어 버린 파란 눈이 나를 공기도 빛도 없는 심연 속으로 밀어 넣고 짓뭉갰다.

내 뒤에서 괴물학자가 절규했다. "오오, 신이여, 도대체 무슨 짓을 한 거지?"

폰 헬룽에게 하는 말인지 나한테 하는 말인지 알 수가 없었다. 어쩌면 양쪽 모두인지도 모른다. 어느 쪽도 아니었는지도 모른다.

아무것도, 아무것도, 아무것도, 신께 맹세코, 아무것도 하지 않았건만.

넷

아브람이 죽었다. 그리고 펠리노어는 깊은 슬픔에 잠겨 있었다. 이토록 무기력하고 넋이 나가 있는 펠리노어, 이른바 "검은 물결"이라고 부르는 것에 휩쓸려 완전히 패배한 그의 모습을 보는 것은 생전 처음이다. 그는 울부짖고 통곡하고 흐느끼고 심지어 악담을 퍼부었다. 미스터 포크마저도 그를 이대로 계속 내버려 뒀다간 큰일이 날 것 같다고 깨달았다. 그가 발작을 이겨 낼 수 있을지, 아니면 결국 발작이 그를 압도하게 될지 알 수가 없었다. 내게는 책임이 있었다. 내가 폰 헬룽의 죽음에 책임감을 느꼈다는 얘기가 아니다. 운명은 나를 워스롭의 유일한 지킴이, 그의 영혼을 수호하는 하나뿐인 수호자로 명명했다. 내가 그 사실을 이해하기까지 여러 해가 걸렸다. 그가 나를 필요로 하는 이유는 신체의 안녕을 유지하기 위해서가 아니었다. 음식을 먹고 싶었다면 요리사를 고용하면 됐고, 의

복을 갖추고 싶었다면 재단사를 고용하면 됐으며 그 옷을 깨끗하게 유지하려면 세탁부를, 수족으로 부릴 사람이 필요했다면 하인을 고용하면 됐다. 그러나 아무리 미다스 왕 같은 부자라고 한들 그가 구할 수 없는 한 가지가 있었으니, 오직 나만이 제공할 수 있는 없어서는 안 되는 봉사, 바로 그의 영혼을 배불리 먹이고 그의 뛰어난 지성을 보살피고 그의 측은하고 시끄럽고 고약한 자아를 쉴 새 없이 보듬고 쓰다듬어 줄 사람이었다. 냉혹하고 고요한 '내가 있나?'에 대한 강렬한 외침, 내가 있다!

그때 나는 무엇을 해야 할지 알고 있었다. 아덴에서, 소코트라에서, 그리고 엘리자베스 가에서보다도 더욱 확실하게 이해하고 있었다. 나는 너무나도 잘 알고 있었다. 너는 무엇이냐? 그는 물었다. 의뭉스러운 질문. 그는 내가 무엇인지 알고 있었다. 우리 중 한 사람이 이해하기는커녕 아직 알아차리지도 못했을 때에도, 그는 내가 무엇이며 무엇이었는지 알고 있었다. 그러나 설사 우리가 그걸 알았더라도 그게 어쨌단 말인가? 그래 봤자 뭐가 바뀌기나 했을까?

그것은 시작되는 곳이 없다. 끝나는 곳도 없다.

나는 데스크에 전화를 걸어 홍차를 주문했다. 수면제를 적당량 섞어 그의 손에 찻잔을 들려 주었다. 마셔요, 박사님. 마셔요. 몇 분 뒤에 그는 내 손에 이끌려 침실로 향했고, 침대에 몸을 던지고 어린애처럼 몸을 둥글게 말았다. 나는 그의 부친을 떠올렸다. 수년 전 이것과 똑같은 자세로 발견된 그의 부친, 세상에 갓 태어난 갓난아기처럼 홀딱 벗고 죽어 있던 그의 아버지. 나는 문을 닫고 응접실로 돌아갔다. 미스터 포크가 나를 기다리고 있었다. 그는 잘린 머리를 면밀하게 들여다보고 있었는데, 극도의 집중력을 발휘하느라 숱 많은 눈썹이 미간에 몰려 있었다. 그 역시 자신이 무슨 일을 해야 할지 잘 알고 있었다.

"유감이다, 헨리 군. 나도 이분을 꽤 좋아했는데 말이다."

"이 시대에 마지막 남은 한 사람이죠." 나는 약간의 아이러니를 담아 말했다. "틀림없이 콤페텔로를 혼자 만나러 가신 거예요. 제발 워커도 같이 데려가서 그 사람 머리도 이스트 강에 둥둥 떠다니고 있으면 좋겠네요."

나는 소파에 몸을 던지고 눈을 감았다. 어둠 속에서 붉은 장미가 피어날 때까지 손가락 끝으로 눈꺼풀을 세게 눌렀다.

"이제 장부가 깨끗해졌겠구나." 그가 말했다.

"그렇겠죠." 내가 말했다. "콤페텔로가 보기엔 그렇겠죠. 하지만 정말로 깨끗해지려면 저 상자에는 내 머리가 들어 있어야 했어요."

"그래도 네 머리가 붙어 있는 게 낫다, 미스터 헨리."

나는 눈을 떴다. "엘리자베스 가에, 헤스터 가와 그랜드 가 사이에요, 작은 레스토랑이 하나 있어요. 이름은 기억 안 나지만."

그가 고개를 주억거렸다. "어딘지 알 것 같다."

"잘 됐네요. 거기서부터 시작하죠. 파드로네가 거기 없더라도 그가 있을 만한 곳을 아는 사람이 있겠죠." 나는 주머니에서 워스롭의 명함을 꺼내—나는 항상 그의 명함 꾸러미를 들고 다녔다.—그에게 내밀었다. "그 사람한테 박사님이 만남을 요청한다고 전하세요."

"언제?" 미스터 포크가 물었다.

"9시요."

"여기서?"

나는 고개를 저었다. "여긴 안 올 거예요. 공공장소라면 몰라도. 아니면 최소한 주변에 사람들이 많은 곳이어야겠죠." 나는 그에게 주소를 알려 주었다.

"박사님은?"

"황소도 기절시킬 수 있는 양의 약을 먹여 둘 거예요."

"혼자 두면 안 돼. 내가 적당한 사람을 안다. 믿을 수 있는 친구지."

"좋아요. 하지만 두 명이면 더 좋을 것 같네요. 한 명은 문을 지키고 다른 한 사람은 아래층 로비를 지키라고 하죠."

포크 씨는 고개를 끄덕였다. 그의 시선이 상자를 향했다.

"입에 들어 있는 저건 뭐냐?"

"모든 일의 원흉요. 워스롭이 어느 쪽을 더 괴로워하고 있는지 모르겠네요. 절친한 벗의 죽음인지, 아니면 물질적이라고 할 수 없는 것의 죽음인지."

"뭐라고?"

"덴마크인은 요릭 때문에 슬픈 게 아니었죠."

"무슨 소린지 도통 모르겠다. 요릭? 덴마크인?"

나는 손을 휘휘 저었다. "엄청 오래된 이야기예요. 너무 오래된."

그는 맡은 일을 하러 갔고, 나도 대충 정리를 끝낸 다음 내 일을 하러 갔다. 탁자 위에는 상자가 그대로 놓여 있었다. 폰 헬룽의 밝은 눈동자가 문지방까지 나를 따라왔다. 하늘은 맑았지만 날은 몹시 추웠다. 네가 져야 할 짐이 아니야. 네 책임은 없어. 나는 꿈속을 헤매듯이, 혹은 꿈속에서 막 빠져나온 듯한 몽롱한 기분으로 리버사이드

드라이브에 도착했다. 내 마음은 머리 위 하늘처럼 맑고 청명했다. 집사는 릴리와 그녀의 모친이 쇼핑을 하러 갔다고 전하며 원한다면 응접실에서 기다려도 좋다고 말했다. 그래서 나는 기다렸다. 욥의 참을성을 발휘하여, 진앤비터스를 홀짝이며, 햇빛이 마룻바닥을 가로질러 움직이는 것을 구경하고, 예인선의 애절한 모터 소리와 간혹 자동차가 칙칙거리는 소리에 귀를 기울였다. 집사가 오이 샌드위치가 담긴 쟁반을 가져왔다. 아주 맛있었지만 나는 그보다 더 든든한 것이 먹고 싶었다. 나는 진을 석 잔까지 마신 다음 눈을 붙였다. 그러다 퍼뜩 놀라 깨어난 순간, 여기가 어딘지 깜박 잊고 내가 지금 해링턴 레인에 와 있고 박사는 옆방에서 책을 읽고 있으며 저녁식사를 마치고 접시도 전부 깨끗이 씻어 나란히 정돈되어 있다고 생각했다. 워스롭이 내게 작은 평온함을 선사하여 조금이나마 부담을 덜어 낼 수 있는, 그래서 약간이나마 어깨가 가벼워진 것을 느낄 수 있는 하루 중 가장 행복한 시간. 집 뒤쪽에서 여자의 웃음소리가 들렸다. 흥겹게 춤추는 분수보다도 더 기분 좋고 명랑한 목소리, 그러고는 회갈색 드레스를 입은 릴리가 들어왔다. 그녀는 맨발이었다. 나는 전에 그녀의 맨발을 본 적이 없었기에 그쪽을 쳐다보지 않으려고 기를 써야 했다.

"어서 와!" 그녀가 말했다. "무슨 일이야? 달리 할 일이 없었다거나 네가 재치 있다고 생각하는 모욕적인 대답은 사양이야."

"네가 보고 싶었어."

"오, 아주 훌륭한 대답인걸, 미스터 헨리." 그녀는 기분이 좋은 상태였다. 모자를 벗고 머리를 흔들자 긴 머리카락이 흐트러져 내렸다. 그 모습을 보니 갑자기 입안이 바짝 타올랐다. 집사에게 술을 한 잔 더 시키고 싶은 생각이 들었다.

“하지만 이건 좀 어색하지 않아?” 그녀가 말했다. “우린 벌써 작별인사를 했는데.”

“난 안 했어.” 내가 말했다. “작별인사 말이야.”

“새로운 소식을 갖고 온 거지? 그래, 그런 게 틀림없어. 네 표정만 봐도 알겠는걸. 넌 네가 생각하는 것보다 훨씬 얼굴을 읽기가 쉬운 사람이라고, 미스터 헨리.”

“너한테만 그래.”

“솔직한 데다 칭찬까지? 소식을 전하러 온 게 아닌 모양이네? 뭔가 바라는 게 있지?”

나는 고개를 젓고 입안에 얼음을 넣고 굴렸다. “그런 거 없어.”

그녀는 무릎에 팔꿈치를 괴고 몸을 기울였다. 릴리의 눈은 정말이지 그녀의 종조부와 똑같았다. 속이 불편해졌다.

“그럼 무슨 소식을 가지고 온 거야?”

“T. 세레호넨시스는 이제 세상에 없어.”

그녀가 놀라 숨을 들이켰다. “워스롭 박사님은?”

“세상에 그 어떤 것도 펠리노어 워스롭을 죽일 수는 없을 거야. 그는 공기처럼 만고불변의 존재니까.”

“그럼 그분을 구하는 데 성공했구나. 그렇지만 그의 보물은 구하지 못한 거네.”

나는 고개를 끄덕였다. 추운 양 두 손을 문지르면서. 하지만 나는 추운 게 아니었다. “내가 그를 구했어…….”

"그런데……?"

나는 고개를 끄덕였다. "사람을 둘이나 죽이고 세 번째(a third)도 죽일 뻔했어."

"한 사람의 3분의 1(a third of a man)을?"

나도 모르게 웃음이 비어져 나왔다. "그렇게도 말할 수 있겠는걸."

그녀는 잠시 골똘히 생각했다. "어린애였던 거야?"

나는 세 번째로 고개를 끄덕이며 손을 비볐다.

"왜 어린애를 죽일 뻔했는데, 윌?"

나는 그녀의 눈을 쳐다보지 못했다. 파리를 쫓는 양 무심코 손을 내저었다. "그게…… 그러지 않는 게 더 어려웠거든…… 모든 게 너무 갑자기 일어나서, 넌 그런 상황을 경험해 본 적이 없을 거야. 순식간에 결정을 내려야 하는데 사실은 진짜 결정을 내릴 시간도 없어. 결정을 미리 내려 놓지 않으면 늦어 버리는 거거든. 뭘 결정할 수도 없을 만큼 완전히 늦어 버리는 거지……."

나는 그녀를 보고 있지 않았다. 그러나 나는 그녀가 나를 물끄러미 바라보고 있다는 것을, 무엇을 숨기고 있는지 내 얼굴을 낱낱이 뜯어보고 있다는 것을 알고 있었다.

"네가 두 사람을 죽일 거라는 걸 알고 있었구나." 다행스럽게도 그녀가 먼저 말을 꺼냈다.

나는 안도하며 대답했다. "그래, 알고 있었어."

"하지만 어린아이를 죽일 거라는 건 몰랐지."

"남자애였어." 내가 설명했다. "어린 남자애였지. 열한 살쯤 되었을 거야. 열두 살은 안 되어 보였고. 그 나이치고는 작은 것 같았어.

다 해진 모자를 쓰고, 아주 말랐어. 꼭 며칠 동안 밥 한 끼도 제대로 못 먹은 것처럼……."

릴리가 갑자기 목소리를 높이는 바람에 나는 깜짝 놀라 의자에서 튀어 오를 뻔했다. "어머니! 들어오세요. 거기 계신 거 다 알아요."

그랬다. 베이츠 부인이 문간에 나타나 멋쩍은 미소를 지으며 말했다. "윌 헨리의 목소리가 들리는 것 같았지 뭐니. 잘 있었니, 윌? 먹을 거라도 내올까?"

릴리가 내게 웃어 보이며 말했다. "내 방으로 갈래? 뉴욕에선 사생활을 보장받기가 하늘의 별따기라니까." 그러고는 미소를 띤 얼굴로 제 어머니를 쳐다보았다.

위층에 올라가자 그녀는 문을 닫고 침대에 길게 엎드려 턱을 받친 채 내게는 창문 옆에 있는 앤 여왕 시대 양식의 의자를 가리켰다.

"어머니는 항상 날 감시해." 그녀가 투덜거렸다.

"그래서 해외로 유학을 간 거야?"

"여러 가지 이유 중 하나지."

작은 난롯불이 추위를 몰아내 주었다. 장작에서 불똥이 튀고 갈라지는 소리가 났다. 불꽃이 날름거리며 솟구쳤다. 입이 다시 마르기 시작했다. 얼음이 담긴 잔을 가져올걸 그랬다.

"그래서, 말라깽이 소년을 거의 죽일 뻔했단 말이지. 네가 알아서 멈춘 거야, 아니면 부상만 입힌 거야?"

"둘 다 아니야. 워스롭이 날 막았거든."

"그랬어? 흠, 그 사람도 괜찮은 구석이 있었네."

자신할 수는 없지만, 왠지 그녀가 "그 사람"이라는 단어에 살짝 힘을 준 것 같았다. 하지만 깊게 생각하지는 않았다.

"네가 알고 싶어 할 것 같아서."

"그 어린애에 대해서? 아니면 네가 두 사람을 죽였다는 것에 대해서? 아니면 워스롭이 살아 있다는 것에 대해서?"

"전부."

"그리고 너도 살아 있고."

"그래, 그건 당연하잖아."

"그리고 그를 구출하는 과정에서 T. 세레호넨시스는 죽었고."

"구출된 후에."

"하지만 어떻게 그럴 수가 있어, 윌?" 그녀가 환히 드러난 발목을 꼰 채, 다리를 앞뒤로 흔들며 물었다. "아일랜드인들이 세레호넨시스를 갖고 있는 거 아니었어?"

"이탈리아인들이 그걸 되찾아 오는 데 성공했나 보지."

"워스롭에게 호의를 베푼 것이었을 텐데, 네가 그 두 사람을 죽여 버려서 그들도 그걸 죽인 거구나."

"그래."

"그게 얼마나 귀한 건지 몰랐나 봐?"

얼굴이 화끈거렸다. 분명히 난롯불 때문일 거다. "그 사람들이 생명을 귀하게 여기기나 할까."

"워스롭이 엄청나게 상심했겠다."

"응, 그랬어."

"너한테도 화내고."

"화났다는 말로는 부족하지."

"하지만 금방 떨치고 일어날 거야. 항상 그랬잖아. 안 그래?"

"시도야 하지."

"네가 그 사람 목숨을 구했다고 말해 줘야지."

"그는 그런 식으로 생각하지 않아."

"그렇겠지. 그 사람은 얼간이잖아. 난 왜 할아버지가 그 사람을 그렇게 좋아하는지 모르겠어."

나는 목청을 가다듬었다.

"그분은 워스롭을 친아들처럼 아끼셨으니까."

"자식이 없어서 그래. 그래서 실질적으로 거의 모든 사람들이 자기 자식 같은 거야. 거기다 괴물학자한테는 너무 무르단 말이야."

"세상에 남은 마지막 한 사람."

"그게 무슨 뜻이야?"

"아무것도 아냐. 다만 난…… 항상 너희 할아버지가 너무 착하고 사람을 그렇게 쉽게 믿었다는 게 너무 신기했어. 그분이 하시는 일과는 너무 안 어울렸으니까."

"너 지금 과거형으로 말하고 있어."

"내가 그랬어? 일부러 그런 건 아냐."

"아브람 할아버지께 무슨 일이 생긴 거야, 윌?"

나는 그 맑고 푸른 호수를 바닥까지 깊게 들여다보며 말했다.

"무슨 말인지 모르겠는데."

릴리가 고개를 끄덕였다. "내 생각도 그래."

"뭐가? 무슨 생각을 했는데?"

"할아버지가 너무 착하고 상냥하고 사람을 너무 잘 믿었다고." 그녀가 콧잔등을 찡그렸다. “아브람 할아버지는 성직자나 교수, 혹은 시인이라거나, 아니면 다른 분야에서 훌륭한 과학자가 되실 수 있었을 거야. 이상생물학만 빼면 말이야. 난 너희 박사님이 할아버지를 사랑한 것도 그런 이유 때문이라고 생각해. 괴물을 사냥하기 위해서 반드시 괴물이 될 필요는 없다는 가능성을 할아버지한테서 본 거지.”

“그래.” 나는 작게 웃었다. “그런 걸 사냥한다고 꼭 그렇게 되는 건 아니지.”

릴리가 고개를 들어 나를 쳐다보고는 싱긋 웃으며 말했다.

“오늘 새뮤얼을 만났어.”

“누구?” 순간적으로 머릿속이 하얘졌다.

“아이작슨, 네가 말하는 평범둥이 말이야. 진짜 희한한 얘기를 해주던걸. 너무 희한해서 곧이곧대로 믿기가 힘들 정도로. 어쩌면 그 반대일지도 모르지. 그 정도로 희한한 얘기라면 틀림없이 사실일 거야.”

“내가 그를 브룩클린 다리에서 거꾸로 매달고 사실을 자백하지 않으면 떨어뜨려 버리겠다고 협박…….”

그녀가 손을 들어 내 말을 가로막았다. “제발, 하루에 두 번이나 듣고 싶진 않아.”

“이거 놀랐는걸. 솔직히 너한테 그 얘기를 털어놓을 만큼 배짱이 있을 줄은 몰랐어.”

“하지만 궁금한 게 있어. 만약에 그가 네 질문에 그렇다고 대답했다면 정말로 강에 떨어뜨릴 작정이었어?”

“그게 중요해? 어쨌든 안 떨어뜨렸잖아.”

나는 의자에서 일어났다. 갑자기 내가 무척 크게 느껴졌다. 심지어 내 머리가 천장에 닿을까 봐 흠칫 놀라기까지 했다. 내가 천천히 다가가는데도 그녀는 움직이지 않았다. 바로 얼굴 앞까지 다가갔는데도 여전히 꿈쩍도 하지 않았다. 나는 침대 앞에 무릎을 꿇어 그녀와 눈높이를 맞췄다.

"괴물은 죽었어. 괴물은 절대로 죽지 않아. 넌 그걸 잡을 수도 있고, 절대로 잡지 못할 수도 있어. 수천 년을 쫓아다녀도 놈은 항상 네 손아귀를 빠져나갈 거야. 죽이고, 해부하고, 조각조각 분해해 유리병에 넣거나 세상 구석구석에 흩뿌린대도 그것은 영원히, 네 시야의 1만 분의 1센티미터 밖에 존재할 거야. 그것들은 다 똑같은 괴물이야. 그저 얼굴만 바뀔 뿐이지. 난 놈을 죽였을지도 몰라. 하지만 그런 건 상관없어. 다음번에 만나면 또 죽이겠지, 그리고 다음번에도 또 다음번에도, 얼굴은 계속해서 바뀌지만 괴물들은 변하지 않아. 괴물들은 다 똑같아."

티 하나 없이 새파란 그녀의 눈에 눈물이, 그리고 뭐라 형용할 수 없는 두려움이 고였다. 상자 속 죽은 자의 눈에 담겨 있던 공포와 별반 다르지 않은. 그녀가 두 손으로 내 얼굴을 부여잡았고, 그녀의 손은 서늘하고 실크처럼 부드러웠다. 그녀는 내 입술 위에 자신의 입술을 꼭 누르더니 말했다.

"두려워하지 마." 촉촉한 입술이 닿을 듯이 움직였다. "두려워하지 마."

그리고 나는 상자 안에 담긴 그녀 종조부의 머리와 벌어진 입과 호박색 눈을 보았다. 나를 노려보고 나를 부끄럽게 만들고 나를 사로잡고 나를 짓누르고 나를 한낱 티끌로 만드는 눈.

나는 침대 위에 올라와 있었다. 언제 올라갔는지는 기억나지 않는다. 그렇지만 나는 그녀를 짓누르고 있었고, 호박색 눈이 나를 짓누르고 있었고, 그녀는 저항하면서도 굴복하고 맞서 싸우면서도 체념하고, 그녀의 갈망 속에는 경멸이, 즐거움 속에는 두려움이, 채워지지 않는 충만함 속에는 표현할 수 없는 서글픔이 있었다.

내 안에서 그것이 슬금슬금 풀리고 있었다.

"그만해." 그녀가 내 가슴을 밀치며 말했다. "윌. 그만해."

"하지만 그러고 싶지 않은걸."

"네가 뭘 하고 싶은지는 상관없어."

릴리가 내 뺨을 때렸다. 나는 그녀를 놓치고 침대 밑으로 떨어졌다. 문자 그대로 다리가 미끄러져서 마룻바닥에 쿵 찧었다. 무릎을 심하게 부딪치는 바람에 신음이 절로 나왔다.

"너 나한테 털어놓지 않은 거 있지?" 그녀가 침대 위에서 말했다.

"어떤 거?"

"나도 몰라. 너는 아니?"

"난 그만 가 볼게."

"그러는 게 좋겠어."

"해야 할 일이 있어."

"뭔지 안 물을게."

"물어봐도 대답하지 않을 거야."

"그럼 말은 왜 꺼낸 건데? 그냥 가 버려."

"너한테 하고 싶은 말이 있는데……."

"뭔데?"

"딱 한 가지만. 딱 한 가지만 말하고 갈게."

"그런 다음엔?"

"그런 다음엔 진짜 갈 거야."

"그럼 말해봐."

"다리에서 그가 그랬다고 대답했더라도 떨어뜨리지 않았을 거야."

"정말?" 그녀가 소리 내어 웃었다. "나라면 떨어뜨렸을 텐데."

다섯

워스롭은 곤히 잠들어 있었다. 나는 깨어 있었다. 앞으로 천 년간은 잠들지 않을 것이다.

내가 제노 클럽에 도착한 것은 8시 15분이었다. 나는 별실을 달라고 요구했다. 클럽에는 별실이 없었다. 나는 매니저에게 100달러짜리 지폐를 찔러 주었다. 오, 그가 어떻게 별실이 있다는 사실을 깜박 잊었을 수가 있을까! 마지막 순간에 예약이 취소된 방이 있었다. 방은 추웠다. 난로가 피워졌다. 검은색 나무널, 두꺼운 카펫, 길게 진열된 책장과 편안한 가구, 벽에는 근엄한 얼굴을 한 남자들의 초상화가 걸려 있다. 방에는 뒤쪽 복도와 이어진 두 번째 문이 있었다. 완벽했다. 나는 매니저에게 다시 20달러를 주며 나를 찾는 손님이 도착하면 이곳으로 안내하라 일렀다. 코카콜라를 주문한 다음 벽난로 가까이에 있는 의자에 앉았다. 나는 뼛속까지 으슬으슬하도록 추웠다. 그날 오후에 일어난 일을 머릿속에서 지울 수가 없었다. 가장 순결한 키스마저도……. 내가 그녀에게 내 저주를, 내 축복을 옮긴 건 아닐까? 리버사이드 드라이브에서 나온 후 나는 거리를 배회했다. 마치 빙글빙글 도는 길고 긴 층계를 내려가고 있는 것처럼, 미터나 킬로미터 같은 길이나 거리가 아니라 날과 달과 해 같은 시간의 단위를 따라 내리 굴러가고 있는 것처럼. 어둠이 나를 에워쌌다. 숨 막히는 어둠 속에서 얼굴들이 하나씩 멀어져 갔다. 아래로, 아래로, 나는 계속해서 아래로 내려갔다. 끝도 없고 종착점도 없는 내리막길. 바닥조차 존재하지 않아. 커다란 목소리가 소리 높여 나를 불렀다. 여자 목소리. 내가 고개를 들어 올려다보자 화려하고 야한 화장을 한 얼굴, 단추가 풀어 헤쳐진 블라우스, 한쪽 눈을 찡긋거리며 저 위에서 손을 흔든다. 나는 바닥에, 그녀는 꼭대기에 있다. 올라오렴, 귀염둥이야, 이리 올라와. 나는 좁디좁은 공동주택의 계단을 올라가는 것을 상상했다. 양배추 냄새와 똥오줌의 악취와 돈을 받고 과하게 흥분한 뱃사람이나 군인들로부터 그녀를 보호해 주는 포주. 나는 그녀의 방을, 내 맨발 밑에 느껴지는 거친 마룻바닥과 그녀의 까칠한 손, 그리고 짙은 내음을 상상한다. 평생 몸을 맞대지 않는 것보다는 한 번쯤은 피부를 비벼 보는 것이 낫지 않을까? 그러다 나는 가장 위험한 종류의 분노에 휩싸여 발걸음을 재촉한다. 천천히, 조용하게 잉태된 격한 감정.

9시 15분, 뉴욕에서 가장 폐쇄적인 클럽의 별실, 그때의 분노는 지금 멀리 떨어져 있다. 마치 반항심 가득한 꼬마 아이가 구석에서 토라져 있는 것처럼, 그리고 나는 텅 비었다. 내 마음은 깊은 산속 맑고 투명한 호수처럼 고요하고 잔잔하다.

문이 열리더니 미스터 포크가 방으로 들어왔다. 그 뒤에는 울 재킷을 입고 중산모를 쓴, 몸집은 작지만 다부진 사내가 따라왔다. 그리고 그 뒤에는 키가 크고 군턱에, 나이가 훨씬 많은 남자가 정강이까지 내려오는 밍크코트를 입고 손에는 반짝반짝 윤기가 나는 검은 지팡이를 들고 걸어 들어왔다. 미스터 포크가 코트를 받아 주려 했지만 그와 같이 온 다른 남자가 거절했다. 나는 의자에서 일어나 그들에게 다가갔다.

"돈 프란체스코." 내가 고개를 숙여 인사했다. "부온 조르노."*

"시뇨레 콤페텔로." 미스터 포크가 소개했다. "이쪽은 미스터 헨리로, 박사의 알리에보**입니다."

카모라 파드로네가 커다란 머리를 한쪽으로 기울이며 두껍고 평평한 코 밑으로 나를 내려다보았다. 그는 내가 내민 손은 쳐다보지도 않고 미스터 포크에게 고개를 돌려 물었다.

"도토레*** 워스롭은 어디 있나?"

"박사님이 진심으로 깊은 애도의 뜻을 전하십니다." 내가 대답했다. "뜻밖의 일이 생겨서 조금 늦으실 겁니다."

프란체스코 콤페텔로는 불 옆에 있는 2인용 의자에 앉아 지팡이를 다리 사이에 세웠다. 같이 온 사내는 옆에 서서 주머니에 손을 찔러 넣은 채 아무것도 보지 않는 척 모든 것을 보고 있었다. 나는

* 이탈리아어로 "안녕하세요."

** 이탈리아어로 '제자'라는 뜻.

*** 이탈리아어로 '박사'라는 뜻.

콤페텔로의 맞은편 의자에 앉았다. 미스터 포크는 문 옆에 서서 두 손을 양옆으로 늘어뜨렸다.

"내가 온 건 내가 평화적인 사람이기 때문이야." 콤페텔로가 말했다. 그의 영어에는 심한 이탈리아 억양이 섞여 있었지만 문법은 흠잡을 데가 없었다. "내가 고향을 떠난 것도 그 때문이지. 전쟁, 벤데타*, 씨족 간의 불화, 탄압…… 나는 도망치지 않았어. 쫓겨났지. 그리고 워스롭은 내 적이 아니기 때문이기도 하고. 나는 그를 해칠 생각이 없어."

나는 진지하게 고개를 끄덕였다. 그가 말을 이었다. "나는 사업가다. 알겠느냐? 벤데타는 사업에 좋지 않아." 그의 눈이 가늘어지더니 두꺼운 손가락을 들어 내게 삿대질을 했다. "하지만 가족은 가족이다. 일 산구에 논 에 아콰.** 그리고 워스롭은 당연히 이번 일로 애석해해야지! 피해를 입은 사람은 나야! 사랑하는 사람을 잃었는데 아무것도 하지 말란 말이냐! 아니, 그건 안 되지. 나는 매우 평화로운 사람이야. 합리적인 사람이기도 하고. 그렇지만 피는 피를 부르지."

나는 계속해서 고개를 끄덕이고 있었다. "도토레는 이해합니다. 그분도 평화적이고 합리적인 분이니까요. 그분도 많은 것을 잃었어요. 그분은 폰 헬룽을 아버지처럼 사랑했죠. 이제 장부는 깨끗해졌어요, 시뇨레 콤페텔로."

"그게 내가 찾아온 이유다. 그의 입에서 그 말을 직접 듣고 싶었

---

* 이탈리아어로 '피의 복수' 라는 뜻.

** 이탈리아어로 "피를 물이 아니야."

거든. 그는 바라는 게 거의 없지만, 뭔가 바라는 게 있을 때는 아주 커다란 것을 요구한단 말이야. 그래서 나는 줬지. 그에게 진 빚을 갚았어. 나와 내 친구들을 이 위대한 나라에 무사히 데리고 온 보답으로. 내가 어떻게 그 빚을 갚았지? 피로 갚았어! 그런데 그는 내가 잃은 것에 대해 보상을 해 줬나? 아니야! 오히려 나한테 자기가 잃어버린 것을 찾아오라고 했지. '내가 빼앗긴 모스트로*를 구해다 주시오. 반드시 내게 가져오시오.'"

"그래서 당신은 그렇게 했지요." 내가 말했다. "박사님이 산 채로라면 좋겠다는 말을 하는 걸 빠뜨린 것 같지만요. 그건 세상에 남은 마지막 한 마리였거든요."

그가 검은 눈을 가늘게 떴다. 두꺼운 손가락이 지팡이의 황금빛 손잡이를 초조하게 두드렸다.

"나는 약속을 지켰어." 그가 음산하게 말했다. "그게 내가 그에게 해 줄 말이다."

나는 부하들의 죽음과 관련해 워스롭은 직접적인 책임이 없다는 사실을 지적했다. 몬스트러마리움에서의 사건도, 엘리자베스 가에서 죽은 그의 조카들도. 그리고 워스롭과 동료 과학자들과 카모라 사이에 아무런 갈등도 없다는 사실도 지적했다. 휴전이 필요했고, 평화에 대한 완전한 보장이 필요했다. 사실을 말하자면 괴물학에는 콤페텔로 같은 사람들이 필요했다. 합리적이고, 신중하고, 법의 세세한 부분에 구애받지 않는 이들. 처음 발생한 살인사건은 전혀 예

---

* 이탈리아어로 '괴물'이라는 뜻.

상치 못한 일이었고, 우리가 어찌 할 수 있는 테두리 밖에 있는 일이기도 했다. 뒤이은 두 사람의 죽음은 터무니없는 오해에서 비롯된 것이라고도 말했다. 우리는 폰 헬룽의 죽음을 슬퍼하지만, 우리가 치러야 할 대가임을 받아들일 것이라고도 했다. 우리의 가장 절실하고도 유일한 목적은 바로 평화를 유지하는 것이었다.

그는 내 말에 묵묵히 귀를 기울였다. 표정은 돌처럼 딱딱했고 손가락은 여전히 초조하게 지팡이 머리를 두드리고 있었다. 내 말이 끝나자 그는 미스터 포크를 쳐다보며 물었다.

"이 꼬마는 누구고 왜 나한테 이런 말을 하는 거지? 도토레 워스롭은 어디 있나? 나는 바쁜 사람이야."

나는 의자에서 일어나 사과했다.

"더 이상 시간 낭비는 하지 않도록 하죠, 돈 프란체스코."

그런 다음 나는 그의 얼굴에 대고 방아쇠를 당겼다. 그의 경호원이 허둥지둥 재킷 주머니를 뒤지는 사이, 그도 쏴 버렸다. 그는 비틀거리면서 뒷걸음질 쳤다. 총알은 분명히 가슴에 명중했지만 무게중심이 아래쪽에 있는 건장한 사내라 심장에서 벗어난 게 틀림없었다. 나는 한 발짝 앞으로 나아가며 다시 총을 발사했다. 이번에는 조금 높게 겨냥해서. 그의 몸뚱이가 쿵 하는 소리를 내며 바닥에 쓰러졌다. 다행히도 카펫은 무척 두꺼웠다.

미스터 포크가 내 옆으로 다가왔다. 내 손목을 붙들더니 천천히 팔을 아래쪽으로 끌어 내렸다. 내 얼어붙은 손가락에서 박사의 리볼버를 잡아 빼냈다.

"서둘러라." 그가 중얼거렸다. 나는 고개를 주억거렸지만 그 자리에서 꼼짝도 하지 못했다. 그저 오도카니 서서 그가 경호원의 호주머니를 뒤적여 총을 꺼내는 모습을 멍하니 바라보고 있을 뿐이었다. 그는 총을 손에 쥐고 내가 앉아 있던 의자를 향해 두 발을 발사했다. 그러고는 죽은 자의 손에 무기를 쥐여 주었다.

"어서 가라, 헨리 군." 그는 뒤쪽 복도로 이어지는 문을 고갯짓으로 가리키며 나를 재촉했다. 반대쪽 문의 손잡이가 철컥거렸다. 누군가 문을 마구 두드렸다. 나는 납으로 만들어진 것처럼 무거운 발을 질질 끌며 방을 가로질렀다. 미스터 포크가 방금 내가 서 있던 자리에, 의자와 2인용 소파 사이에 리볼버를 들고 섰다.

"경찰이 체포하면……." 내가 입을 열었다.

그가 경직된 미소를 지었다. "그럴지도 모르지. 하지만 그러진 않을 거다. 사람한테는 자기를 방어할 권리가 있거든."

"그게 제일 중요한 거죠." 내가 말했다. 그렇다. 그게 제일 중요한 것이었다. 유일하게 중요한 것이었다.

나는 그곳을 떠났다.

2곡

하나

방은 칠흑처럼 깜깜했다. 나는 삼도천처럼 새까만 문지방을 넘어 문을 닫았다. 한 치 앞도 안 보였지만 나는 그가 거기 있다는 것을 알았다. 그의 존재를 느낄 수 있었다.

"노크를 하지 그랬느냐." 창가에 놓인 의자에서 박사가 말했다. 발작 때문에 거의 쉬어 버린 목소리가 가냘프게, 마치 미세한 안개 방울처럼 어둠 속을 떠다녔다.

"박사님을 깨우고 싶지 않아서요." 나는 우두커니 서서 조용히 대답했다.

"도둑인 줄 알고 내가 쏴 버리기라도 하면 어쩔 뻔했느냐? 하지만 그러기도 힘들었겠지. 왜냐하면 내 리볼버가 사라졌으니까."

그가 불을 켰다. "뭘 하고 있는 거냐? 왜 거기 그렇게 멍청하게 서 있는 거지?"

"별 이유는 없어요."

나는 그에게 다가갔다. 그는 반쯤 감은 눈으로 나를 유심히 살펴보았다.

"이상한 꿈을 꿨다." 그가 말했다. "내가 아주 좁은 층계를 내려가는 꿈이었지. 난간도 없고, 계단은 이상한 액체로 뒤덮여 미끄덩거렸다. 계단 끝이 보이지도 않고 내가 가는 곳이 어딘지도 알 수가 없었어. 하지만 내가 저 바닥까지 내려가야 한다는 것만은 알고 있었지. 시간이 촉박했지만 발을 헛디뎌 굴러떨어지지 않으려면 천천히 조심스럽게 내려가야 했다. 그러다 거기가 어딘지 깨달았지. 해링턴 레인의 집이었어. 그리고 그 층계는 지하실로 이어져 있었고. 열세 번째 계단에서 층계가 휘어지더구나. 그래서 얼마나 더 깊이 내려가야 할지 알 수가 없었지. 아래로, 아래로, 나는 계속 내려갔다. 빛이 사라져서 더 이상 앞이 보이지도 않을 때까지 말이다. 나는 새까만 암흑 속에서 계속 내려갔고, 다시 돌아갈 수도 없었다. 그건 최후의, 마지막 내리막길이었어."

"마지막 내리막길이라니, 뭘 위해서 내려갔는데요? 그 끝에 뭐가 있었는데요?"

"알아내기 전에 잠에서 깼다." 그는 고개를 뒤로 젖히고 눈을 감았다. "내 총은 어디 있느냐, 윌?"

"미스터 포크한테 있어요."

"왜 미스터 포크가 그걸 갖고 있는 거냐."

나는 숨을 깊이 들이마셨다. 이때를 위해 일장연설을 준비해 두었건만 갑자기 머릿속이 텅 비었다.

“워스롭 박사님, 전 그냥 넘길 수가 없었어요.”

그의 손이 의자 팔걸이를 격하게 내리쳤다. 눈은 여전히 감은 채였다. “그에게 프란체스코 콤페텔로를 암살하라고 지시했구나.”

“그냥 넘길 수가 없었어요.” 나는 다시 말했다. 틀린 부분은 굳이 지적하지 않았다.

“그만해라.” 그가 쏘아붙였다. “그래서 성공했느냐? 콤페텔로가 죽었어?”

“네.”

그가 또다시 팔걸이를 내리쳤다. “그게 무슨 뜻인지 아느냐? 아니, 물론 모르겠지. 알았더라면 이런 짓을 저지르지 않았을 테니까. 넌 방금 전쟁을 일으킨 거다.”

“그는 폰 헬룽 박사님을 무참히 살해했어요. 그의 부하들이 죽은 것과 아무 상관도 없는 무고한 사람을요. 거기에 대해 응답을 해 줘야죠.”

“응답이라고? 그게 네가 사용하는 단어냐? ‘응답?’” 그가 의자에서 튀어 오르듯 일어나는 바람에 나는 순간 움찔했다. “콤페텔로는 전국에서 가장 잔인한 범죄 조직의 강력한 파드로네다. 그런데 네가 그를 살해해? 무궁무진한 가치를 지닌 생물의 죽음을 초래한 것으로도 모자라고, 내 친애하는 벗의 죽음을 초래한 것으로도 모자라더냐? 그래, 너한테는 당연히 부족했겠지. 벌써 그 저주받을 계단의 끝에 이르렀으니까…….”

“그냥 넘어가면 안 돼요.”

“그 소리 좀 닥치지 못해? 도대체 어쩌다 이렇게 된 거냐. 넌 도대체 무엇이냐, 윌리엄 제임스 헨리? 대체 어디에 있는 거야? 너를 아무리 애타게 찾아봐도 더 이상은 찾을 수가 없다. 내가 아는 그 애라면 절대로 이런…….”

“당신이 아는 그 아이…… 그 애가 어디 있냐고요? 아덴에 있어요, 워스롭 박사. 아덴에요. 그리고 소코트라에요. 엘리자베스 가에도요.”

워스롭은 세차게 고개를 가로저었다. “아니야, 이건 다르다. 이건 완전히 다른 짐승이야. 아덴에서 너는 선택의 여지가 없었다. 네가 먼저 행동하지 않았다면 러시아인들이 우리를 죽였을 테니까. 소코트라에서도 마찬가지야. 우리에게 어떤 선택의 여지가 있었느냐? 컨스는 우리를 그 섬에서 산 채로는 내보내지 않았을 거다. 심지어 엘리자베스 가에서도 그래. 너는 진심으로—불행히도 오해였지만—네 행동에 내 목숨이 걸려 있다고 믿었다. 하지만 이건! 이건 보복이다! 경솔하고, 악의적이고, 무자비하고, 잔악무도한…….”

“틀렸어요!” 내가 소리 질렀다. “다른 점은 하나도 없어요! 내 안에 뭐가 있든, 내가 무슨 짓을 했든 혹은 내가 무슨 짓을 하든, 다 똑같은 나라고요. 바뀐 건 없어요. 당신이 무자비한 인간이에요. 당신이 잔악무도한 인간이에요. 난 이런 걸 바란 적이 없어요. 나한테는 선택의 여지도 없었고 발언권도 없었다고요!”

갑자기 그가 조용해졌다. “뭘 바란 적이 없다는 거냐?”

“당신이 만들어 놓은 것처럼 이렇게 되는 거요.”

그가 퍼뜩 고개를 들어 나를 쳐다보았다. 그 이채가 번득이는 눈빛으로 나를 꼼짝도 못 하게 노려보았다. 실험실 탁자에 배를 가르고 누워 있는 해부용 표본을 바라볼 때와 똑같은 눈길.

"내 책임이란 말이지." 그가 천천히 입을 열었다. "그게 네가 하고 싶은 말이냐?"

"그게 아니라 사실을 말하는 거죠." 내가 응수했다.

"그러니까 이 모든 일에 대해, 그렇게 말한다는 말이지. 러시아인과 이탈리아인. 컨스. 네가 나와 함께 살게 된 후로 네가 취한 모든 행동에 대해서, 이게 네 설명이라는 거냐."

"그리고 제가 하지 않은 행동들도요. 그래요, 그리고 마이스터 아브람도요, 워스롭. 그분에게 일어난 일도요."

그는 가슴 앞에서 팔짱을 끼더니 몸을 돌려 버렸다. 나는 말을 이었다. "연민이나 사랑 같은 어설픈 감정 따위는 있을 자리가 없다고 했죠. 난 마이스터 아브람의 복수를 하기 위해 콤페텔로를 죽인 게 아니에요. 콤페텔로는 복수를 하고 싶었는지 몰라도, 나는 아니에요. 우리는 상자 안에 담긴 메시지에 응답을 해야 했어요. 그래야 한다는 걸 저만큼이나 잘 알고 계셨잖아요. 한 가지에 있어서는 컨스 박사 말이 맞아요. 당신한테는 빠진 게 있어요. 박사님의 철학에 따르면 결국 불가피할 수밖에 없는 결론을 보지 못하는 사각지대가……."

"그만!" 그가 외쳤다. "그건 너무나도 끔찍하고, 불쾌하고…… 뻔뻔스럽구나!"

"하지만 그게 진실인걸요." 나는 조용히 답했다. "박사님이 세상에서 가장 사랑한다는 것의 진짜 모습은 바로 그런 거라고요. 제가 뭐냐고 물었죠? 박사님은 벌써 알고 계세요. 계단 끝에서 기다리고 있는 것, 그게 바로 저예요."

그가 내게 와락 달려들었다. 내 멱살을 쥐고 들어 올려, 얼굴을 바짝 마주 댔다.

"너를 그들에게 넘겨줄 거다. 네가 무슨 짓을 저질렀는지 몽땅 말해 줄 거다. 어디 그들과 함께 '불가피할 수밖에 없는 결론'에 대해 토론해 봐라!"

나는 그의 면전에 대고 웃어 주었다. 그는 나를 옆으로 팽개쳤다. 나는 문을 향해 휘청거리며 밀려났다. 그러나 이내 똑바로 섰다. 나는 쓰러지지 않았다.

"내가 끔찍한 실수를 저질렀구나." 그가 말했다. "너를 받아들이지 말았어야 했어. 그래, 한 가지 점에 있어서는 네가 옳다. 나는 위선자다. 연민할 자리가 없다고 하면서도 나는 연민한다. 자비를 베풀 여지가 없는데도, 자비를 베풀었다……."

"자비라고요? 그걸 그렇게 불러요?"

"나는 널 위해 모든 걸 포기했다!" 그가 포효했다. "그런데도 너는 늘 방해만 하거나, 짐 덩어리가 되거나, 나를 배신했지! 네가 오기 전까진 모든 게 완벽했는데, 마지막 일까지 모든 게 완벽했는데, 네가 쓸데없는 곳까지 머리를 들이밀며 참견만 하지 않았어도!"

나는 문을 열었다. 그가 닫으라고 외쳤고 나는, 항상 그의 충실한 종이었던 나는 무심코 그의 말에 따르려고 했지만, 문득 그만뒀다.

"그 문 닫으라고 했다."

"난 당신을 떠날 거예요, 워스롭 박사님." 내가 말했다. 열린 문을, 그리고 그 밖에 있는 복도를 바라보면서, 나를 마지막으로 내려보낼 엘리베이터와 그 너머에 있는 로비로, 괴물학도, 살인도, 유리병을 무력하게 긁어 대는 발톱도, 껍질 안에 살고 있는 그 어떤 언어로도 형용 불가한 아름다운 생명체도 존재하지 않는 세상 밖을 향해서. 머리가 빙글빙글 도는 것 같았다. 손끝은 저리고 가슴은 넘치는 아드레날린으로 터질 듯이 두근거렸다. 자유.

그가 너털웃음을 터뜨렸다. "그래서 어디로 갈 거냐? 그리고 거기 도착하면 뭘 할 거지?"

"세상 반대편으로 갈 거예요!" 내가 큰 소리로 외쳤다. "그래서 당신과 당신이 의미하는 모든 걸 잊어버릴 거예요. 한 천 년은 걸리겠죠!"

사람한테는 자기를 방어할 권리가 있거든.

그게 제일 중요한 것이었다. 유일하게 중요한 것이었다.

나는 떠났다.

둘

리버사이드 드라이브에 이르렀을 무렵, 나는 달리고 있었다.

이렇게 황당할 정도로 간단했다니! 나는 생각했다. 그리고 이 얼마나 간단할 정도로 황당한 일인가! 그동안 나를 구속하던 쇠사슬은 실은 존재하지 않았다! 나를 가둬 놓고 있던 교도소는 물처럼 실체 없는 벽돌로 만들어져 있었다. 그저 힘껏 걷어차기만 하면 자유의 몸이 될 수 있었던 것이다. 자유다! 나는 빛의 속도보다도 수백 배는 빨리 날아가고 있었다. 가장 먼저 매표소에 들렀다. 아무것에도 얽매이지 않고 아무것에도 방해받지 않고, 과거가 등 뒤로 점점 멀어져 가고 있었다. 자유다! 더 이상 화염 속에서 몸부림치는 그들의 비명도 들리지 않고, 나를 절박하게 부르는 그의 목소리 "윌 헨리이이이이이이이!"도 없고, 불 속에서 춤추던 것들 따위, 병 속에서 허우적거리는 것들도, 호박색 눈의 교도소도, 괴물을 흉내 내는 가짜

들, 완벽한 자연의 사악함 따위 모조리 지옥에나 가 버리라지. 그리고 그도, 그도, 그도, 그도, 그, 그 사람과 함께 지옥으로 꺼져. 낡은 모자를 손에 쥔 소년, 신을 잃은 소년은 자신을 거둔 사람을 신으로 섬겼다. 모조리 지옥에나 꺼져. 그 사람의 전부, 그 사람한테 바쳐진 모든 피, 피, 피, 피, 피의 강, 흠뻑 젖어, 핏물 속에서 숨이 막혀 죽어 가는데, 발버둥 치고, 치고, 치고 세게 치고, 그러면 수면 위로 올라가 다시 숨을 쉴 수 있으리.

숨 쉬어.

"그녀는 어디 있어요?" 문 앞에서 내가 헐떡거리면서 물었다.

"릴리 아가씨 말씀이십니까? 지금 쉬고 있으니 아무도 방해 말……."

나는 다짜고짜 집 안으로 달려 들어가 계단을 한달음에 두 칸씩 뛰어올라, 드디어 위로, 마침내 계단 끝에 도착해 그녀의 방문을 박차고 들어갔다. 그러고는 트렁크 모서리에 발끝을 세게 박는 바람에 비틀거리다 쓰러져 결국 마룻바닥 위에 큰대자로 고꾸라졌다.

문이 닫히는 소리가 들렸다. 그다음에는 그녀의 목소리. "배짱 한번 두둑하구나……."

나는 몸을 돌려 등을 대고 누운 다음 재킷 주머니에서 종이를 꺼냈다. "그렇고말고. 네가 생각한 것보다 훨씬 더 두둑하다고! 이것 좀 봐!"

"그게 뭔데?"

나는 허리를 펴고 앉아 종잇조각을 흔들었다. "내일 출발하는 배 표지. 너도 나랑 같이 갈 거야, 미스 베이츠. 영국으로!"

그녀가 얼굴을 찡그렸다. "글쎄, 그 점에 있어서 나는 불확실한걸."

"적어도 나는 갈 거야!" 내가 바닥에서 훌쩍 뛰어오르며 웃음을 터뜨렸다. "삼등실이긴 하지만. 어쨌든 난 리버사이드 드라이브에 사는 부잣집 애가 아니잖아!"

그녀는 팔짱을 끼고 이맛살을 찌푸리며 말했다. "이해가 안 가."

"난 자유야, 릴리. 드디어 저질러 버렸어. 드디어 그 사람과 인연을 끊어 버렸다고."

나는 그녀의 두 손목을 쥐고 양쪽으로 힘주어 벌렸다. 그녀가 내 손을 뿌리쳤다. "너 취했구나."

"응. 하지만 술을 마시진 않았어. 내가 어떻게 지금까지 모르고 살았는지 모르겠어. 그렇지만 너는 알고 있었지, 처음부터 알고 있었어. 계속 너희 박사님이라고 불렀잖아. 내가 그 사람에게 속한 게 아니었어. 그 사람이 나한테 속해 있었던 거야. 그리고 그 사람이 내 거라면, 계속 갖고 있든 말든 다 내 마음이라는 뜻이잖아? 내가 원하는 대로 할 수 있다는 말이야!"

"그런데 왜 하필 지금이야? 이번엔 그가 무슨 짓을 했는데?"

나는 고개를 저었다. "중요한 건 그가 아니야." 나는 다시 손을 뻗었다. 릴리는 이번에도 피하려 했지만 내가 더 빨랐다. 사냥꾼이 사냥감을 함정에 몰아넣었다. 나는 그녀를 가까이 끌어당겼다. "너를 사랑해, 릴리."

그녀는 고개를 돌렸다. "아니야."

"정말이야. 널 사랑해. 열두 살 때부터 그랬어. 난 널 위해서라면 뭐든 할 수 있어. 넌 말만 하면 돼. 네가 말하는 건 다 해 줄게."

그녀가 나를 물끄러미 바라보았다. 푸르고 영롱한 눈동자, 바닥까지 투명하게 비치는, 소코트라 산 정상에 있는 맑디맑은 호수처럼, 내가 병균을 씻어 낸 그곳. 나는 나수, 부정한 자였고, 얼음처럼 차가운 그 물이 나를 정화시켰다. 그래! 나는 생각했다. 여기 우리의 구원이 있나니.

"날 내버려 둬." 그녀가 조용한 목소리로 말했다. "넌 가고 싶은 곳에 가. 하지만 난 끌어들이지 마." 그녀는 내 손에서 팔을 빼냈다. "난 네가 무서워, 윌. 오, 아니야, 그런 뜻이 아니야. 어떻게 표현해야 할지 모르겠네. 너한테는 뭔가 빠져 있어. 뭔가 거기 있어야 하는 것이 없는 거야. 옛날에는 있었다고 생각했는데, 이젠 더 이상 없어."

"빠진 게 있다고?" 뺨에 피가 몰리는 게 느껴졌다. 대체 무슨 소리를 하는 거야? 오, 그러나 나는 알 것 같았다. "거짓말이 아니야. 나 진짜로 널 사랑해."

"그만해." 그녀가 날카롭게 가로막았다. "네가 원하는 게 도망치는 거라면, 가 버려. 그렇지만 나를 핑곗거리로 삼지는 마."

"나는 도망치는 게 아니야, 릴리. 새로운 세상을 찾아 떠나는 거라고."

나는 한 발짝 앞으로 나섰다. 그녀는 한 발짝 뒤로 물러났다. 나는 순간적으로 그녀를 후려치고 싶다는 끔찍한 충동을 억눌러야 했다.

"제발 릴리, 나한테 이러지 마. 네가 그러면 난 견딜 수가 없어. 너한테 말한 적 없지, 진작 말을 했어야 했는데, 왜 너한테 말을 안 한 건지 모르겠어. 네 편지는 나를 지탱해 주던 유일한 거였어. 나를 붙잡아 주고, 내가 허공으로 날아가지 않게 지켜 주는 유일한 거였다고. 제발 릴리, 나도 너랑 같이 가게 해 줘. 네가 핑겟거리가 아니라 이유라는 걸 입증하게 해 줘. 나한테 빠져 있는 건 없어. 나는 완전해. 나는 인간이야."

"인간이라고?" 그녀는 깜짝 놀란 듯 보였다.

"언젠가 그가 내가 그를 인간으로 지탱해 주는 유일한 존재라고 한 적이 있지. 그때는 그게 무슨 뜻인지 몰랐어. 하지만 지금은 알 것 같아. 내가 그를 붙잡아 주고 있었던 거야. 네가 나를 붙잡아 주는 것처럼 말이야. 너는 나를 붙잡아 줘, 릴리. 어둠이 아니라 빛 속에 말이야. 네 할아버지는 그런 게 정해져 있는 게 아니라고 하셨지. 빛 속에 있을 것인지 어둠 속에 있을 것인지…… 그건 순전히 우리 자신의 선택이라고 말이야. 아, 내가 제대로 설명할 수만 있다면!"

나는 주먹으로 손바닥을 내리쳤다. 그녀를 향해 손을 뻗으면 뻗을수록 그녀는 더욱 멀어져만 갔다. 왜 닿을 수가 없는 거지?

"네 이야기를 들은 뒤로, 머릿속에서 떨칠 수가 없었어." 그녀가 실토했다. "탁자 아래 숨었다는 꼬마 아이 말이야……."

"누구?" 그녀가 누구에 대해 말하고 있는지 깨닫기까지는 시간이 조금 걸렸다. 좌절감이 금세 노여움으로 변했다. "걔가 이 일이랑 무슨 상관인데?"

"넌 그 애를 죽일 작정이었잖아."

"그래서? 중요한 건 내가 안 죽였다는 거잖아."

"왜 안 죽였는데?"

"나도 몰라. 기억도 안 나. 그런 건 중요하지 않다고."

"넌 워스롭 때문이라고 했어. 워스롭이 너를 말렸다고 말이야."

나는 그제야 그녀가 무슨 말을 하려는지 깨달았다. 울컥 화가 치밀었다. "그건 사고였어. 누구라도……."

"그래, 윌. 누구라도 뭐?"

그리고 속에 도사리고 있던 검은 것이 튀어나왔다……. 그것이 세상을 두 쪽 낼 수도 있을 것 같은 어마어마한 힘으로 풀려나…… 릴리가 내 앞에, 입술을 벌린 채로, 내 손바닥이 그녀의 양쪽 뺨을 거세게 짓누르고, 새처럼 섬세하고 가녀린 그녀의 두개골이, 그리고 내 안에는 어둠이, 심연이, 허무가, 압도적인 특이성, 내 완벽한 제정신의 순수한 광기, 그리고 그가 그렇게 말했지, 인간의 얼굴을 벗겨 내어 그 거죽 아래 있는 비극적인 광대극을 보여 준 사람, 우스울 정도로 아이러니한 별명인 '리퍼'라고 불리는 사람, 그가 말했다. 너도 눈을 뜬 거지? 다른 사람들은 두려워하는 어두운 곳을 볼 수 있게 된 거다.

그리고 빛이 그녀의 얼굴 주위로 걸쭉한 젤라틴처럼 엉겨 붙기 시작했다. 빛이 밀려들었다.

"인간." 내가 으르렁거렸다. "난 그게 무슨 뜻인지 모르겠어. 말해 봐, 릴리. 제발 말해 봐. 인간이 뭐야? 인간을 어떻게 구분할 수 있지? 사랑을 할 줄 안다는 것? 악어도 제 새끼를 지키기 위해서라면 목숨을 걸어. 희망? 사자는 며칠간이고 사냥감의 뒤를 쫓지. 오랑우탄이 신 같은 존재를 섬기지 않는다고 확신할 수 있는 사람이 있어? 인간은 뭔가를 만들고 창조할 줄 안다고? 그건 흰개미도 마찬가지야. 꿈을 꾼다는 것? 창가의 고양이도 자면서 꿈을 꿔. 나는 진실을 알아, 릴리. 내 눈으로 직접 봤으니까. 유리병 속에서 갉작대는 것.

자루 속에서 꿈틀거리는 것. 호박색 눈으로 나를 노려보는 것. 우리는 겨우 1만 년 동안 서툴게 쌓아 올린 건물 속에서 살고 있어, 릴리, 그리고 그 사실을 우리들 자신으로부터 숨기기 위해 얇고 투명한 커튼을 치지."

그녀는 울었다. 릴리가 흐느끼고 있었다. 그녀의 눈물이 내 손바닥에 눌린 그녀의 뺨 위로 흘러내리고 있었다.

"그러니까 넌 나를 인간으로 지탱해 줄 사람이 필요 없다고 생각하는구나. 왜냐하면 나한테는 더 이상 지킬 인간성이 없으니까."

나는 그녀의 몸을 세게 밀쳤다. 그녀는 흐느끼며 침대 위로 털썩 쓰러졌다. 그녀가 소리쳤다. "나가!"

"나는 나 스스로를 방어할 권리가 있어." 나는 헐떡이며 말했다. 나는 엄청나게 깊은 굴 속으로 추락하고 있었다. 무시무시한 압력 때문에 숨을 쉴 수도 없었다. "그게 중요한 거야. 그게 유일하게 중요한 거지."

나는 떠났다.

셋

나는 그랜드 센트럴 역에서 미스터 포크를 만났다. 나는 늦었다. 그는 정각에 도착했다. 한 손에는 찌그러진 슈트케이스가, 다른 한 손에는 기차표가 들려 있었다.

"막 너를 두고 가려던 참이었다, 헨리 군." 그가 말했다.

"문제가 좀 있었어요."

"심각한 문제였니?" 그가 물었다.

"철학적인 문제요."

"오, 그럼 아주 심각한 거겠군." 그가 싱긋 웃었다.

"경찰하고는 어떻게 됐어요?"

"좋은 형사를 만났지. 폰 헬룽의 친구라는 그 사람이야. 그들이 나를 쏘길래, 나도 그들을 쐈소이다. 그들은 쓰러졌고 나는 무사했지. 그랬더니, '시민들에게 봉사를 해 준 셈이군, 잘 했소.'라고 하더구

나. 정확히 그렇게 말한 건 아니지만 요지는 그랬어."

나는 고개를 끄덕였다. "벌써 표를 샀네요."

"캘리포니아에는 가 본 적이 없어서. 거기 날씨가 좋다는 말을 들었다."

"유럽은 어때요?" 나는 내 표를 꺼냈다. "아저씨 조상들의 땅 말이에요."

"오, 그거 꽤 끌리는데." 그가 내 손에서 표를 받아 들었다. "삼등실?"

"가서 교환하면 돼요. 부족한 비용은 내가 낼게요."

"배는 타 본 적이 없는데. 멀미를 하면 어쩌지?"

"소금 크래커를 먹으면 돼요. 춤도 통한다고 들었어요."

"춤을 추라고?"

"뭐, 어느 쪽이든 당신 마음이죠. 배는 내일 출발해요."

"내 기차는 10분 뒤에 출발하는데. 나랑 바꿀 거냐?"

나는 고개를 저었다. "전 아무 데도 안 가요, 미스터 포크."

"다시 한 번 생각해 보렴. 경찰은 내가 누구 밑에서 일하는지 알아. 그리고 카모라는 너희를 별로 좋아하지 않을 테고."

"카모라보다 훨씬 고약한 것들도 수없이 다뤄 봤는걸요."

그는 어깨를 으쓱했다. "하지만 그들은 똑같은 말로 돌려주지 못하겠지, 안 그러냐, 헨리 군?"

우리는 잠시 미소 띤 채 서로를 바라보며 서 있었다.

"그 여자애." 그가 말했다. "그 여자애도 데려가야지."

"정말 못 말릴 정도로 낭만적인 분이네요, 미스터 포크."

"오, 그게 없으면 사는 게 다 무슨 소용이란 말이냐, 헨리 군!"

그는 내게 표를 돌려주려 했다. 나는 고개를 저었다.

"둘 다 가지세요. 누가 물어보면 전 당신이 어디로 갔는지 모른다고 하면 되니까요."

그는 주머니에 표를 넣고, 찌그러진 슈트케이스를 집어 들고, 군중 속으로 사라졌다.

나는 떠났다.

넷

내가 미스터 포크에게 한 말은 사실이었다. 나는 아무 곳에도 가지 않았다. 갈 곳이 없었다. 호텔로 돌아갈 수는 없었다. 릴리를 찾아갈 수도 없었다. 폰 헬룽의 저택으로 갈 수도 없었고 협회로 갈 수도 없었다. 나는 방향타 없이 표류하는 길 잃은 방랑자였다. 이 위대한 도시의 거대한 인파가 나를 어디론가에 데려다줄 것이다.

마지막으로 식사를 한 게 언제인지 기억나지도 않았지만 배가 고프지는 않았다. 잠을 잔 게 언제였더라? 그럼에도 피곤하지 않았다. 나는 늦은 저녁 시간에 돌아다니는 사람들을 따라 크고 광활한 바다를 떠다니는 빈 병처럼 무심히 흘러 다녔다.

모든 게 완벽했는데, 마지막 일까지 모든 게 완벽했는데, 네가 쓸데없는 곳까지 머리를 들이밀며 참견만 하지 않았어도!

그래요, 워스롭 박사님. 그렇다면 내 머리는 어디에 있어야 하는 것일까요.

그 여자가 손짓하던 좁은 골목길로 돌아가고 싶다고 막연히 생각했다. 그녀와 함께 눕는다면, 지금처럼 갈 곳 없고 허망하게 느껴지지는 않을 것이다.

가장 순결한 키스마저…….

무녀는 대답했도다. "죽고 싶어."

불빛이 노란색에서 자줏빛으로 바뀌고, 붉은색과 황금색 종이등 위로 용이 솟구쳤다. 생선과 생강, 매캐한 향 냄새가 코를 찌르고 짧고 날카롭게 끊어지는 외국어와 순수한 어둠이 담긴 눈과 누르스름한 피부. 나는 차이나타운에 와 있었다.

사람들이 북적거렸다. 나는 첫 번째 사거리에서 돌아 야한 조명이 켜져 있는 거리를 뒤로했다. 한 여자가 문밖으로 나왔다.

"당신 와? 응? 들어와."

그녀가 나를 안으로 잡아당겼다. 작은 대기실에 있는 나무벤치에는 아직 어린 소녀 둘이 앉아 있었다. 나를 끌고 온 여자처럼 미국인이었지만, 용이 수놓인 청삼*을 입고 있었다. 그들이 일어나 내게 다가오더니 내 양쪽 팔에 각각 팔짱을 끼었다. 아름다운 소녀들이었다. 나는 그들의 손에 이끌려 커튼 안쪽으로, 부연 연기가 가득한 침침한 방으로 안내되었다. 연기 때문에 찔끔 눈물이 흘렀다. 속이 울렁거렸다. 나는 앞이 보이지 않고 정처 없이 흔들리는 바다 위에서 거칠게 표류하고 있었다.

---

* 중국이나 인도네시아 여인들이 입는 몸에 딱 달라붙는 원피스.

"여긴 뭐 하는 데지?" 나는 오른쪽 팔에 매달려 있는 소녀에게 물었다.

벽이 보이지 않았다. 방이 거의 무한대로 펼쳐져 있는 것 같았다. 매트리스와 간이침대, 또는 담요가 깔린 벤치 위에 사람 같은 그림자들이 누워 있었다. 여러 명이 모여 있는 경우도 있었지만 대개는 혼자서, 마약쟁이들처럼 파드득거리는 눈꺼풀 아래 불안하게 흔들리는 눈동자. 생각이 만들어지지 않았다. 머릿속 생각들이 형태를 만들어 가기도 전에 희끄무레한 공기 속으로 흐트러져 사라졌다.

소녀들이 나를 빈 매트리스 위에 앉혔다. 짚단으로 채워져 바스락 소리가 났다.

"아편이구나." 나는 왼쪽에 앉은 여자에게 말했다. "그렇지?"

그녀는 내게 빙긋 웃어 보였다. 섬세한 얼굴, 눈이 크고 검었다. 이렇게 아름다운 여자는 처음 본다. 또 다른 소녀—자매 관계일까? 무척 닮았다.—가 벽 구석에서 길고 가느다란 담뱃대를 가져와 사발과 함께 내려놓았다.

"해 볼래요?" 소녀가 물었다.

그녀의 자매가 불꽃 위에 사발을 데웠다. 나는 잠시 그녀를 바라보다 말했다. "내가 진짜로 원하는 건 뭐라 형용할 수 없을 정도의 희열감을 주는 거야, 거의 성적인 쾌감에 가까운 걸로."

"마음에 들 거예요." 소녀가 대답했다. "이름이 뭐죠?"

"펠리노어." 내가 대답했다.

그녀의 자매가 내 손에 파이프를 들려 주었다. 소녀가 내 손을 쥐더니 담배부리를 내 입에 물렸다.

"깊이 들이마셔요, 펠리노어." 그녀가 작게 속삭였다. "최대한 깊이, 그러고는 천천히, 아주 천천히 코로 내뿜는 거예요."

"날 떠나지 말아 줘." 내가 말했다.

나는 깊숙이 빨아들였다. 속이 반항하며 뒤틀렸지만, 나는 도저히 견딜 수 없을 때까지 최대한 숨을 참았다. 마치 더 이상 늘어날 수 없이 팽팽해진 낚싯줄처럼, 소녀의 얼굴이 길게 늘어나더니 그녀의 검은 눈이 내 시야를 가득 메웠다.

"이젠 돌이킬 수 없어요." 그녀가 말했다. "에덴의 과실처럼."

그리고 그 옆에서 그녀의 자매가 말했다. "한번 그 맛을 보고 나면 다시는 되돌릴 수 없죠. 하면 할수록 점점 더 갈구하게 돼요, 점점 더 많이."

"무엇을 원해요?" 그녀의 자매가 물었다.

"죽고 싶어." 내가 대답했다.

그녀의 얼굴이 온 세상과 맞먹을 정도로 불어났다. 그녀의 홍채가 대륙처럼 커다래졌다. 마치 지각이 쩍 벌어지듯 입술이 갈라지며 수백 킬로미터나 되는 끝없는 바닥이 드러났다.

"가장 순결한 키스." 그녀가 말했다. 봄 냄새처럼 달큰한 숨결.

"릴리." 내가 말했다.

"순결하지 않아도 돼." 릴리가 대답했다. 그래서 나는 그녀에게 키스했다. 나는 그녀의 대기권 속으로, 지극히도 작고 좁은 내부로 추락했다. 내 침입이 뿜어낸 열기가, 내 뼈에서부터, 내 골수에서 뿜어져 나온 열기가 피부를 그을리고, 줄어들고 줄어들어 하찮은 한 알의 모래 알갱이가 될 때까지, 하얗고 뜨겁고 아래로, 아래로, 나의 타락은 그녀의 순결한 에테르 속에서 불타 사라졌다.

죽고 싶어, 릴리, 죽고 싶어.

그렇다면 죽어, 내 안에서.

다섯

나는 제어될 수 없다.

내가 없는 곳은 없다.

나는 원이며, 원은 완벽하다.

나는 부화를 시작한 태고의 알이다.

나는 당신을 꿰뚫어 보는 호박색 눈이자, 나를 마주 보는 당신이다.

나는 다스 웅게오이어. 고개를 돌려 나를 보라.

나는 구원이다. 나는 전염병이다. 나는 완벽이다.

허물을 벗는 짐승처럼 나는 인간의 똬리를 벗어던졌다. 나는 무엇에도 구애받지 않으며 그러므로 당신도 없다.

이것이 내가 지켜 온 비밀이다.

나는 다스 웅게오이어.

고개를 돌려 나를 보라.

세상이 들끓는다. 성난 붉은 태양이 하늘을 메운다. 핏빛의 광휘가 갈라진 대지에 추락한다. 죽은 땅, 불모지, 황폐하고 망가진 지구.

산 것은 아무것도 없지만 나는 남는다, 부서지지도 않고, 순수하게 정화된 어둠. 나는 어둠이며 나는 완벽하다.

무엇을 원하는가? 죽고 싶은가?

고개를 돌려 나를 보라. 나는 거기에 있다. 당신의 시야에서 1만분의 1센티미터 빗겨난 곳에, 나는 항상 거기에 있다. 나는 이름을 알 수 없는 얼굴 없는 존재, 얼굴을 쳐다볼 수 없는 이름 없는 존재이다.

나는 당신의 소름 끼치는 욕망이며, 당신을 포옹하는 팔, 당신이 안주하는 자궁이다.

이제 보이는가? 이해할 수 있는가? 나는 치아로 당신의 껍질을 벗길 것이다. 당신의 피를 빨 것이다. 당신의 뼈를 돌멩이로 갈아 가루로 만들 것이다. 당신의 몸을 분자 단위로 분해할 것이다.

어째서 모르는 척하는가. 당신은 내가 무엇인지 안다. 어째서 돌아보지 않는가?

세상은 무너진 대지와 핏빛 태양으로 끝날 테지만 나는 계속해서, 계속해서, 금 간 껍질처럼 영구히 남을 것이다.

모든 것은 원이며 원은 완벽하다.

이것은 비밀이다.

고개를 돌려 보라.

3곡

하나

바다는 어둡고 고요했다. 별 하나 떠 있지 않은 하늘. 수평선도 보이지 않았다.

한 가닥 빛줄기가 허공을 유린하며 어둠의 심장을 관통해 나를 향해 날아왔고, 항만 위에 우뚝 선 거인의 잔상이 내 눈 위에 아로새겨진다. 난공불락의 요새처럼 하늘 위로 30미터가 넘게 솟은, 지구의 토대보다도 더 오래된 거인.

그 어떤 어두운 암흑도, 격렬한 폭풍도, 홍수도 화재도 거인을 넘어뜨리지 못한다. 그는 만 년이 넘도록 여기 있었고, 앞으로도 만 년은 넘게 여기 있을 것이다.

빛이 다가온다. 어둠이 물러간다. 완만한 파도 위에서 배가 술렁이며 빛을 향해 끌려간다.

거인이 내게 몸을 기울이며 말한다.

"그래, 난 워스롭이다. 그래, 여긴 플라자 호텔에 있는 우리 방이다. 그래, 늦은 시간이지. 네가 생각하는 것보다 훨씬 늦은 시간이야. 새벽 3시가 거의 다 됐으니까. 악마의 시간이지. 네가 그런 걸 믿는다면 말이다. 그리고 네가 로토파고스족*의 땅에 머무른 지 열하루가 지났고. 너는 탈수 증세를 겪고 있고 배가 몹시 고플 거다. 어쨌든 메슥거림이 잦아들고 나면 배가 고프겠지. 걱정하지 마라. 식당이 문을 열자마자 푸짐한 식사를 주문할 테니까."

"열하루요?" 단어를 발음하기가 힘들었다. 혀가 소시지만큼이나 퉁퉁 분 것 같았다.

"아편굴에서는 그보다도 더 오래 버티는 사람들도 많다." 그는 침대 옆 의자에 앉더니 지친 듯이 고개를 떨어뜨렸다. 처참한 몰골이었다. 면도도 하지 않았고 뺨은 수척하고 눈은 수면 부족으로 벌겋고 눈 밑은 가무잡잡하다. 그는 이미 오래전에 차갑게 식은 홍차를 잔에 따랐다.

"절 어떻게 찾았어요?"

그는 어깨를 으쓱했다. "별로 어렵지 않았다. 열 명이 넘는 괴물학자들과 뉴욕 경찰의 절반이 사방을 뛰어다닌 것과는 아무 상관도 없고." 차를 한 모금 마셨다. 컵의 가장자리 위에서 어두운 눈동자가 번득였다. "지금 내게 가장 큰 관심사는 또 다른 재앙을 방지하는 거다. T. 세레호넨시스와 너를 잃어버린 탓에, 그동안 나한테 신세를 진 사람들을 전부 동원해야 했지."

* 로토스라는 신비한 열매를 먹고 산다는 그리스 신화에 등장하는 전설의 부족. 로토스는 주로 마약에 비유된다.

"전 잃어버린 게 아닌데요."

"내 생각은 다르다. 솔직히 내가 너를 온전히 찾아왔는지도 의심스럽구나."

"전 박사님한테 설명할 의무 같은 거 없어요."

"바라지도 않는다."

"당신한테 빚진 게 없다고요."

그는 고개를 끄덕였다. 나는 놀랐다. 그가 말했다. "하지만 나는 네게 빚진 게 있지. 사과 말이다. 네가 옳았다, 월. 너는……."

그는 신중하게 말을 고르고는 애매한 동작으로 손을 저었다. "이런 걸 바라지 않았다. 하지만 넌 지금 여기 있고, 나도 여기 있다. 트로이는 잿더미가 되었고, 너는 집으로 가는 길을 찾아야 한다. 거기서 내 역할이 뭔지는 모르겠지만 말이다. 나는 네가 몸을 묶은 돛대인 걸까, 아니면 충절을 지키는 페넬로페인 걸까?*"

나는 고개를 돌려 외면했다. "당신은 페넬로페가 아니에요."

그는 작게 웃었다. "뭐, 좋다. 나는 네가 키클로페스**라고 대꾸할 줄 알았다."

"토할 것 같아요."

"침대 옆에 양동이가 있다."

나는 두 눈을 질끈 감았다. 토할 것 같은 느낌이 지나갔다. "박사님 비유에는 문제가 있어요." 내가 지적했다. "저한테는 돌아갈 집

---

* 트로이 전쟁이 끝나고 귀향하던 오디세우스는 마녀 세이렌의 유혹에 넘어가지 않으려 돛대에 몸을 묶는다. 무사히 집으로 돌아간 오디세우스는 아내 페넬로페와 재회한다.

** 오디세우스를 잡아먹으려다 하나밖에 없는 눈을 잃은 외눈박이 거인.

이 없어요."

그는 반박하지 않았다. "물론 언제든 나랑 함께 지내도 좋다."

"내가 왜요? 나는 짐 덩어리에 방해물밖에 안 되잖아요. 제가 오기 전까진 모든 게 완벽했다면서요. 마지막까지요."

"흠, 그게 가장 만족스러운 결론이라고 말하진 않으마. 하! 잃어버린 양 한 마리를 찾으려고 온 시내를 쥐 잡듯 뒤집어 놓은 건 차치하고라도, 내 부친이나 다름없던 분을 땅에 묻어야 했고 지하 범죄세계와도 평화조약을 맺어야 했으니 말이다."

나는 그를 쳐다보았다. "그래서, 성공했어요? 화해했어요?"

그는 찻잔을 내려다보며 손가락 마디가 하얗게 질리도록 세게 눈가를 비볐다. "아직 휴전 협정이 진행 중이라는 말만 해 두마."

"그쪽에서 뭘 요구하는데요?" 나는 곧 스스로 대답을 알아냈다. "나군요. 나를 원하는 거예요. 그렇죠?"

그는 손가락을 뺨으로 가져가더니 눈 아래를 밑으로 잡아당겼다. "파드로네와 파드로네의 경호원을 살해한 범인을 내놓으라고 했다. 하지만 미스터 포크는 이미 자취를 감춰 버렸지."

나는 고개를 모로 돌렸다. 그가 말을 이었다. "그나마 다행스러운 점이 있다면 콤페텔로가 너무 급작스럽게 사망하는 바람에 조직에 공백이 생겼다는 거야. 놈들은 정의의 저울을 바로잡는 문제뿐만 아니라 누가 주도권을 쥘 것인가 대해서도 골치를 썩고 있지. 덕분에 시간을 좀 벌 수 있을 거다."

"무슨 시간요?"

"협회에다 본부를 다른 도시로 이전하자고 제안했다. 다른 대륙

이면 더더욱 좋고. 빈이 좋겠지. 베네치아도 좋고." 그는 상념에 젖었다. "난 늘 베네치아가 좋았어."

"이탈리아에는 카모라가 없어요?"

그가 두 손을 펼쳐 들었다. 그게 무슨 상관이람?

내가 말했다. "프란체스코 콤페텔로를 죽인 건 미스터 포크가 아니에요."

"그 사실은 절대로 이 방 밖으로 나가서는 안 된다." 그가 대답했다.

"비밀이 너무 많아요." 내가 중얼거렸다.

"뭐라고?"

나는 목청을 가다듬었다. 뜨거운 석탄을 삼키기라도 한 것처럼 목이 쓰라렸다.

"저한테 사실대로 말했으면 좋았잖아요. 그랬더라면 파드로네의 조카들도 안 죽었을 거고, 파드로네도 안 죽었을 거예요."

그의 얼굴에 조금이나마 남아 있던 혈색이 순식간에 가셨다. 그는 한참 동안 꼼짝도 하지 않고 무표정한 얼굴로 나를 유심히 뜯어보았다.

"제가 누구한테 비밀을 누설하겠어요?" 내가 물었다. 울화가 치밀었다. "난 친구가 없어요. 가족도 없고요. 식료품 가게 주인? 아니면 빵집 주인? 제가 그럴 애가 아니라는 건 박사님도 잘 알잖아요. 릴리? 그 애 때문에 그랬어요? 내가 릴리한테 말할까 봐 걱정이 돼서? 내가 왜 걔한테 그런 걸 말하겠어요! 나한테 아무것도 아닌데!"

"네가 무슨 소리를 하는지 모르겠구나." 그는 억지로 미소를 지으려 했다. 고통스러울 정도로 꼭 다문 입술, 너무나도 워스롭다운 특유의 표정. “아편을 하면 기분이 좋아지지. 나도 안다. 하지만 환각이나 편집증적 망상을 초래하기도 하지.”

나는 그가 또다시 식은 홍차를 따라 마시는 모습을 지켜보았다. 그의 손가락이 미세하게 떨리고 있음을 눈치챌 사람은 세상에 아무도 없을 것이다. 나만 빼면.

“세상에 남은 마지막 한 마리.” 내가 말했다. “왕의 몸값보다도 더 비싸다고 했죠. 그러니 그걸 어떻게 하면 좋을까요? 죽일 수는 없어요. 그건 박사님의 신념에 위배되니까. 그렇다고 비밀로 할 수도 없어요. 왜냐하면 그건 박사님이 그토록 갈구하는 영광과 불멸의 명성—당신이 유일하게 믿는 불멸—을 얻을 가장 좋은, 그리고 마지막이 될지 모를 기회였으니까. 즉 너무 어려운 선택을 해야 했죠. 그걸 죽이느냐, 아니면 개인적인 영광을 희생하고라도 그것의 존재를 비밀로 할 것이냐.”

워스롭은 고개를 설레설레 젓고 있었다. 냉철한 시선은 여전히 내 얼굴에 박혀 있다. “당치도 않구나.”

“제 말이요! 그래서 당신은 두 가지 모두를 거부할 묘안을 생각해 냈어요. 하지만 공범이 필요했죠. 정확히 말하자면 두 사람의 공범이 필요했어요. 그중 한 명은 마이스터 아브람이었을 거예요. 이탈리아 출신 경비원과 아일랜드인 도둑을 섭외하기 위해서요. 하지만 그가 마테를링크의 ‘고객’이었을 것 같지는 않아요. 그건 다른 괴물학자였겠죠. 아코스타로하스요.”

“아코스타? 왜 하필 그 사람이냐?” 나를 살피는 시선.

“T. 세레호넨시스의 서식지 출신이잖아요. 어쩌면 그 사람이 보금

자리를 찾은 장본인일 수도 있고요."

그는 긴 다리를 꼬고, 두 손을 포개 무릎에 올리고, 턱을 안으로 당겼다. 내가 총을 쏘기 직전의 콤페텔로가 떠올랐다.

"내가 총을 쏘기 직전에 프란체스코는 박사님과의 약속을 지켰다고 말했어요. 이상하다는 생각이 들었죠. 무슨 약속을 말한 거예요?"

"첫 번째 약속은 학회가 열릴 때까지 보초를 설 사람을 보내 준다는 것이었고, 두 번째는 우리가 잃어버린 것이 어디 있는지 알려 준다는 것이었다."

"저도 그렇게 추측했죠. 몇 시간 전에 박사님이 이렇게 말하지만 않았어도 말이에요. '모든 게 완벽했는데, 마지막 일까지 모든 게 완벽했는데.' 어떻게 마지막에 있었던 일을 완벽하다고 말할 수가 있어요? 처음부터 끝까지 전부 다 잘못됐잖아요. 실상은 도둑도 없었고, 잃어버린 것도 없었고, 콤페텔로의 약속이라는 게 그 보물이 죽었다는 가짜 증거를 가져다주는 게 아니었다면 몰라도. 온 세상에 그게 죽었다는 소문을 내려고 말이지요."

그는 의자에 앉아 앞뒤로 천천히 몸을 흔들고 있었다. 그의 몸은 움직이고 있었지만 그의 눈은 나에게 못 박혀 있었다.

"그 상자에 뭐가 들었는지 네 눈으로 직접 보지 않았느냐."

나는 피식 웃었다.

"지금 단계에서는 T. 세레호넨시스와 평범한 보아 뱀을 구분하기가 힘들죠. 저한테 직접 그렇게 말씀하셨잖아요. 그렇게 꿩도 먹고 알도 먹는 계획을 짠 거예요. 괴물학자 중에서 가장 뛰어나고 가장 걸출하고 위대한 펠리노어 워스롭의 말에 감히 누가 의문을 제기할 수 있겠어요? 게다가 박사님이 사기를 친 것도 아니잖아요. 어쨌든 그 생물이 존재하는 건 사실이었으니까."

"흠, 그렇다면 콤페텔로가 사기를 쳤을 가능성이 더 높지 않겠느냐? 그가 가엾은 뱀을 한 마리 희생시켜 중간에 과학자를 끌어들이지 않고 보물을 독차지하려고 했던 게지."

만약에 내게 그럴 만한 힘이 남아 있었다면 침대를 박차고 일어나 그의 목을 졸라 죽였을 것이다. 저 빌어먹고 오만한 인간 같으니!

"전부 당신 짓이었어!" 나는 폭발했다. "처음부터 끝까지 전부 당신 짓이었다고! 당신인지 당신이 아는 사람인지가 중개인을 고용해서 알을 뉴예루살렘으로 가져온 거야. 파이브 포인츠에서 건달을 고용해서 그 가엾은 작자한테 '도둑질'을 시킨 것도 당신이고, 소위 그 범죄를 목격할 수 있게 콤페텔로의 부하를 데려온 것도 당신이었다고요! 당신은 잃어버린 것을 찾게 도와 달라고 도움을 요청하러 엘리자베스 가에 간 게 아니에요. 애초에 잃어버린 적이 없으니까! 그 사람들더러 두 번째 약속을 지키라고 종용하러 간 거죠. 그래서 자기가 납치된 척, 인질이 된 척 꾸민 거고. 내가 쓸데없이 머리를 들이밀지만 않았더라면 모든 게 완벽했겠죠!"

그는 한참 동안 아무 말도 하지 않았다. 나는 숨이 차서 헐떡거리고 있었다. 공기가 바닥나서, 인내심이 바닥나서. 그랬으면서 나한테 그를 배신했다고 비난하다니!

"흠." 마침내 그가 입을 열었다. "아주 흥미로운 이야기구나, 윌 헨리. 터무니없는 억측이기도 하고."

"그건 어디 있죠, 워스롭? 몬스트러마리움에? 내가 짐작하기론 그래요. 적어도 당신이 여기 있을 땐 세상에서 가장 안전한 장소니까요. 더욱 안전하고 영구적인 거주지를 찾을 때까지 시간을 벌 수 있겠죠."

"재미있는 추리긴 하지만 심각한 허점이 있다. 내가 왜 내가 고용한 공범한테 총을 맞겠느냐? 왜 그 사람이 그런 짓을 했겠니?"

"그게 바로 결정적인 증거라고요!" 내가 외쳤다. "참 고맙네요, 박사님. 그걸 몸소 지적해 줘서요. 그때 알아차렸어야 했는데. 당신은 금방 알아차렸죠. 펠리노어 워스롭이라면 그에게 소중한 것을 절대로 쉽게 포기할 리가 없다는 걸요. '가져가게 내버려 둬!'" 나는 깔깔 웃었다. "당신은 내가 그걸 그에게 주길 바랐어요. 어쨌든 그 사람을 고용한 이유가 그거니까요."

"거기까지다!" 그는 의자에서 벌떡 일어나 내게로 다가왔다. "내 명예를 모독하는 것은 그렇다 쳐도 내 지성을 모독하는 건 완전히 다른 문제야! 모든 걸 내 책임으로 돌리면, 늘 그렇듯이 내 손에 피를 묻히면 네 죄책감이 덜어지느냐? 하지만 누가 뭐래도 그날 밤에 몬스트러마리움에 릴리와 함께 몰래 숨어 들어간 건 바로 너다. 겨우 만 달러 때문에 두 사람을 무자비하게 살해한 것도 너고, 내가 경애하는 유일한 친구의 죽음을 초래한 것도 바로 너다! 삐뚤어진 정의감 때문에 한 조직의 왕을 살해해서 전쟁의 불씨를 당긴 것도 너고!"

워스롭은 떨리는 길게 한숨을 내쉬었다. 그의 목소리가 들리지 않을 정도로 잦아들었다.

"그리고 이기적인 욕망의 제단에 남을 희생시킨 것도 너지……."

괴물학자는 몸을 돌렸다. 나머지—그리고 다른 모든 것—은 나중을 위해 남겨 둔 채로.

"네가 저지른 짓을 봐라." 문 앞에서 그가 중얼거렸다. "너는 이번에도 나를 실망시켰다. 또다시 최악의 순간에 말이다. 내일 나는 학회의 개회식을 주재해야 한다. 이렇게 심란하고 착잡한 상태에서 말이다. 뉴예루살렘에 돌아가고 나면……."

"난 뉴예루살렘에 안 가요!" 나는 악을 썼다. 그가 한 손을 들어 올렸다가 떨어뜨렸다. 체념의 몸짓이었다.

"마음대로 하렴." 그가 말했다. 그의 목소리에는 아무것도 남아 있지 않았다. 노여움도, 슬픔도, 어설픈 감정 따위는 존재하지 않았다. "내가 너를 너 자신으로부터 구하는 것도 마지막이 되겠구나."

둘

워스롭은 문을 닫고 나갔다. 마룻바닥이 삐걱거리는 소리가 희미해졌다. 그는 방으로 돌아오지 않았다. 그건 알 수 있다. 아마도 평소에 틀어박히길 좋아하는 응접실에서 불도 켜지 않고 음침하게 앉아 있을 것이다. 속이 끓어올랐다. 어지럼증과 메슥거림은 잊어버렸다. 나는 내가 옳다고 생각하지 않았다. 나는 내가 옳다는 것을 알고 있었다. 그는 내게 거짓말을 했다. 거짓말이야말로 최악의 말장난이자 허풍에 불과하다고 말하던 자가. 그보다 더 나쁜 것은, 그가 릴리를 위험에 처하게 만든 일과 그 뒤에 일어난 대학살을 정당화하기 위해 사실을 비틀어 왜곡했다는 것이다. 만일 내가 진실을 알았더라면 콤페텔로와 그의 부하들은 지금도 살아 있을 것이다. 폰 헬룽도 마찬가지다. 진짜 괴물은 그가 나에게 저지른 기만 행위지, 내가 아니다. 아니, 그것도 아니다. 거짓말은 순전히 그의 거대한 에고와 희귀한 생물을 사람의 목숨보다도 더 중하게 여기는 사고방식이 낳은 결과에 불과했다. 나는 항상 그가 오만방자하고 보통 사람 같은 인간적인 감정이 없다고 생각했다. 하지만 그가 사악하다고는 한 번도 생각해 본 적이 없었다.

마룻바닥이 다시 삐걱거렸다. 자기 방으로 건너갔나 보다. 1분이 지나고, 5분이 지나고, 이제 마룻바닥 소리는 마치 그가 까치발을 딛고 있는 것처럼 조그맣고 조심스러워졌다. 나는 이불을 젖히고 서랍장을 뒤져 옷을 찾았다. 사방이 빙글빙글 도는 것 같았다. 휘청거리다 넘어질 뻔했다. 며칠 동안 아무것도 먹지 않았으니까.

나는 그가 어디로 가는지 알고 있었다. 적어도 그렇다고 생각했다. 그리고 만일 그가 그곳에 가는 게 아니라면 이때를 틈타 내가 찾아내리라. 나는 그가 그것을 어디 숨겼는지 알고 있다고 확신했다. 나는 그것을 찾아내어 사악한 머리통을 베고, 입만 열면 거짓말만 뱉어 내는 구멍에 그것을 쑤셔 넣어 줄 것이다.

한 가지 이해할 수 없는 것은 어째서 사실을 실토하지 않느냐는 것이었다. 지금 와서 숨겨 봤자 무슨 소용이라고.

“악랄한 자식.” 나는 중얼거렸다. “악마 같은 놈!”

얼어 죽을 것처럼 추운 밤이었다. 너무 서두르는 바람에 코트를 깜박 잊었다. 나는 바지 주머니에 손을 넣고 어깨를 구부정하게 모았다. 도시의 불빛이 하늘 위 별빛을 몰아내고 있었다. 시야는 부옇고 머릿속은 혼란스럽다.

아무리 늦은 시간에도 도시의 거리란 텅 비는 법이 없다. 흰옷을 입은 미화원들과 술에 취해 비틀거리며 밤늦게까지 영업하는 술집을 찾아다니는 뱃사람들, 그리고 그들을 호시탐탐 노리는 소매치기와 창녀, 때때로 발길 닿는 대로 방황하며 쓰레기통을 뒤지는 부랑자와 혼자 순찰을 도는 경찰도 있었다.

어둡고 스산한 건물들이 지평선을 가로막고 서 있다. 여기서는 세상의 끝을 구분하기가 불가능하다. 내 목표물은 나를 훨씬 앞질러 가고 있었다. 저 보이지 않는 곳으로, 마치 그가 수호하는 지평선처럼. 이집트에서 그는 미호스라는 이름으로 불렸다. 내가 그 밑으로 떨어지지 않게 보호하는, 신성한 책임을 맡고 있는 자.

나는 협회 본부 건물로 들어갔다. 무도회가 있던 날 밤 릴리와 함께 이용했던 문을 통해서. 검은 재킷, 보랏빛 드레스, 까마귀처럼 새까만 곱슬머리. 이제 그녀는 가고 없다. 영국에 가 버렸다. 누가 그런 데 신경이나 쓴대? 지옥에나 떨어지라지.

너한테는 뭔가 빠져 있어. 뭔가 거기 있어야 하는 것이 없는 거야.

아니야, 릴리. 빠져 있는 건 없어. 나는 완전해. 나는 완전무결한 존재다. 나는 인간 진화의 축소판이다. 껍질이 깨지고, 양수가 흘러나온다. 호박색 눈이 열린다. 한 번도 깜박이지 않고 그림자 없는 세상을 끝없이 응시하는.

계단은 아래로 이어졌다. 좁고, 뱀처럼 구불구불하고 어두운 층계, 워스롭의 꿈에 나왔던 층계와 꼭 닮은. 가스등이 켜지고, 물안개처럼 스멀스멀 기어 나온 불빛이 나를 반긴다. 괴물원, 괴물들의 집, 코데쉬 하코다쉼, 지성소, 아이작슨이 그랬지. 언젠가 너도 거기 전시될 테니까.

꾀죄죄한 통로를 따라 목소리가 들려왔다. 모퉁이를 돌아, 벽에 불안하게 기대 쌓여 있는 상자와 궤짝 사이를 지나, 발음이 뭉개져서 알아듣기가 힘들다. 두 개의 목소리, 둘 다 남자, 하나는 분명히 워스롭이고 다른 하나는 정확히 짚어 내기는 힘들지만 묘하게 익숙한 데가 있다. 목소리의 진원지에 가까워질수록 발걸음을 늦췄다. 이제 다른 누군가의 소리가 들린다. 가냘픈 신음 소리. 통증에 괴로워하는 인간의 신음 소리였다.

그리고 다음 순간, 나는 새뮤얼 아이작슨의 목소리를 들었다. "얼마나 더 오래요?"

다음은 워스롭. "그건 알 수 없다. 몇 시간…… 며칠…… 몇 분이 될 수도 있고. 아예 영원히 오지 않을지도 모른다. 주사기를 다오. 표본을 다시 채취해야겠다."

"아니면 지금 끝내 버리는 게 나을지도 몰라요. 저 사람이 겪을 고통을 생각하면……."

"신이 되고 싶으냐, 아이작슨? 나는 과학자다. 나는 자연을 연구하지, 다스리지 않아. 우리가 할 일은 관찰하고 기록하는 것이지 선고를 내리고 처형하는 게 아니다. 그녀가 죽을까? 아마도 그렇겠지. 치료법도 없고, 해독제도 없으니까……. 자, 이걸 받아라. 벤치에 올려놔. 뜨거운 수건을 하나 더 가져와라, 빨리빨리 움직여."

"그 자식은 지옥에 갈 거예요."

"뭐라고? 지금껏 내 말을 듣긴 한 거냐? 도대체 히람 경은 널 어디서 찾아온 거냐? 천국과 지옥에 관한 설교를 하고 싶다면 신학대학에나 가라. 세상은 둥글다, 아이작슨. 공처럼 둥글지. 평평한 접시가 아니야. 내일 내가 위층에서 발표를 하고 있을 때 무슨 일이 생기더라도 절대로 손대지 마라. 알겠느냐? 그녀의 고통을 끝낼지 말지, 언제 어떻게 할 것인지는 내가 정한다. 자, 이거나 받아서 박물관장의 사무실에 두고 와, 그리고 슬라이드를 준비해라. 나도 곧 갈 테니까."

나는 재빨리 궤짝 더미 사이의 좁은 틈 사이에 간신히 몸을 숨겼다. 아이작슨이 종종걸음으로 지나쳤다. 그의 얼굴은 걱정과 두려움으로 일그러져 있고, 그의 손에는 피가 담긴 주사기가 들려 있었다. 이제 남은 것은 고요한 정적과 달뜬 신음 소리뿐이었다.

"자, 자." 워스롭의 목소리가 고요함을 깨뜨렸다. 묘하게 다정한 목소리였다. "원래 물결처럼 왔다 가는 거요. 이것도 금방 지나갈 테니까."

조그마한 흐느낌, 가슴이 찢어질 정도로 절망에 잠식된 소리. 다시 워스롭의 목소리. "이걸 잡아요. 다음번에 고통이 밀려오거들랑 힘껏 쥐시오. 도움이 될 거요. 금방 다시 올 테니까……."

그의 모습이 시야에 들어오자 나는 숨을 멈췄다. 그는 어깨를 움츠리고 고개를 숙인 채, 어깨에 쇳덩이라도 지고 있는 양 힘겹게 걷고 있었다.

나는 숨어 있던 곳에서 나와 열려 있는 문을 향해 다가갔다. 나는 무엇을 찾게 될지 알고 있었다. 워스롭의 환자가 누군지 알고 있었다. 과감하게도 몬스트러마리움에 발을 들일 여자는 세상에 단 한 명밖에 없다. 그녀는 배를 타지 않았던 것이다. 그리고 워스롭의 귀중한 "보물"을 발견했던 것이다. 아니면 그것이 그녀를 발견했거나. 악랄하고도 악랄하도다. 그의 의도하지 않은 잔인함은 한계라는 것을 모르는 것 같았다. 그의 손에 희생된 또 한 사람, 그의 끝없는 야망의 제단에 바쳐진 희생양.

허리 높이의 길쭉한 해부대 위에 낡은 담요가 덮여 있다. 한쪽 끝에 있는 작은 탁자 위에는 김이 올라오는 온수가 담긴 대야가 놓여 있었다. 대야 옆에는 갖가지 수술 도구와 약병, 그리고 주사위 두 개가 있었는데, 하나는 비었고 다른 하나는 호박색 액체가 담겨 있었다. 구석에는 커다란 글씨로 '취급엄금 – 주의요망'이라고 적힌 큼지막한 들통이 놓여 있다. 황산은 이상생물학 연구에서 필수적인 도구였고, 도구를 소독하거나 무엇보다 뼈와 살점을 분리하는 용도로 사용됐다.

바닥의 배수구—하수도로 피와 체액을 흘려보내는—옆에는 구겨진 시트가 널브러져 있었는데 그녀가 참다 못해 시트를 걷어찬 게 틀림없었다. 그녀는 발가벗고 누워 있었다. 피부는 땀으로 범벅되고, 검은 머리칼은 머리에 찰싹 달라붙어 있었으며, 가슴골에도 땀이 고여 있다. 손에는 워스롭의 작별 선물인 고무공이 쥐여 있었는데 수시로 손에 힘을 꽉 주어 짜부라뜨렸다. 마치 그녀의 귀에만 들리는 음악에 장단을 맞추듯이.

나는 가까이 다가갔다. 구역질이 나는데도 눈을 뗄 수가 없었다. 그녀는 머리 꼭대기에서 발끝까지 붉은 반점으로 덮여 있었다. 화상을 입은 피부 조각들을 이어 놓은 퀼트처럼. 하얗게 부푼 종기의 중앙 부분이 흡사 지하실에 놓여 있던 알껍데기처럼 번들거렸다. 나는 그것이 무엇인지 알고 있었다. 그녀를 괴롭히는 것이 무엇인지 알고 있었다.

욕지기를 느끼면서도 자석에 이끌리듯이, 가까이…… 좀 더 가까이…….

그녀의 눈동자가 눈꺼풀 뒤로 말려 올라갔다. 검은 속눈썹이 파득거렸다. 섬세하고 어린애 같은 얼굴에는 종기가 나 있지 않았지만, 나는 그 피부 아래 어떤 괴물이 도사리고 있는지 알았다. 나는 그녀의 몸속에 무엇이 들어 있는지 알고 있었다.

내 안에도 같은 것이 들어 있다.

해 볼래요?

내가 진짜로 원하는 건 뭐라 형용할 수 없을 정도의 희열감을 주는 거야, 거의 성적인 쾌감에 가까운 걸로.

마음에 들 거예요.

나는 비틀거리면서 뒤로 물러났다. 정신적으로도 흠칫 놀라 뒷걸음질 쳤다. 포효하는 검은 물결이 내 가슴을 덮쳐 심장을 멈췄다. 가장 순결한 키스마저도. 가장 순결한 키스마저도! 검은 물결이 나를 숨막히는 어둡고 깊은 바닥으로 끌고 들어갔고, 누군가 울부짖는 소리가 들렸다. 누군가의 영혼이 둘로 찢어지는 소리가 들렸다. 내 영혼이었다. 내 영혼이 아니었다. 얼굴 없는 존재, 이름 없는 존재, 화염 속에서 춤추는 것.

그러다 내가 그의 가슴에 부딪치고, 그가 기다란 팔로 나를 감싸 안는다. 내 시야 가득히 그의 얼굴이 들어온다. 겨우 몇 센티미터 앞에 있는 검은 눈동자, 죽은 자의 창백한 얼굴, 미호스, 수호자. 하지만 나를 구하기엔 너무 늦었다. 나는 이미 가장자리에서 떨어졌으니.

타락이 내 뼈를 마지막 한 점까지 씹어 삼킨다. 자비도, 용서도, 슬픔도, 그 어떤 인간적인 것도 있을 이유도, 공간도, 의미도 없으니 그저 흐느끼는 껍데기와, 완벽한 고대의 부름과, 가장 순결한 키스 안에 담겨 있는 모든 것에 우선하는 절대적인 명령.

셋

"난 의사가 아니다." 괴물학자가 말했다. "난 과학자야. 하지만 그녀의 모친이 나를 병실로 데려갔다. 아니, 아니요, 난 아이를 찾으러 왔소, 그 아이만 찾으면 된다고 했지. 하지만 그녀는 자식이 있는 어머니였고, 자기 자식이 앓고 있었어. 나는 소녀를 진찰한 다음 얼마나 오래 앓았는지 그리고 증상은 어떠한지 물었지. 물론 정확히 알 도리는 없었지만 병의 원인이 뭔지 알 것 같았다. 그건 매우 심각한 문제였지. 그대로 놔둔다면 그녀의 고통의 근원은 들불처럼 번져갈 거다. 그녀의 자매와 모친, 그리고 아편굴에 있는 다른 사람들한테까지도. 그러고는 거기서부터 시작해 도시 전체를 감염시킬 수도 있었다. 병원에 데려갈 수도 없었지. 그래 봤자 병을 전염시키기는 마찬가지일 테니까. 정말로 아라와쿠스일까? 알 수 없었다. 그렇지만 어쨌든 예방책을 취하는 것이 안전했지.

의심할 여지가 없이 그녀는 감염된 게 맞았다. 그리고 어찌할 도리가 없었지. 너도 알다시피, 고통을 약간 줄여 주는 것 말고는 할 수 있는 일이 아무것도 없었다. 지금으로서는 모르핀을 주사하고 뜨거운 수건으로 종기를 찜질해 주는 게 전부다. 정신 상태도 정상이 아니야. 기생충이 대뇌피질까지 침투했거든. 지금 그녀는 자기가 어디에 있는지, 무슨 일을 겪고 있는지도 모를 거다. 어찌 보면 무척 다행스러운 일이지. 다행스러운 일이야.

솔직히 나도 고민 중이다. 목숨을 유지해 봤자 고통만 늘릴 뿐이야. 최후의 순간을 미루고 있을 따름이지. 내가 어떻게 해야 할까? 과연 그게 내가 할 수 있는 선택이기는 한 걸까? 나는 신이 아니다. 그저 필요한 때에 행동을 할 뿐이지. 나는 무거운 짐을 지고 있고, 계속해서 빚을 갚아 나가고 있다. 갚고 있어! 네 아버지는 나를 사랑했다. 그리고 그 사랑의 대가로 목숨을 잃었지. 네 인생은 그보다도 더 끔찍한 것을 대가로 치러야 했고. 참을 수 없는 고통이다, 윌 헨리. 덜 수도 없고 상쇄시킬 수도 없는 고통이지. 이 가엾은 소녀는 이 초라한 제단 위의 처녀 제물이고, 나는 이교의 사제가 되어 탐욕스러운 신에게 그녀의 생명을 바치고 있는 거다!

언젠가 네게 이런 일에 익숙해져야 한다고 말한 적이 있지. 나는 거짓말쟁이이고 위선자다. 아무리 평생이 걸려도 결코 익숙해지지 못하는 것들이 있다. 내가 절대로 익숙해질 수 없는 것들. 인간은 답하는 것이 불가능하고 조물주는 침묵만을 유지하는, 그런 것들이 존재한단다.

말해 다오. 어떻게 해야 할지 말해 줄 수 있는 건 너뿐이다. 제발 말해 다오. 그러면 내가 너의 도구가 되어 주마. 저기 빈 주사기 옆에 독극물이 있다. 빠르고, 고통도 없지. 하지만 이대로 계속 기다리기만 한다면 그녀의 몸이 열리고 안에 든 것들이 온몸의 구멍으로 쏟아져 나올 거다. 그때가 되면 우린 황산을 사용해야 해. 그녀의 심장이 멎을 때까지 기다릴 수도 없다. 상상도 못 할 고통을 감내해야 할 테니까.

우리는 지금 대단히 결정적인 순간을 마주하고 있다, 윌 헨리. 마지막 계단에 도달한 거야. 이것이 바로 내 삶이 너에게 강요한 선택이다. 너는 흠 없는 완전한 어린양이자, 내 죄를 대신 진 자이자, 내 비밀의 수호자이자, 나의 불명예의 수호자다. 너는 죄인이자 결백한 자이고, 축복받은 자이자 저주받은 자이고, 그런 너를 설명할 방법은 없다. 왜냐하면 언어란 인간의 것이기에.

우리는 밑바닥에 도달했다. 너와 나, 마지막으로 이 내리막길을 내려왔지. 그리고 이것이 바로 어둠 속에서 우리를 기다리고 있는 짐승의 얼굴이다."

4곡

하나

키가 크고 호리호리한 남자가 의자에서 일어나 단상을 가로질러 강연대로 걸어간다. 널찍한 회장 안에는 닳은 바닥 위에 그의 신발이 스치는 소리만이 울려 퍼진다. 유령처럼 마르고 뼈만 남은 몸에 검은 재킷을 헐렁하게 걸친 텅 빈 허수아비 같은 사내, 그는 괴물과학연구발전협회의 임시 회장으로 선출되었지만 그가 바라는 것은 협회의 영혼을 되찾는 것뿐이다. 그리고 나, 그의 영혼의 수호자는 객석보다 높은 곳에 있는 박스석에 앉아 머리 위를 빙빙 도는 대머리 독수리처럼 그를 지켜보고 있다. 박수갈채도 없고 축하의 말을 던지는 환호성도 없다. 그가 그토록 갈망하던 승리의 순간, 드디어 그가 전설의 반열에 오르는 절정의 순간이건만 그의 형제 과학자들 사이에 흐르는 것은 오직 슬픔과 의심뿐이다. 조물주의 가장 잔인한 농담을 연구하는 그의 동료들이 한자리에 모였다. 수백 명이 그의 말을 듣기 위해, 그에게 도전하기 위해 옛 오페라하우스에 모였다. 어리석은 히람 워커가 첫 번째 줄에서 몸을 한껏 앞으로 기울인 채 자그마한 쥐새끼 같은 눈을 가늘게 뜨고 돌격할 순간만을 고대하고 있다. 어째서 100년 만에 발견된 그 희귀한 생물을 범죄자들을 고용해 지키게 한 거요? 그리고 왜 그런 실수를 저질러 놓고도 또다시 그들에게 그것을 찾아 달라고 간청했단 말이오? 협회의 회장이자 존경하는 마이스터는 어째서 목숨을 잃었소? 워스롭의 숙적인 이 야비한 과학자는 자그마한 앞발에 종이 한 장을 꼭 쥐고 있다. 박사의 영구 제명을 요구하는 결의안이다. 적어도 소문에 의하면 그렇다. 괴물학자는 괴물학으로부터 영구히 추방되리라. 만일 그렇게 된다면 그는 무엇이 될까? 괴물학자가 아닌 펠리노어 워스롭은 대체 무엇일까?

우리 발밑에 있는 제단에는, 순수하고 무고한 제물이 새뮤얼 아이작슨의 보살핌을 받으며 최후를 앞두고 있다. 아이작슨, 창녀가 처녀성을 되찾을 수 없듯이 이름도 없고 얼굴도 없는 존재를 결코 쳐다보지도 못할 형편없는 평범둥이. 무고한 이들은 죽는다. 멍청하고 사악하고 진부한 이들은 계속해서 살아간다.

"이것은 내 의무입니다." 괴물학자가 연단에서 선언했다. "무거운 심정으로…… 113회 총회의 개회를 선언합니다."

그가 의사봉을 치켜 올렸다. 다음 순간, 회장 전체가 어둠 속에 묻혔다. 깜짝 놀란 정적을 깨뜨린 것은 하나의 목소리였다.

"엘리자베스 가에서 안부 인사를 전한다, 이 개자식들아!"

청중석 뒤쪽에서 열 개가 넘는 불붙은 구체가 날아들었다. 몇 개는 강단 위로 떨어졌다. 작은 불씨가 커다란 불덩이로 피어올랐고,

몇 개는 관객들 위로 떨어져 공포에 질린 비명 소리가 터져 나오는 와중에 몇 명은 비상구 문이 쾅 하고 닫히는 소리와 문손잡이에 금속 막대기를 끼워 넣는 소리를 들었다. 불은 빠른 속도로 번졌고 사람들은 미쳐 날뛰는 소 떼처럼 통로를 가득 메우며 서로를 짓밟고 탈출구를 향해 몰려갔지만 이미 출구는 막혀 있었다. 낡은 카펫과 천을 두른 의자들, 두꺼운 다마스크 커튼이 화염에 굴복했다. 순식간에 검은 연기가 강당 안을 가득 메웠다. 도망치기 전에 나는 화염에 휩싸인 형체 하나가 출구가 아닌 강단 쪽으로 질주하는 모습을 보았다. 찢어지는 듯한 비명 소리가 마치 쥐새끼가 단말마를 지르는 것 같았다.

뒤쪽에 있는 계단을 뛰어 내려가 작은 전용 문으로. 어쩌면 그들도 그 문의 존재는 모를 것이다. 거기에는 불을 붙이지 않았을 것이다. 하지만 손을 댈 수도 없을 만큼 손잡이가 뜨거웠다. 카모라는 성실한 농부처럼 하나의 고랑에만 씨를 뿌리지 않았다. 그들은 건물 전체에 불을 질렀다.

눈물이 줄줄 흘러내렸다. 연기가 허파를 장악했다. 나는 어깨로 문을 들이받았다. 뜨거워! 너무 뜨거워! 용납할 수 없다. 이번에도 또 그럴 수는 없다. 절대로 다시는 그러지 않을 것이다. 나는 문 한가운데를 발로 세게 걷어찼다. 사방은 캄캄하고 빠져나갈 길은 없고, 설사 그런 게 있을지라도 눈물 때문에 앞이 하나도 안 보이고. 다시 한 번 발길질을 퍼부었다. 한 번 더. 나무가 갈라졌다. 틈새로 뿜어져 나온 화끈거리는 공기가 마치 도끼를 휘두르듯이 나무문을 거의 중간까지 두 쪽으로 갈랐다. 거센 열풍이 나를 세차게 밀어냈다.

그 바람에 뒤통수를 계단에 부딪쳤다. 짙고 검은 연기의 소용돌이가 틈새를 타고 폭풍처럼 밀려왔고 나는 손바닥으로 코와 입을 막고 눈을 감았다. 어디로 가고 있는지 볼 필요도 없었다.

대회장 건너편은 화염에 잠식되었다. 문을 통과해 절박하게 달려, 좁고 구불구불한 계단을 타고 내려갔다. 가스등의 친근한 노란 불빛, 얼굴에 느껴지는 시원한 바람, 간신히 눈을 뜨고 길고 복잡한 통로를 따라 그녀가 있는 방을 향해 쏜살같이 뛴다. 너를 괴롭게 하지 않을 거야, 그대로 내버려 두지 않을 거야. 아이작슨이 나를 향해 뛰어오고, 머리 위에서는 건물이 신음하며 외친다. 뜨거워! 너무 뜨거워! 건물이 산 채로 먹히고 있다.

"늦었어! 너무 늦었어!" 그가 나를 향해 똑바로 뛰어오며 소리 지른다. 내 소매를 붙든다. 나는 그 보답으로 그의 머리를 주먹으로 후려갈긴다. 그가 바닥에 쓰러지고 나는 꿈틀거리는 그의 몸을 넘어 계속 달린다.

문 앞에서 황급히 멈춰 섰다. 숨도 쉬어지지 않는 자욱한 연기. 썩은 달걀처럼 지독한 악취가 입안 가득 고이고 허파가 검게 그을린다. 너무 늦었어! 그는 겁에 질린 나머지 양동이를 통째로 그녀에게 들이부었다. 그녀의 남은 몸뚱이가 지글거린다. 붉은 피가 끓어오르며 연기를 뿜는다. 얼굴이 없다. 그녀의 해골이 나를 흘겨본다. 입은 소리 없는 비명을 지르고 있다. 그가 그 짓을 했을 때 그녀는 아직 살아 있었다.

나는 주춤거리며 뒷걸음질 치다 벽에 부딪친다.

그 녀석이 널 어떻게 죽이는 줄 알아, 아이작슨? 놈의 아가리가 커다랗게 벌어져서 네 몸을 통째로 목구멍 속으로 집어삼키는 동안에도 내내 느낄 수 있는 거지.

나는 몸을 돌려 방금 온 길을 되돌아간다. 이리저리 벽에 부딪치면서, 머리 위에서는 세상이 잡아먹히고 있다.

온몸의 뼈가 으스러지는 와중에도…… 염산 통에 빠진 것처럼 온몸이 화끈거리고 불타오르겠지.

저기 그가 누워 있다. 움직임은 없다. 나는 주머니에 손을 넣는다. 나는 아직 카모라 단원의 스위치블레이드를 가지고 있다. 놈의 배를 딸 것이다. 놈의 구역질 나는 내장을 제 입에 쑤셔 넣을 것이다. 먼저 눈알을 뽑은 다음 혀를 뽑아야지. 저 자신의 멍청하고, 사악하고, 진부한 부분을 먹어 치우게 할 것이다.

그러나 그는 혼자가 아니다. 누군가 그를 내려다보고 있다. 나이가 많고 검은 머리에 뭔가 불룩하게 담겨 있는 삼베 자루를 갖고 있다. 내가 다가가자 그가 퍼뜩 놀라며 겁에 질린 눈으로 나를 올려다본다.

"윌리엄!" 아코스타로하스가 외친다. "빨리 여기서 나가야 한다. 하지만 방법이 없구나. 위쪽은 안 돼. 다른 길을 찾아야 한다. 지하에 하수도와 연결된 곳이 있느냐? 내 생각엔 그나마 그게 가장……."

나는 그의 목울대에 주먹을 휘두른다. 그는 뒤로 고꾸라지면서 손에서 자루를 놓친다. 그 안에 든 것이 몸뚱이를 꼬며 구른다.

"누구였어?" 내가 외친다. "당신이야, 워스롭이야? 아니면 당신들 둘 다였어?"

그는 대답하지 않는다. 내가 그의 성대를 망가뜨렸는지도 모른다. 고통으로 일그러진 얼굴 위로 눈물이 줄줄 흐른다.

"그 사람 생각이었지, 안 그래?" 내가 묻는다. "당신이 세례호넨시스를 손에 넣었다고 하니까, 그 사람이 명성을 독차지하려고 했던 거지? 그래서 당신이 대가로 받은 건 뭔데?"

그가 대답을 토한다. 너무 희미해서 하마터면 못 알아들을 뻔했다. "내 목숨."

나는 한 대 맞기라도 한 것처럼 발뒤꿈치에 힘을 준다. 평평하잖아! 세상은 둥글지 않아! 공이 아니라 접시였어! 그리고 미호스, 지평선의 수호자인 그마저 세상의 끝에서 떨어진 것이다.

내 표정에서 무엇을 봤는지 그가 화들짝 놀라 가로막듯이 손을 치켜든다. 말 잘 듣는 어린아이가 잠옷을 입기 위해 팔을 들어 올리는 것처럼. 그래서 나도 그의 기대에 부응한다. 나는 울컥 노기를 터뜨리며 바닥에서 꿈틀거리고 있는 삼베 자루를 집어 거꾸로 뒤집은 다음 그의 머리 위에 눌러 씌운다. 그 즉시 안에서 비비 꼬면서 꿈틀대는 것이 그에게 덤벼든다.

아코스타로하스가 비명을 지른다. 자루 밖으로 나와 있는 하반신이 바르작거리다 이내 빳빳해진다. 괴물이 그의 목을 올가미처럼 죄기라도 하는 듯이 꺽꺽 목멘 소리가 난다. 그것은 먹잇감이 죽을 때까지 힘을 빼지 않을 것이다. 아직 덜 자란 새끼이기에 인간을 통째로 삼킬 수가 없기 때문이다. 적어도 지금은.

내 볼일은 아직 끝나지 않았다. 오, 하느님. 나는 진실로 인간 진화의 축소판이 아닙니까? 나는 스위치블레이드를 펼친다. 소름 끼치는 찰칵 소리. 이제 아이작슨 차례다.

그는 깨어 있다. 내가 다가가자 그의 눈이 휘둥그레진다. "윌……?"

"쉬…… 아무것도 묻지 마, 새뮤얼." 내가 속삭인다. "세상에는 인간이 대답할 수 없는 게 많으니까."

"선택의 여지가 없었어." 그가 끙끙거리며 말한다. 애원하듯이 두 손을 들어 올린다. "제발, 윌. 나는 시키는 대로 한 것뿐이라고!"

머리 위에서 무시무시한 폭발이 벽을 뒤흔든다. 바닥이 꺼진다. 천장에 금이 가고, 밑으로 축 처지더니 콘크리트 덩어리들이 호우처럼 쏟아진다. 불길이 드디어 가스관을 발견했다. 가스등이 깜박거리다 꺼지고 몬스트러마리움이 칠흑 같은 어둠 속에 던져진다. 아이작슨은 세상이 끝나기라도 한 것처럼 자지러지는 비명을 지른다. 나는 손을, 아무것도 들려 있지 않은 손을 불쑥 내밀어 그의 멱살을 잡는다. 그를 똑바로 세워 일으킨다. 그는 최후의 일격을 기대하는지 겁에 질려 빽 소리를 지른다.

"너희들 모두 지옥에나 가 버려." 나는 그의 귀에 대고 으르렁거린다. "괴물이고 인간이고 모두 지옥에나 꺼져. 나한테는 다 똑같은 놈들이니까."

건물이 무너지고 있다. 천장이 내려앉는다. 조금만 있으면 우리는 수천 톤의 콘크리트와 대리석에 깔려 죽을 참이다. 밑으로—해부실에 있는 하수구를 따라서—가는 것 말고는 살 길이 없다. 비록 타이밍은 적절치 못했을지 몰라도 아코스타로하스의 직감은 옳았다. 나는 아이작슨을 옆으로 밀어 팽개친 다음, 한 팔로 머리를 감싸고 다른 한 팔로는 절대적인 어둠 속을 더듬거리며 무너지고 금 간 바닥 위로 조금씩 나아간다. 손가락이 내 재킷을 붙잡는다. 아이작슨, 특출한 데 하나 없는 그 평범둥이가, 이 세상에 존재하는 모든 평범한 사람들처럼 어떻게든 승리하기 위해 발버둥 치고 있었다. 얌전하고 온순한 겁쟁이들은 지구를 이어받을 수 없다.

장님이 장님을 이끌듯이, 죽어 가는 괴물의 배 속에서, 괴물의 뼈대가 부러지고 부서지고 무너져 머리 위로 쏟아져 내리는 속에서, 그날 내가 자비를 베풀 수도 있었던 수많은 사람들 중에서 정말로 구해 낸 유일한 사람은 다름 아닌 새뮤얼 아이작슨이었다.

그리고 그날, 나머지 괴물학자들은 지구 상에서 전부 사라졌다.

단 한 명만을 제외하고.

둘

그날 이후로 지구가 7000번이나 돌고 돌아, 일그러진 입술에는 음식 부스러기가, 창백한 이마 위에는 헝클어진 머리칼이 축축하게 젖어 붙어 있다.

그리고 떨어질지 모르는 감기와 나이프를 쥐고 손톱 밑 때를 긁고 있는 손, 괴물 사냥꾼, 스승이자 그가 가르친 교훈, 원인과 결과, 시작 없는 원의 끝.

잠긴 문과 잠긴 문 뒤에 있는 것, 쓰레기통에서 연기를 뿜고 있는 해골, 스스로에게 들려주는 거짓말. 왜냐하면 진실을 감당할 수 있는 자는 아무도 없기에.

시작도 없고 끝도 없고 그사이에도 아무것도 없나니. 시간은 거짓말, 우리는 둥근 원, 호박색 눈 속에 담긴 무한한 영겁.

당신은 무엇이 다가오고 있는지 알고 있다. 피할 것인가?

끝은 바로 거기, 시작에 있다.

고개를 돌리며 달아날 것인가, 아니면 가까이 다가가 두 눈으로 직접 확인할 것인가? 선택하라. 지금 선택하라.

나는 커다란 소리를 내며 식탁 위에 나이프를 내려놓았다. 워스롭이 놀라서 몸을 움찔거리더니 내가 자리에서 일어나자 재빨리 시선을 피했다. 그는 내 앞에서 점점 작게 쪼그라들고 있었다. 아주 작고 미미한 존재로 줄어들어 아예 사라질 것처럼 보였다. 그가 지구라면 나는 넓고 광활한 우주를 향해 솟아오르는 로켓이었다. 나는 지하실 문을 향해 성큼성큼 걸어갔다. 그가 다급하게 소리 지르며 내 팔을 붙들었다. 나는 그를 뿌리쳤다. 나는 그 문 뒤에 뭐가 있는지 모른다. 나는 그 문 뒤에 뭐가 있는지 당연히 안다.

내가 찾았단다, 윌 헨리. 존재 그 자체 말이다.

고대의 유물이나 마찬가지인 지하실 문짝에—그것은 워스롭보다 세 배는 나이가 많았다.—장화 뒤꿈치를 내리박자, 만족스러운 소리와 함께 나무가 거의 중앙까지 쪼개졌다. 등 뒤에서는 괴물학자가 마치 내가 그를 두 동강 내기라도 한 듯이 비참하게 울부짖었다. 나는 손으로 문을 경첩에서 뜯어냈다. 속이 울렁거리는 썩은 내가 밀려들었다. 흡사 조물주의 위대한 실패작이 주데카의 얼음 속에 갇혀 악취를 내뿜고 있는 것처럼. 살이 썩는 역겨운 냄새. 존재 그 자체, 그는 그렇게 말했다. 존재 그 자체.

저 밑에 고인 어둠, 존재 그 자체의 무한한 어둠에 눈이 점차 익숙해져 갔다. 지하실 바닥은 왜 높인 거지? 그리고 왜 흑요석처럼 검고 반질거리는 검은색으로 칠한 거지? 그러나 그것은 페인트도, 바닥도 아니었다. 왜냐하면 움직였으니까. 세찬 홍수에 쓸려 내려오는 진흙처럼 바닥이 크게 물결쳤다. 검은색 바탕에 무지갯빛으로 영롱이는 초록색 반점이 박힌 표면이 파도처럼 구불거렸다.

1.5미터쯤 떨어진 곳에서 머리가 나타났다. 지하실 문이 열렸다는 사실이 무슨 의미인지 알기에, 이빨 없는 입이 등골이 오싹하도록 커다랗게 벌어지더니, 다음 순간 나는 지옥으로 이어진 불구덩이처럼 검게 번득이는 끝없는 식도를 보고 있었다. 나는 깜박이지 않는 호박색 눈에 내 모습이 반사되어 비치는 모습을 상상할 필요가 없었다. 그 안에는 내가, 15미터 길이의 거대한 몸뚱이가 지하실을 가득 메운 것처럼, 가득 차 있었다. 무시무시하게 큰 머리는 하품을 하듯이 붉은 입을 쩍 벌린 채 계단 위에 기대 쉬고 있었다. 그 이상 다가오기엔 계단이 너무 낡았는지, 아니면 몸뚱이가 너무 큰지, 혹은 움직일 수가 없는지. 어쩌면 그것은 여기 살기에 몸뚱이가 너무 자란 것인지도 모른다. 아니, 그게 아니다. 나는 호박색 눈 안에서 존재 그 자체가 계속 살아야 할 이유를 잃어버렸음을 보았다. 그것은 껍데기에 불과했다. 텅 빈 삼베 자루 같았다. 아무 의미도, 목적도 없이 그저 하루하루를 살아갈 뿐인 그런 존재에 불과했다.

"이해해 다오." 그것의 쌍둥이나 다름없는 존재가 내 뒤에서 말했다. "너라면 이해할 수 있지, 윌? 난 그저…… 차마 그럴 수가…… 그럴 수가 없어서…… 마지막 남은 한 마리잖니. 세상에 마지막 남은 한 마리라고!"

"그건 몬스트러마리움에서 죽었어요." 내가 말했다. 호박색 눈에서 벗어날 수가 없었다.

"아니야. 나중에 잔해를 뒤졌을 때 찾아냈단다. 아코스타로하스의 시체가 방패가 되어 주었지."

"하지만 이리로 가져오진 않았잖아요."

"그래, 그보다 한참 뒤에 가져왔다. 네가 떠난 뒤에."

"그래 놓고 나한테는 말하지도 않았어요?"

"그때 너한테 거짓말을 한 것과 같은 이유에서다. 이건 값을 매길 수도 없을 만큼 귀하고, 그 존재를 아는 사람이 적으면 적을수록 좋았다. 세상의 안위를 위해서, 그리고 녀석의 안위를 위해서 한 일이었다, 윌! 이건 세상에 남은 마지막 한 마리야. 아코스타로하스가 내게 이걸 발견했다고 말했을 때……."

"그래요, 그래." 나는 재빨리 말을 가로챘다. 여전히 그 호박색 눈에 사로잡힌 채. "그 사람이 말해 줬어요. 그걸 당신한테 넘기라고 협박했다면서요. 안 그러면 자기를 죽이겠다고."

"아니야! 내가 그를 구한 거다. 적어도 그러려고 노력했지. 비어트리스를 구하려고 한 것처럼, 너를 구하려고 한 것처럼……."

"날 뭘로부터 구해요? 아, 신경 쓰지 마요. 지금 와서 그게 다 무슨 소용이라고." 역겨워서 참을 수가 없었다. 여전히 호박색 눈에 사로잡힌 채. "뭐라고 둘러대도 이번에는 빠져나갈 수 없을 겁니다, 워스롭. 내가 그 사람한테서 직접 들었다고요! 이걸 넘기는 대가로 목숨을 살려 주겠다고 제안했다면서요!"

"그의 목숨을 구할 방법을 제안했을 뿐이다. 그 멍청이가 자기가 뭘 찾았는지 흘리고 말았거든. 소문은 엄청나게 빠른 속도로 퍼져나갔고, 결국 그다지 질이 좋지 않은 패거리들한테까지 닿고 말았지. 그래서 그는 겁을 먹었다. 나는 그것을 잃을까 봐 겁이 났고. 그것은 절대로 다시 잃어서는 안 될 것이었어. 그러니 내가 어떻게 할 수 있었겠느냐?"

나는 가까스로 몸을 뒤틀어 마침내 그 호박색 시선에서 벗어났다. 겨우 두 달음에 그를 덮쳤다. 거칠게 일으켜 세웠다. 의자가 덜커덕거리며 흔들렸다. 그는 한 줌거리도 되지 않았다. 새처럼 가벼웠다. 조금만 힘을 주면 100미터도 넘게 던져 버릴 수 있을 것 같았다.

"그래요, 선택에 대해 얘기해 보죠. 그녀가 이걸 봤어요? 그래서 그녀를 살해한 거예요? 이걸 세상으로부터 보호하려고?"

"난 그 여자를 죽이지 않았어!" 그가 소리를 빽 질렀다. "그, 바보 같은 여자가 호기심 때문에 죽은 거지. 계단 아래로 너무 깊이 내려간 거다. 너무 멀리 내려갔다고! 내가 보고 재빨리 잡아당겼지만 벌써 늦어 있었다. 너무 늦었어! 그다음에 내가 뭘 어떻게 했어야 할까? 누구한테 털어놔? 아니, 아니야. 그건 우리 잘못이 아니다. 그건 그 여자 잘못이야. 그 여자 잘못이었다고!"

나는 그를 바닥에 패대기쳤다. 그는 몸을 둥그렇게 말았다. 일어서려는 시도도 하지 않았다. 그의 부친도 똑같은 모습으로 발견됐었다. 자궁 속 태아처럼 몸을 둥그렇게 말고. 시작과 똑같은 끝.

"너무 늦었다고요." 내가 숨을 밭게 헐떡이며 말했다. 방 안에 온통 죽음의 냄새가 떠돌고 있었다. 차가운 공기가 그것을 잡아 두고 있었다. "너무 늦었다니, 뭐가 너무 늦었다는 겁니까?"

"벗어날 길이 없어." 그가 앓는 소리를 냈다. "그걸 죽일 수는 없다. 마지막 남은 한 마리니까. 그렇다고 야생으로 돌려보낼 수도 없어. 어떻게 그런 일을 할 수 있겠느냐?"

"누군가에게 줘 버리면 되잖아요. 대학도 많고……."

"안 돼!" 그가 주먹으로 바닥을 내리치며 일갈했다. "절대로 안 돼! 저건 내 거야! 내 거라고!"

"그런가요?" 나는 그의 옆에 무릎을 꿇었다. 그는 턱 밑에서 두 손을 꼭 움켜쥐고 있었다. 크게 뜬 눈은 겁에 질려 있었다. 어둠이 무서워 잠을 못 이루는 어린아이처럼, 누군가에게 쫓기기라도 하는 양 무성한 눈썹 아래에서 위축되어 있었다.

"여기 꼼짝없이 사로잡힌 포로가 있군요. 저 계단 아래 있는 걸 말하는 게 아니에요. 그게 벌써 당신을 삼켜 버렸군요."

"바로 존재 그 자체다, 윌 헨리. 그것이라고! 인간은 대답할 수 없는 것, 내가 평생토록 추구한 것, 내가 뒤쫓던 것 말이다. 종국에는 내가 그것에게 붙들리고 말았지만."

그가 내 손목을 움켜쥐었다. 나를 가까이 끌어당겼다.

"너밖에 없다. 항상 너밖에 없었어. 너는 내가 두려워하는 것을 볼 수 있지. 넌 어두운 곳에서 늘 내 눈이 되어 주었다. 자, 봐라, 그리고 지금 뭐가 보이는지 말해 봐라."

나는 고개를 끄덕였다. 그의 말을 이해할 수 있을 것 같았다. 나는 그의 눈이었다. 나는 무엇을 보았는가? 기대하듯 열린 입. 겁먹은 눈동자를 굴리는 하얀 양. 그리고 축복받았으되 동시에 저주받은 무녀. 무엇을 원하는가?

나는 그를 추슬러 어린아이를 끌어안듯 보듬어 안았다. 턱 아래에 갓 감은 머리가 기대 오는 것이 느껴졌다.

괴물학자의 손이 올라와 내 뺨을 부드럽게 어루만졌다.

“너는 늘 내게 없어서는 안 될 존재였지.”

나는 좋은 냄새가 나는 그의 머리칼에 입을 맞췄다. 주데카의 얼음에 금이 갔다. 살랑살랑 떨어지는 깃털처럼 부드럽게. 조물주는 자신의 창조물을 용서하고, 창조물은 조물주를 사면한다.

용서가 있다. 정의가 있다. 자비가 있다.

결국, 그러할 자리가 있었다.

너를 밀어 올려 주마. 절대로 네가 그 밑에 잠기도록 내버려 두지 않을 거다.

마지막 내리막길에서 우리를 기다리는 괴물.

나는 몸을 돌려, 계단 아래로 내려가기 시작했다.

셋

1911년 10월 23일.

친애하는 윌,

보안관의 최종 보고서를 동봉한다. 보면 알겠지만, 보고서에 따르면 "화재의 근원이 불확실하며 매우 의심스럽다."라고 하는구나. 너뿐만 아니라 나 자신의 평화를 위해서라도 보다 만족스러운 해답을 얻을 수 있으면 좋으련만. 펠리노어는 내게 아주 소중한 벗이라고 하긴 힘들었고 솔직히 말해 그리 가까운 사이도 아니었다. 하지만 그가 대단히 비범하고 특출한 인물이었다는 건 분명해. 앞으로 100세대가 지나도 그와 같은 사람은 다시 보기 힘들 거다.

사고 현장을 두 번이나 둘러보았다. 두 번째는 네가 특별히 부탁해서 다녀온 거야. 하지만 유감스럽게도 아무것도 건지지 못했단다. 집은 굴뚝을 빼고는 완전히 타 버렸고, 헛간과 낡은 마구간에 있던 물건만 살아남았다. 로지어 자동차도 그중 하나인데 지난 편지에서 너는 그것에는 관심이 없다고 했지.

사람이 많지는 않았지만 장례식은 몹시 감동적이었다. 그와 마지막 작별인사를 나누는 그 자리에 너도 함께할 수 있었다면 좋았으련만. 하지만 네가 얼마나 바쁜지 아는지라 이해한다. P도 마찬가지일 거라고 믿는다.

유일하게 안타까운 점이 있다면—네게 부담을 주려는 건 아니야.—지난달에 네가 그를 보러 오지 못했다는 것이다. 아니야, 아마도 그건 내가 자책해야 할 부분일 테지. 너는 먼 곳에 있었지만 나는 늘 여기 있었으니까. 지금 나는 왜 그를 찾아가 그가 나올 때까지 현관문을 두드리지 않았는지 양심의 가책을 느끼고 있다. 난 그 불쌍한 구두쇠 녀석이 전기세를 내는 걸 깜박해서 등유와 양초를 사용하다가 변고를 당한 게 아닌가 생각한다.

며칠쯤 짬을 내어 네가 어린 시절을 보낸 곳을 방문해 보는 것도 좋지 않겠니. 네가 고향을 찾아오지 않은 지도 벌써 2년이 넘은 것 같구나. 이 늙은이도 네 얼굴을 보면 좋을 것 같고, 또 네게 소중했던 사람을 방치한 데 대해 개인적으로 사죄하고 싶다.

늘 변함없는

로버트 모건

추신. 네가 정말로 로지어 자동차에 관심이 없다면 내가 네 번거로움을 덜어 줄 수 있을 것 같다. 물론 공짜로 달라는 이야기가 아니야! 적당한 값을 치르마.

넷

이것이 내가 지금까지 지켜 온 비밀들이다.

메마른 노인.

낡은 모자를 쓴 소년.

그리고 얼룩진 실험복을 입은 남자, 이름 없는 것들을 뒤쫓는 잔인한 사냥꾼.

나를 구원한 사람…… 그리고 내게 저주를 내린 사람.

그가 만들어 낸 검은 물결인 내가 그를 밑으로 가라앉힐 때, 나를 어깨 위로 밀어 올린 사람.

기억해 다오. 그는 말했다. 다른 모든 것은 잊어버린대도 나는 기억해 다오.

나는 꽤 많은 재산을 물려받았다. 그에게는 나밖에 없었고, 그래서 그가 가진 모든 것이 내게로 왔다.

그 뒤로 어디로 갔냐고? 땅을 두루 돌아 여기저기 다녔다. 나는 대지 위를 방황했다. 없어서는 안 될 벗도, 동료도 없이. 미국을 뒤로하고 불타는 배 속에 3700만 명의 영혼을 집어삼킨 괴물을 찾아 유럽으로 갔다. 전쟁이 끝난 뒤에는 프랑스 남부 해안에 작은 집을 한 채 샀다. 요리와 청소를 해 줄 하녀를 하나 고용했다. 그녀는 젊고 예뻤고, 어쩌면 나는 그녀와 사랑에 빠졌을지도 모른다.

어느 화창한 여름날 오후, 우리는 해변으로 산책을 나갔다. 나는 바다를 좋아했다. 해변에서는 세상의 끝을 볼 수 있다.

"하나만 물어보자, 에메. 세상은 둥글까, 아니면 접시처럼 평평할까?"

그녀는 웃으면서 내 팔에 팔짱을 끼었다. 그녀는 내가 농담을 하고 있다고 생각했다.

나는 한동안 행복했다.

그녀의 부친은 베르됭에서 사망했고, 그녀의 연인은 솜에서 목숨을 잃었다. 그녀는 새로운 연인을 만나 청혼을 받자, 나더러 자신을 보내 줄 것이냐고 물었다. 가슴이 아프긴 했지만 나는 그러겠다고 했다. 그 뒤로는 다른 하녀를 고용하지 않았다. 나는 세간을 정리하고 미국으로 돌아왔다.

한동안은 뉴욕에 정착했다. 지금도 내가 살던 아파트가 남아 있을 것이다. 글을 조금 썼다. 술은 많이 마셨다. 길거리를 돌아다녔다. 오래된 오페라하우스가 있던 자리에는 은행이 있었다. 다른 부류의 협회. 다른 부류의 사냥꾼들. 괴물학은 죽었다. 그러나 우리는, 우리 모두는 괴물학자이고 앞으로도 항상 그러할 것이다. 오후에는 으레 공원에서 나를 볼 수 있을 것이다. 비둘기 떼에 둘러싸여 홀로 벤치에 앉아 있는 흔하디 흔한 외로운 남자. 나는 아직도 유리병 안에, 호박색 눈 안에 갇혀 있다. 네가 나의 증거다. 그는 잠이 오지 않는 밤이면 이렇게 말했다. 그게 바로 나다. 죽지 않는 불쌍한 자식, 주데카의 얼음.

20년대는 대공황과 함께 침몰했고, 어느 날 나는 신문에서 전 재산을 잃고 브루클린 다리에서 뛰어내린 한 남자에 관한 기사를 읽었다. 그의 이름은 내서니엘 베이츠였다. 기사에는 장례식이 언제 어디서 열리는지 적혀 있었다.

나는 유능한 사냥꾼이자 추격자였기에 그녀가 나를 보지 못했음을 알 수 있었다. 하지만 부친이 땅 밑에 누운 후에 그녀는 플라타너스 아래 서 있는 나를 발견했다. 세월이 흘렀고 그녀는 더 이상 젊지 않았지만 바닥까지 순수한 눈부신 푸른 눈만은 전혀 바래지 않았다.

"윌리엄 제임스 헨리." 그녀가 말했다. "세상에, 어쩌면 정말 하나도 안 변했구나."

"너한테 할 말이 있어." 내가 말했다.

키가 크고 어깨가 떡 벌어진 남자가 무덤가에서 우리를 지켜보고 있었다.

"네 남편이야?" 내가 릴리에게 물었다.

"가장 최근의 남편이지. 제발 저이한테 주먹을 날리거나 내장을 꺼내거나 이상한 걸 먹이지는 말아 줘."

"아, 그런 일은 손 뗐어. 사람을 죽여 본 지도 한참 됐는걸."

"아쉽다는 투로 들리네."

"나는 괴물이 아니야, 릴리."

"그래. 그보다는 유령에 가깝지. 무섭긴 하지만 아무 힘도 없는. 그래서, 뭔데?"

"뭐냐니?"

"나한테 할 말."

"아, 신경 쓰지 마. 별로 중요한 건 아니니까."

"거의 40년 만에 찾아왔는데 약간은 중요하겠지."

화창한 봄날이었다. 하늘에는 구름 한 점 없고 날은 시원했다. 플라타너스 이파리는 선연한 초록색. 무덤가의 사내는 여전히 얼굴을 찌푸린 채 우리를 노려보고 있지만 자리에서 움직이지는 않았다.

"저 사람 이름이 뭐지? 네 최근 남편."

그녀는 내게 이름을 말해 주었다.

"제임스?" 나는 그녀가 성을 빠뜨렸다고 생각했다. "철학자처럼?"*

"아니. 제임스는 그 사람 가운데 이름이야."

"아, 부모님이 그 형제를 좋아했나 보군."

"형제?"

"동생은 소설가였지."

"누구 동생?"

---

* 미국의 심리학자이자 철학자인 윌리엄 제임스를 뜻한다. 윌리엄 제임스의 동생인 헨리 제임스는 소설가 겸 비평가이다.

"철학자의 동생."

릴리가 웃음을 터뜨렸다. 구슬이 은쟁반 위로 굴러가는 듯한 영롱한 소리는 여전했다.

"가자." 내가 말했다. "술 한잔해."

그녀의 웃음이 뚝 그쳤다. "지금?"

"너희 아버지의 생애를 기념해야지."

"지금은 안 돼."

"그럼 나중에. 오늘 밤은 어때."

"안 돼."

"왜? 저 사람도 별로 개의치 않을 텐데." 나는 얼굴을 찌푸리고 있는 사내를 향해 고개를 까딱해 보였다. "내가 해를 끼치거나 할 것도 아니잖아. 방금 네가 말한 대로 무능력한 유령에 불과한걸."

그녀가 고개를 돌려 시선을 피했다. 플라타너스 그늘 아래 옆모습이 아름다웠다.

"네가 왜 날 찾아왔는지 모르겠어." 그녀가 얼굴을 들어 하늘을 바라보며 말했다. 창백한 푸른 하늘, 그녀의 짙은 푸른색 눈동자.

"너한테 할 말이 있었으니까."

"그럼 왜 할 말을 하고 가지 않는 거야?"

나는 주머니에서 오래된 사진을 꺼냈다. 그녀는 그것을 보자 갑자기 기분이 좋아졌다.

"이거 어디서 났어?"

"네가 줬잖아. 기억 안 나?"

그녀는 고개를 저었다. "세상에, 나 통통한 것 좀 봐."

"젖살일 뿐이야. 그때 내가 외로울 때를 위해 주는 거라고 했는데, 그것도 기억 안 나?"

"내가 그랬어?" 그러더니 다시 웃었다.

"그리고 행운을 위한 것이라고도 했지." 나는 사진을 주머니에 넣었다. 그녀가 빼앗아 갈까 봐 겁이 났다.

"효과가 있었니?" 그녀가 물었다. "네게 행운을 가져다주었어?"

"항상 내 곁에 있었지." 나는 사진을 말한 것이었다.

"좋은 사람이야? 너한테 잘해 줘?"

"날 사랑해." 그녀가 대답했다.

"혹시 저 자식이 너한테 잘못하기라도 하면 날 찾아와. 내가 해결해 줄 테니까."

그녀는 고개를 저었다.

"난 네가 문제를 어떻게 해결하는지 알아."

"만나서 기뻤어, 릴리. 어쩌면 네가…… 죽었을지도 몰라서 걱정했거든."

"왜 그런 걸 걱정해?"

"나한테…… 병이 있어."

"병을 앓고 있어?"

"내 불행의 근원이지. 가장 순결한 키스만으로도 옮을 수 있거든."

"그게 나한테 하려던 말이었어?"

나는 고개를 끄덕였다.

그녀가 말했다. "난 괜찮아. 정말로 괜찮아."

그녀의 남편이 우리에게 손을 흔들었다. 나는 봤다. 그녀는 보지 못했다.

내가 말했다. "네 남편 마음에 드는데. 얼굴이 좋아. 특별히 잘생긴 건 아니지만 기품이 있고. 이름도 훌륭해. 철학소설가라니. 소설 철학자일 수도 있고."

그녀는 내 얼굴을 유심히 살폈다. 내가 농담을 하고 있는 줄 아나?

그녀는 충동적으로 발을 들어 내 뺨에 입술을 눌렀다.

가장 순결한 키스.

다섯

나는 누구일까? 체크아웃 줄에서 당신 뒤에 서 있는 낯선 이. 분주한 거리에서 추레한 코트를 걸치고 방금 옆을 스쳐 지나간 사내. 공원 벤치에 앉아 조용히 신문을 읽고 있는 사람. 절반쯤 찬 극장에서 당신의 두 줄 뒤에 앉아 있는 남자.

당신은 그의 존재를 눈치채지도 못한다.

그는 숙련된 사냥꾼이며 참을성 있게 목표를 쫓아다닌다. 세월은 중요하지 않다. 몇십 년 정도는 아무것도 아니다. 그가 쫓는 사냥감은 거울 속에 숨어 있다. 그것은 그의 시야에서 1만 분의 1센티미터 바깥에 산다.

이것이 내가 지켜 온 비밀이다.

그는 자신의 이름을 부르는 소리에 얕은 잠에서 깨어난다. 누군가 그를 부르고 있다. 침대에서 일어나, 무심코 손을 내밀어 낡은 모자를 찾지만 그것은 거기에 없고, 실은 부름도 존재하지 않는다. 그는 쫓고 있다. 그는 쫓기고 있다. 말뚝에 매여 울부짖는 어린 양.

이것이 내가 지켜 온 비밀이다.

어느 날 — 언제인지는 별로 중요하지 않다. — 그는 다리 위에 — 어떤 다리인지도 중요하지 않다. — 서 있고 발아래 흐르는 물은 검고 깊다. 난간 위에서 꽥꽥거리는 까마귀 떼의 차가운 검은 눈과 우아한 부리. 강은 바다로 흘러가고 거기서 다시 태어난다. 원이 만들어진다. 까마귀의 눈에 그의 모습이 담긴다. 온몸이 꼼짝없이 얼어붙어 난간 위로 오를 수가 없다. 무엇을 원하는가? 까마귀가 감정이 담기지 않은 새까만 눈으로 묻는다.

양동이와 낚싯대를 든 소년이 다가온다. 소년은 낚싯줄을 드리우고 생선 냄새를 맡은 까마귀 떼가 마침내 사내를 놓아준다. 새들이 양동이 주위를 에워싼다. 검은 날개가 퍼덕이고 가느다란 다리가 종종 뛴다. 소년은 두 치수는 작아 보이는 낡고 해진 모자를 쓰고 있다. 주근깨가 가득한 얼굴, 옅은 피부색, 진지하게 꼭 다문 입.

"많이 잡았니?" 남자가 묻는다.

소년이 어깨를 으쓱한다. "그럭저럭요." 소년은 사내를 쳐다보지도 않는다. 낯선 사람을 조심하라는 가르침을 받았기 때문이다.

"낚시하기 좋은 날이구나." 남자가 말한다.

소년은 고개를 끄덕인다. 그는 난간 밖으로 몸을 내밀어 낚싯줄을 쳐다본다. 쏜살같이 흘러가는 검은 물. 그가 10년 후 혹은 20년 후에 또다시 이 자리로 돌아오면 또 다른 어린 소년이 낚싯대와 양동이를 들고 앉아 있을 것이고, 또 다른 까마귀 떼가 모여 있을 것이며 검은 물은 또다시 바다로 흘러갔다 돌아올 것이다.

다리 위에서 낚시를 하는 소년들은 모두 똑같고—그저 얼굴과 이름만이 다를 뿐—물고기 한 마리를 슬쩍할 기회를 노리며 호시탐탐 소년의 맨발 근처에서 겅중거리는 까마귀들 역시 늘 똑같은 까마귀들이다.

그 뒤로 며칠간 남자는 소년에 관한 생각을 떨칠 수가 없다. 주근깨 가득한 얼굴, 흰 피부, 꽉 다문 입, 그리고 낡고 해진 모자. 어느 날 오후, 남자는 중고 상점에 들러 가죽 장정이 된 공책을 산다. 아름다운 크림색 종이는 빳빳하고 두꺼우며 페이지를 넘길 때마다 불길한 전조가 느껴진다. 마치 폭풍이 다가오고 있음을 알리며 저 먼 곳에서 우르르 울어 대는 우레 소리처럼. 그는 공책을 집으로 가져온다.

이름 없는 것에 이름을 붙일 수만 있다면.

이름을 붙인다는 것은 그것을 소유한다는 것이다. 아담이 에덴동산에서 그러했던 것처럼.

다리 위의 소년을 위해. 그래서 그는 펜을 든다. 앞으로 수백 년 동안 레비아탄을 잡기 위해 검고 빠른 물 위로 끊임없이 낚싯줄을 드리우는 모든 소년들을 위해.

이것이 비밀이다.

이것이 비밀이다.

이것이 비밀이다.

이것이 비밀이다.

그렇단다, 아가야. 괴물은 진짜 있단다.

에필로그

나는 한동안 행복했다.

요양원 원장이 내게 열세 권의 일기장을 넘겨준 지 6년 후, 우리는 보카레이턴 해안에서 두 블록 떨어진 작은 가게에 마주 앉아 커피를 마시고 있었다. 그는 작년에 퇴직했다. 흰 머리가 늘고 머리숱은 다소 줄었지만 악수를 나누는 악력만큼은 여전했다.

"드디어 끝냈군요." 그가 말했다.

"읽는 건 끝냈지요."

"그리고요?"

나는 커피를 저었다.

"그가 요양원에 들어온 후에 누가 아팠던 적은 없습니까?"

원장은 당혹스러운 표정으로 나를 바라보았다.

"거긴 노인들을 위한 요양원입니다. 평균 나이가 71세란 말입니다. 당연히 다들 아프죠."

"고열이 동반되고 몸 전체에 두드러기나 종기가 나는 증상인데, 몇 명은 회복했을지 몰라도 대부분은 그렇지 못했을 겁니다."

그는 고개를 저었다. "이해가 안 가는군요."

나는 스푼을 내려놓았다.

"티타노보아에 대해 들어 본 적 있습니까?"

"왠지 뱀 이름인 것 같은데요."

"몸길이가 15미터에 무게는 1톤이나 나가죠. 몸통 둘레는 성인 남성의 허리 굵기만 하고요."

"엄청나게 큰 뱀이네요."

"멸종했습니다. 남아메리카의 세레혼이라는 곳에서 화석이 발견됐는데 5800만 년 전쯤에 살았답니다."

"흠, 얘기가 어디로 가는지 알 것 같군요."

"아마 그것에 관한 책을 읽었거나 텔레비전에서 봤을 겁니다."

원장이 고개를 주억거렸다. "살아 있는 걸 본 적은 없겠죠. 그분이 아무리 나이가 많아도 그렇게 많진 않을 테니까요." 그가 빙그레 웃었다.

나는 웃지 않았다. "그렇겠죠. 그럴 겁니다. 어쩌면 그냥 미친 건지도 몰라요. 다 지어낸 이야기일 수도 있고."

그는 놀란 듯이 보였다. "그건 당연한 거 아니었나요?"

"어쩌면 131세가 아닌지도 모릅니다. 심지어 일기를 쓴 게 그가 아니었을 수도 있어요. 이름도 가짜인지 모르고요."

"이름요?"

"윌리엄 제임스 헨리는 릴리 베이츠의 남편의 이름입니다. 그건 분명한 사실이에요. 뉴욕 오번에 무덤과 비석이 있거든요. 사망기사도 있습니다. 친척들도 있고. 그중 한 명과 연락이 닿았지요. 그런데 마지막 일기를 보면 그가 그 사람 이름을 훔친 거라는 암시를 합니다. 훔친 이름이라고요!"

원장은 한참 동안 묵묵히 창밖을 내다보았다. 그는 혈색 좋은 뺨을 부풀렸다. 냅킨을 만지작거렸다. "이름도 가짜였다니. 이거 안 좋은데요."

"그 사람이 누군지 밝혀 달라고 일기장을 주셨는데, 6년이나 지난 지금 심지어 처음보다 더 미궁에 빠진 겁니다."

그는 내가 폭발하기 직전임을 알아차렸다. 그는 나를 달래려 했다. "처음부터 그가 누군지 찾아낼 가망성이 별로 크지 않았잖습니까. 알고 시작한 일이잖아요. 그렇다고 설명도 했고요. 하지만 시도할 가치는 있었어요, 그렇죠?"

"아니, 그렇지 않아요. 이름마저 가짜라니. 그렇게 비밀, 비밀 해 놓고 막상 그게 뭔지는 말도 안 해 줘요? 그 빌어먹을 것들이 전부 거짓말이었던 겁니다!"

"이봐요." 원장이 조용히 말했다. "그건 그냥 그 사람이 쓴 이야기일 뿐이에요. 아시잖습니까. 자기에 관한 이야기였을 뿐이라고요."

"그렇죠. 그 사람. 그런데 결말에 와서도 그가 없어요. 빈칸, 암호, 체크아웃 줄에서 내 뒤에 서 있는 낯선 이. 얼굴 없는 목소리, 이름 없는 얼굴, 고백하지 않은 비밀. 도대체 그 사람은 누구였던 걸까요?"

원장이 고개를 가로저었다. 그래, 그가 어떻게 알겠는가? 나는 답답한 마음에 고개를 휙 돌려 버렸다. 햇빛 찬란한 날이었다. 해변에서 시간을 보내기에 완벽한 날이었다. 어린애 하나가 보도를 따라 물가로 내려가고 있었다. 한쪽 어깨에는 낚싯대를 걸치고 다른 한 손에는 미끼가 든 들통이 들려 있다. 저 깊은 물 안에 레비아탄이 살고 있는 한, 그것을 잡으려는 아이들은 항상 존재할 것이다.

"그걸 작가님에게 준 제 잘못입니다." 원장이 말했다. 사과의 말이었다. "그냥 내가 읽었어야 했어요."

"난 그 사람을 찾을 수 있을 줄 알았습니다." 내가 시인했다. "집으로 데려올 수 있을 줄 알았어요. 어딘가에는 분명 그를 아는 사람이 있을 테니까요. 저한테 그렇게 말씀하신 거 기억납니까?"

그가 고개를 끄덕였다. "그랬지요. 그리고 그에게도 그런 사람이 한 명 있습니다."

"누구요?" 내가 물었다. "누가 있는데요? 그 사람한테 누가 있죠?"

그는 놀란 듯이 보였다. "당신. 그 사람한테는 당신이 있어요."

눈먼 사냥꾼. 말뚝에 매인 염소. 그리고 빛이 닿는 공간에서 바투 벗어나 반짝이는 호박색 눈동자.

나는 처음에는 그를 쫓는 사냥꾼이었다. 지금은 그에게 쫓기는 사냥감이다.

그는 여기 있다. 나는 느낄 수 있다. 내 시야에서 겨우 1만 분의 1센티미터 밖에, 그가 있다. 나는 그를 살금살금 뒤쫓는다. 그가 나를 살금살금 뒤쫓는다. 이 책을 쓴 사람은 그 안에 살고 있지 않다. 그 사람은 형상이다. 윌 헨리는 그림자다. 그리고 그 그림자는 내 안에 살고 있다.

그것은 당신 안에도 살고 있다.

고개를 돌려 보라.

윌 헨리가 집으로 돌아왔다.

〈끝〉

옮긴이 | 박슬라

연세대학교에서 영문학과 심리학을 전공했으며, 현재 전문 번역가로 활동 중이다. 옮긴 책으로는 『스틱!』, 『부자 아빠의 투자 가이드』, 『사라진 내일』, 『샤르부크 부인의 초상』, 『한니발 라이징』 등이 있다.

몬스터러몰로지스트 시리즈-4권
최후의 내리막길

1판 1쇄 찍음 2017년 5월 19일
1판 1쇄 펴냄 2017년 5월 26일

지은이 | 릭 얀시
옮긴이 | 박슬라
발행인 | 김세희
편집인 | 김준혁
펴낸곳 | 황금가지

출판등록 | 2009. 10. 8 (제2009-000273호)
주소 | 06027 서울 강남구 도산대로 1길 62 강남출판문화센터 5층
전화 | **영업부** 515-2000 **편집부** 3446-8774 **팩시밀리** 515-2007
홈페이지 | www.goldenbough.co.kr

도서 파본 등의 이유로 반송이 필요할 경우에는 구매처에서 교환하시고
출판사 교환이 필요할 경우에는 아래 주소로 반송 사유를 적어 도서와 함께 보내주세요.
06027 서울 강남구 도산대로 1길 62 강남출판문화센터 6층 민음인 마케팅부

ISBN 979-11-5888-264-8 04840(4권)
ISBN 979-11-5888-260-0 04840(set)

㈜민음인은 민음사 출판 그룹의 자회사입니다.
황금가지는 ㈜민음인의 픽션 전문 출간 브랜드입니다.